ITALO CALVINO

DACĂ ÎNTR-O NOAPTE DE IARNĂ UN CĂLĂTOR

Italo Calvino (1923-1985) este unul dintre cei mai cunoscuţi scriitori italieni ai secolului XX. În timpul celui de-Al Doilea Război Mondial a luptat alături de Rezistenţa italiană, experienţă reflectată mai târziu în romanul *Cărarea cuiburilor de păianjeni* (1947). Volumele care i-au urmat, dintre care amintim *Vicontele tăiat în două* (1952), *Baronul din copaci* (1957), *Cavalerul inexistent* (1959), *Oraşele invizibile* (1972) i-au adus celebritatea în lumea literară, precum şi numeroase premii.

ITALO CALVINO

DACĂ ÎNTR-O NOAPTE DE IARNĂ UN CĂLĂTOR

Traducere din limba italiană
de Anca Giurescu

EDITURA
ART

Redactor: Iulia Pomagă
Tehnoredactor: Cristian Vlad
Coperta: Alexandru Daş
Ilustraţie copertă: Mircea Pop

Descrierea CIP a Bibliotecii Naţionale a României

CALVINO, ITALO
Dacă într-o noapte de iarnă un călător / Italo Calvino; trad. de Anca Giurescu. – Bucureşti: Art, 2015

ISBN 978-606-710-229-1

I. Giurescu, Anca (trad.)
821.131.1-31=135.1

Italo Calvino
Se una notte d'inverno un viaggiatore

Prezentare[1]

Dragă Angelo Guglielmi, „l-aș întreba acum pe Calvino două lucruri“, scrii tu, dar în realitate sunt multe semne de întrebare, explicite sau implicite, puse de tine în legătură cu *Călătorul* meu, în articolul tău din *Alfabeta* nr. 6, intitulat chiar *Întrebări pentru Italo Calvino*. Voi încerca, pe cât pot, să-ți răspund.

Voi începe cu partea din articolul tău care nu pune întrebări, cea în care discursul tău coincide cu al meu, pentru a distinge apoi punctele în care drumurile noastre se bifurcă și încep să se îndepărteze. Tu descrii foarte fidel cartea mea și mai ales definești cu precizie cele zece tipuri de roman propuse pe rând cititorului:

„...Într-unul dintre romane, realitatea e la fel de greu de îndepărtat ca ceața; în altul, obiectele sunt prea consistente și senzuale, într-un al treilea, abordarea e în primul rând introspectivă; în altul, acționează o puternică tensiune existențială, proiectată asupra istoriei, a politicii și a acțiunii; în fine, în altul, explodează violența cea mai brutală; și apoi, într-altul, crește un sentiment insuportabil de teamă și anxietate. În fine, mai există romanul erotic-pervers, cel teluric-primordial și romanul apocaliptic.“

---

[1] Acest text a fost publicat de către Italo Calvino în revista *Alfabeta*, în decembrie 1979, la șase luni după apariția romanului *Dacă într-o noapte de iarnă un călător*, ca răspuns la o recenzie a criticului literar Angelo Guglielmi (n.red.).

Pentru a defini aceste zece incipituri, majoritatea criticilor au căutat modele posibile sau izvoare (și, adesea, în aceste liste de autori apar nume la care eu nici nu m-am gândit, lucru care atrage atenția asupra unui câmp până acum puțin explorat: cum funcționează asociațiile mentale între texte diferite, pe ce căi un text din mintea noastră este asimilat sau alăturat altuia); tu, în schimb, urmezi ceea ce a fost procedeul meu: mi-am propus de fiecare dată o abordare stilistică și în relație cu lumea (în jurul căreia, apoi, adun în mod firesc ecourile amintirilor atâtor cărți citite), abordare definită perfect de tine, în toate cele zece cazuri.

În toate cele zece cazuri? Privind mai atent, îmi dau seama că exemplele pe care le dai sunt doar două. Există o lacună, marcată de un punct și de „Și apoi...“, care corespunde povestirii despre oglinzi *(Într-o rețea de linii ce se intersectează)*, adică unui exemplu de narațiune ce tinde să se structureze ca o operație logică, o figură geometrică, sau o partidă de șah. Dacă am încerca aproximarea numelor proprii, părintele cel mai ilustru al acestui mod de a povesti ar fi Poe, și punctul de sosire cel mai deplin și actual, Borges. Între aceste două nume, îndepărtate între ele, îi putem situa pe autorii care tind să filtreze emoțiile cele mai romanești, într-o climă mentală de abstracție rarefiată, garnisită adesea cu afectări erudite.

Într-o rețea de linii ce se intersectează, unicul roman uitat de tine, a fost scos în evidență (poate prea mult?) de alți critici. De ce? Pentru că, spun eu, dacă ai fi ținut cont de el, ar fi trebuit să ții cont de faptul că între formele literare ce caracterizează epoca noastră se află și opera *închisă* și *calculată,* în care închiderea și calculul sunt opțiuni paradoxale, care nu indică un adevăr prea încurajator (a fi complet și cu ținută), adevăr pe care propria formă pare să-l semnifice, ci comunică senzația unei lumi precare, în suspensie, fărâmițată.

Dar, dacă tu admiți asta, trebuie să recunoști că volumul *Călătorului* în întregime răspunde în oarecare măsură acestui model (începând cu folosirea – caracteristică acestui gen – a vechiului *topos* de roman: conspirația universală, investită cu puteri incontrolabile, în manieră comico-alegorică, cel puțin de la Chesterton încoace – dirijată de un proteiform *Deus ex machina*. Personajul Marelui Mistificator, pe care tu mi-l reproșezi ca pe o găselniță prea simplă, este, în acest context, un ingredient, aș spune, aproape obligatoriu). Modelul la care mă refer are ca primă regulă a jocului pe aceea de „a fi folositor“ (sau, mai degrabă: a ne preface că e folositor, deși știm că nu este). Noțiunea de „A Fi Folositor“ este pentru tine doar o soluție comodă, deși poate fi privită ca un exercițiu acrobatic pentru a sfida – și indica – golul de dedesubt.

În fine, dacă tu n-ai fi ignorat (sau eliminat?) „romanul geometric“ de pe listă, o parte a întrebărilor și obiecțiilor tale ar fi dispărut, începând cu cea despre finalul „neconvingător“. (Te scandalizezi că eu „închei“ și te întrebi: „Să fie vorba de o neatenție a Scriitorului Nostru?“ Nu, am fost foarte atent, calculând totul, încât „sfârșitul fericit“ cel mai tradițional – căsătoria eroului și a eroinei – să închidă cercul-cadru ce cuprinde dezordinea generală.)

Cât privește discuția despre „non-finit“ – temă despre care spui multe lucruri corecte la modul literar general – aș vrea în primul rând să curăț terenul de posibile echivocuri. Aș vrea să clarific mai ales două puncte:

1) Obiectul lecturii, aflat în centrul cărții mele, nu este atât „literarul“, cât „romanescul“, adică o procedură literară determinată – proprie narațiunii populare și de consum, dar adoptată în diferite moduri de literatura

cultă – procedură bazată în primul rând pe capacitatea de a concentra atenția asupra unei intrigi, în așteptarea a ceea ce se va întâmpla în romanul „romanesc", întreruperea este o traumă, dar poate fi și instituționalizată (întreruperea în momentul culminant în romanele în fascicule; decuparea capitolelor; procedeul „să ne întoarcem în trecut"). Am folosit întreruperea intrigii ca motiv structural al cărții mele în acest sens precis și circumscris; ea nu atinge problematica „non-finitului" în artă și în literatură, care este altceva. Mai bine-zis, aici nu este vorba de „non-finit", ci de „finitul întrerupt", de „finitul al cărui sfârșit este ascuns sau ilizibil", fie în sens literal, fie în sens metaforic. (Mi se pare că undeva spun: „trăim într-o lume de povestiri care încep și nu se sfârșesc".)

2) E, oare, adevărat că aceste incipituri se întrerup? Unii critici (vezi Luce d'Eramo, *Manifestul,* 16 septembrie), și unii cititori cu gusturi rafinate susțin că nu: ei le consideră drept povestiri încheiate, care spun tot ce trebuiau să spună și la care nu mai este nimic de adăugat. Nu mă pronunț asupra acestui punct. Pot spune doar că inițial am vrut să creez romane întrerupte, sau să prezint lectura unor romane ce se întrerup; apoi, s-au născut texte pe care aș fi putut chiar să le public, independent, ca povestiri. (Lucru destul de natural, dat fiind că dintotdeauna am fost mai degrabă autor de povestiri decât romancier.)

Destinatarul natural și beneficiarul „romanescului" este „cititorul mediu": de aceea, am vrut ca el să fie protagonistul *Călătorului.* Protagonist dublu, căci se scindează într-un Cititor și o Cititoare. Pe primul nu l-am caracterizat, nici nu i-am atribuit gusturi precise: ar putea fi un cititor ocazional și eclectic. Cea de-a doua are vocația cititorului, știe să-și explice așteptările și refuzurile (formulate în termeni cât mai puțin intelectuali posibil, chiar dacă – ba chiar tocmai pentru că – limbajul intelectual se estompează în mod ireparabil în vorbirea cotidiană), sublimare a „cititoarei medii", dar foarte mândră de rolul ei social de cititoare din pasiune dezinteresată. Este un rol social în care cred, premisa muncii mele, și nu doar a acestei cărți.

Asupra calității de beneficiar al „cititorului mediu" ești cel mai categoric, atunci când te întrebi: „Nu cumva prin Ludmila, poate chiar în mod inconștient, Calvino întreprinde o operă de seducere (de adulare) a cititorului mediu, care este de fapt adevăratul cititor (și beneficiar) al cărții sale, împrumutându-i unele dintre calitățile extraordinare ale inegalabilei Ludmila?"

Din cele de mai sus, ceea ce nu-mi place e *poate chiar în mod inconștient*. Cum adică: în mod inconștient? Dacă i-am pus pe Cititor și pe Cititoare în centrul cărții, știam ce fac. N-am uitat nici o clipă (dat fiind că trăiesc din drepturi de autor) că cititorul este un *cumpărător*, că volumul este un obiect ce se vinde pe piață. Nu i-am respectat niciodată pe cei ce cred că pot trece cu vederea latura economică a existenței și tot ce comportă ea; în fine, dacă mă consideri seducător, treacă de la mine; adulator, tot așa; vânzător ambulant, la fel; dar dacă mă faci inconștient, atunci mă jignești! Dacă în *Călător* am vrut să prezint (printr-o alegorie) implicarea cititorului (a cititorului *obișnuit)* într-o carte care nu e niciodată cartea pe care el o așteaptă, nu am făcut decât să explicitez intenția mea conștientă și constantă, prezentă în toate cărțile mele anterioare. Aici ar începe o discuție despre sociologia lecturii (ba chiar despre politica lecturii), care ne-ar îndepărta de discutarea substanței cărții în chestiune.

Mai bine să revenim la cele două întrebări principale în jurul cărora se conturează discuția ta: 1) se poate, oare, insista asupra multiplicării eului în vederea depășirii eului?; 2) toți autorii posibili pot fi, oare, reduși la zece? (Rezum astfel numai pro-memoria, dar, răspunzându-ți, încerc să țin seama de toată argumentarea din articolul tău).

La primul punct pot spune doar că a urmări complexitatea printr-un catalog de posibilități lingvistice diferite este un procedeu caracteristic unei mari părți din literatura secolului acestuia, începând cu romanul ce povestește o zi oarecare a unui ins din Dublin în optsprezece capitole, fiecare într-o manieră stilistică diferită.

Aceste precedente ilustre nu exclud faptul că mi-ar plăcea să obțin întotdeauna acea „stare de disponibilitate“, despre care vorbești tu, „prin care relația cu lumea se poate dezvolta nu în termeni de recunoaștere, ci sub formă de căutare“; dar, cel puțin în cartea aceasta, „forma căutării“ a fost tot cea canonică: multiplicitatea tinzând spre (sau propagându-se din) o unitate tematică de fond. Nimic deosebit de nou, din acest punct de vedere: încă în 1947, Raymond Queneau publica *Exercices de style,* în care o anecdotă de câteva rânduri era tratată în 99 de redactări diferite.

Eu am ales, ca situație tipic romanescă, o schemă pe care aș putea-o enunța astfel: *un personaj masculin, care povestește la persoana întâi, ajunge să-și asume un rol care nu este al lui, într-o situație în care atracția exercitată de un personaj feminin și iminența amenințării obscure din partea unor dușmani îl implică fără scăpare.* În fond, acest nucleu narativ de bază se află în cartea mea sub forma povestirii apocrife din *O mie și una de nopți,* dar mi se pare că nici un critic (deși mulți au subliniat unitatea tematică a cărții) nu l-a relevat. Aceeași situație poate fi recunoscută în capitolele-cadru (în acest caz, criza de identitate a protagonistului vine din faptul că nu are identitate, că este un „tu“, în care oricine își poate recunoaște „eul“ său).

Aceasta este una dintre *contraintes* sau reguli ale jocului pe care mi le-am impus. Ai văzut că în fiece „capitol-cadru“ tipul de roman ce va urma este enunțat întotdeauna de către

Cititoare. În plus, fiecare „roman“ are un titlu ce corespunde și el unei necesități, dat fiind că titlurile citite unul după altul vor constitui și ele un incipit. Titlul este întotdeauna pertinent în mod literal temei narațiunii și de aceea fiecare „roman“ se va naște din întâlnirea dintre titlu și așteptarea Cititoarei, așa cum a formulat-o ea în cursul capitolului precedent. Cele de mai sus înseamnă că privind atent, în locul „identificării în alte euri“, găsești o grilă de parcursuri obligatorii, care e adevărata mașină generativă a cărții, pe tipul de aliterații propuse de Raymond Roussel ca punct de plecare și punct de sosire în operațiile sale romanești.

Ajungem astfel la întrebarea nr. 2: de ce chiar zece romane? Răspunsul este evident și îl dai chiar tu cu câteva rânduri mai înainte: „trebuia fixată o limită convențională“; puteam opta pentru douăzeci, șapte, sau șaptezeci și șapte, câte ar fi fost necesare ca să comunice ideea de multiplicitate. Dar tu îndepărtezi imediat acest răspuns: „Calvino delimitează cu prea multă știință cele zece posibilități, nedezvăluindu-și intențiile totalizante și lipsa de disponibilitate substanțială față de un joc mai incert.“

Gândindu-mă la acest lucru, îmi vine să mă întreb: „în ce bucluc m-am băgat?“ De fapt, am avut întotdeauna o anume alergie față de ideea de totalitate; nu mă recunosc în „intențiile totalizante“; și totuși, hârtia vorbește: aici eu vorbesc – sau personajul meu Silas Flannery vorbește – chiar despre „totalitate“, despre „toate cărțile posibile“. Problema le privește nu numai pe *toate,* dar și pe cele *posibile;* la asta se referă obiecția ta, dat fiind că a doua ta întrebare este reformulată imediat astfel: „crede oare Calvino... că *posibilul* coincide cu *existentul*?“ Și îmi atragi atenția foarte sugestiv „că posibilul nu poate fi numărat, că nu e niciodată rezultatul unei sume și că se definește mai degrabă ca un fel de linie ce se pierde; fiecare punct al ei, însă, participă la caracterul infinit al întregului“.

Pentru a încerca să ies din încurcătură, poate întrebarea pe care trebuie să mi-o pun este: de ce acele zece tipuri și nu altele? E clar că am ales cele zece tipuri de roman pentru că mi se părea că aveau mai multă semnificație pentru mine, pentru că mi se potriveau mai bine, pentru că mă distram mai mult scriindu-le. Mi se înfățișau mereu alte tipuri de roman, pe care le-aș fi putut adăuga la lista mea, dar fie nu eram sigur că voi reuși, fie nu prezentau pentru mine un interes formal destul de puternic, iar schema cărții era oricum destul de încărcată și nu voiam s-o extind. (De pildă, de câte ori nu m-am gândit: de ce eul narator trebuie să fie întotdeauna un bărbat? Și scriitura „feminină"? Dar există oare o scriitură „feminină"? S-ar putea imagina oare, pentru fiecare exemplu de roman „masculin", un „feminin" corespunzător?)

Să spunem atunci că în cartea mea *posibilul* nu este posibilul în absolut, ci *posibilul pentru mine*. Și nici măcar tot posibilul pentru mine; așa, de pildă, nu mă interesa să parcurg autobiografia mea literară, să rescriu tipuri de narațiune scrise deja; trebuiau să fie romane posibile, la marginea a ceea ce sunt și fac eu, realizabile printr-un salt din mine însumi, dar rămânând în limitele unui salt *posibil*.

Această definiție limitativă a muncii mele (pe care am amintit-o pentru a dezminți „intențiile totalizante" pe care mi le atribui) ar sfârși prin a da o imagine sărăcită, dacă nu ar ține cont de un impuls în sens contrar, care a însoțit-o mereu: m-am întrebat tot timpul dacă munca pe care o făceam putea avea un sens nu numai pentru mine, ci și pentru alții. Mai ales în ultimele faze, când cartea era practic încheiată și numeroasele ei articulări obligatorii împiedicau deplasări ulterioare, am avut ideea fixă să verific dacă-i puteam justifica conceptual intriga, desfășurarea, ordinea. Am încercat diferite rezumate și scheme, exclusiv pentru clarificarea mea personală, dar nu am reușit niciodată să le rezolv sută la sută.

În acel punct, am dat manuscrisul la citit celui mai informat dintre prietenii mei, să văd dacă el reușea să mi-l explice. Mi-a spus că, după el, cartea proceda prin eliminări succesive, până la eliminarea lumii în „romanul apocaliptic“. Această idee și, în același timp, recitirea povestirii lui Borges *Apropierea de Almotasim,* m-au făcut să-mi recitesc cartea (terminată) într-un mod ce ar fi putut fi o căutare a „romanului adevărat“ și, în același timp, a atitudinii potrivite față de lume, unde orice „roman“ început și întrerupt corespundea unei soluții la care renunțasem. În această optică, romanul reprezenta (pentru mine) un fel de autobiografie inversă: romanele pe care le-aș fi putut scrie și la care renunțasem, și în același timp (pentru mine și pentru alții) un catalog indicativ de atitudini existențiale ce duc la tot atâtea căi blocate.

Prietenul cunoscător și-a amintit schema alternativelor binare, folosite de Platon în *Sofistul,* pentru a defini pescarul cu undița: de câte ori o alternativă este exclusă, cealaltă se bifurcă în două noi alternative. A fost suficient acest citat ca să mă împingă spre căutarea schemelor care, după această metodă, ar da socoteală de itinerariul conturat în carte. Îți comunic unul dintre ele, în care vei regăsi, în definirea celor zece romane, aproape mereu aceleași cuvinte pe care le-ai folosit tu.

Schema ar putea fi circulară, în sensul că ultimul segment poate fi legat de primul. Totalizant, deci? În acest sens, sigur, mi-ar plăcea să fie. Și mi-ar plăcea dacă, în granițele înșelătoare astfel trasate, ar reuși să circumscrie o zonă albă, unde să se situeze atitudinea de „nerecunoaștere“ față de lume, propusă de tine ca singura nemistificatoare, când declari că „lumea nu poate fi atestată (sau afirmată), ci doar nerecunoscută, desfăcută de sub orice tutelă, individuală sau colectivă, și restituită ireductibilității sale“.

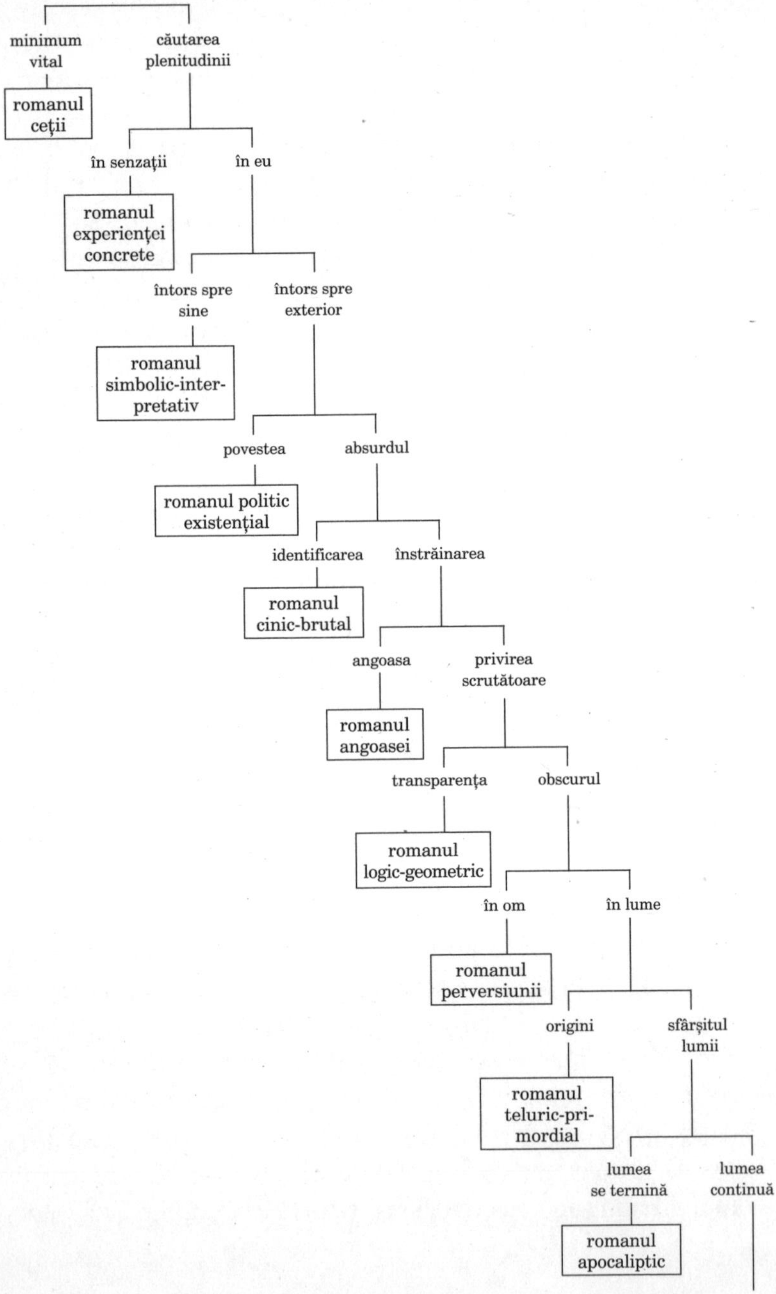
minimum vital
căutarea plenitudinii
romanul cetii
în senzații
în eu
romanul experienței concrete
întors spre sine
întors spre exterior
romanul simbolic-interpretativ
povestea
absurdul
romanul politic existențial
identificarea
înstrăinarea
romanul cinic-brutal
angoasa
privirea scrutătoare
romanul angoasei
transparența
obscurul
romanul logic-geometric
în om
în lume
romanul perversiunii
origini
sfârșitul lumii
romanul teluric-primordial
lumea se termină
lumea continuă
romanul apocaliptic

Dacă într-o noapte de iarnă un călător

Lui Daniele Ponchiroli

1

Tocmai te pregătești să începi noul roman *Dacă într-o noapte de iarnă un călător* de Italo Calvino. Relaxează-te. Concentrează-te. Îndepărtează de tine orice alt gând. Lasă lumea ce te-nconjoară să se acopere de o ceață indistinctă. Mai bine închide ușa; dincolo, televizorul funcționează tot timpul. Spune imediat celorlalți: „Nu vreau să mă uit la televizor! Dacă nu te aud, ridică vocea: „Citesc! Nu vreau să fiu deranjat!“ Poate nu te-au auzit de atâta zgomot; vorbește mai tare, strigă: „Încep să citesc noul roman al lui Italo Calvino!“ Sau, dacă nu vrei, nu le spune nimic; să sperăm că te lasă în pace.

Alege-ți poziția cea mai comodă: așezat, întins, ghemuit, culcat. Culcat pe spate, pe o parte, pe burtă. În fotoliu, pe canapea, pe balansoar, pe șezlong, pe taburet, în hamac, dacă ai un hamac. Pe pat, firește, sau în pat. Poți să stai și cu capul în jos, în poziție yoga. Cu cartea întoarsă, bineînțeles.

Sigur nu există o poziție ideală pentru citit? Cândva se citea în picioare, în fața unui pupitru. Oamenii erau obișnuiți să stea nemișcați, în picioare. Așa se odihneau când erau obosiți de călărit. Nimănui nu i-a dat prin cap să citească în șa: totuși, acum, ideea de a citi călare, cu cartea pe coama calului, ori atârnată de urechile calului cu niște hamuri speciale, ți se pare atrăgătoare. Cu picioarele în scări, ar trebui să fie foarte comod pentru citit; picioarele ridicate în sus sunt prima condiție ca să te bucuri de lectură.

Bine, ce mai aștepți? Întinde picioarele, pune-le, dacă vrei, pe o pernă, pe două perne, pe brațele divanului, ale fotoliului, pe o măsuță, pe birou, pe pian, pe globul pământesc. Scoate-ți pantofii mai întâi. Asta, dacă vrei să ții picioarele ridicate; dacă nu, pune-i la loc. Și acum nu sta acolo, cu pantofii într-o mână și cu cartea în cealaltă.

Potrivește lumina așa încât să nu-ți obosească ochii. Fă-o acum, căci, după ce te vei cufunda în lectură, n-o să-ți mai fie cu putință să te miști. Fă așa încât pagina să nu fie în umbră, o îngrămădeală de litere negre pe fond cenușiu, uniformă ca o armată de șoareci; dar fii atent să nu cadă pe ele o lumină prea puternică și să nu se reflecte pe albul crud al hârtiei, rozând umbrele caracterelor tipografice, ca la amiază, în sudul Italiei. Încearcă să prevezi acum tot ce ți-ar putea evita întreruperea lecturii. Țigările la îndemână, dacă fumezi, scrumiera. Ce mai e? Vrei să faci pipi? Asta tu știi.

Nu doar că aștepți cine știe ce lucru deosebit de la cartea asta. Din principiu, nu mai aștepți nimic. Sunt atâția alții, mai tineri sau mai puțin tineri decât tine, care trăiesc în așteptarea unor experiențe extraordinare; de la cărți, de la persoane, de la călătorii, de la evenimente, de la ceea ce le rezervă ziua de mâine. Tu nu. Tu știi că lucrul cel mai bun pe care-l mai poți aștepta e să eviți ce e mai rău. Asta e concluzia la care ai ajuns, în viața personală, ca și în privința problemelor generale și de-a dreptul mondiale. Și cu cărțile? Ei bine, tocmai pentru că ai exclus orice așteptare, în orice domeniu, consideri că e drept să-ți mai permiți încă această plăcere de tinerețe a așteptării, într-un sector bine circumscris ca acela al cărților, unde lucrurile pot ieși bine sau rău, dar riscul deziluziei nu e grav.

Prin urmare, ai văzut într-un ziar că a apărut *Dacă într-o noapte de iarnă un călător*, noua carte de Italo

Calvino, care nu mai publicase nimic de câțiva ani. Ai trecut pe la librărie și ai cumpărat volumul. Ai făcut bine.

Încă din vitrina librăriei ai depistat coperta cu titlul pe care-l căutai. Urmărind această indicație vizuală, ți-ai făcut loc în librărie prin barajul dens al Cărților Pe Care Nu Le-Ai Citit, care te priveau încruntate de pe mese și din rafturi, încercând să te intimideze. Dar tu știi că nu trebuie să te lași impresionat, că între ele se întind pe multe hectare Cărțile De Care Te Poți Lipsi Să Le Citești, Cărțile Create în Alte Scopuri Decât Lectura, Cărțile Deja Citite Fără Să Fi Fost Nevoie Să Le Deschizi Pentru Că Aparțin Categoriei Cărților Deja Citite Înainte De A Fi Fost Scrise. Treci, astfel, dincolo de prima incintă a bastioanelor și ești atacat de infanteria Cărților Pe Care Dacă Ai Avea Mai Multe Vieți De Trăit Cu Siguranță Le-ai Citi Și Pe Acestea Cu Plăcere, Dar Din Păcate Zilele Pe Care Le Mai Ai De Trăit Sunt Câte Sunt. Cu o mișcare rapidă, treci peste ele și te duci în mijlocul mulțimilor de Cărți Pe Care Ai Intenția Să Le Citești, Dar Mai Întâi Ar Trebui Să Citești Altele; de Cărți Prea Scumpe Pe Care Ai Putea Să Aștepți Să Le Cumperi Când Vor Fi Vândute La Jumătate De Preț, de Cărți Idem Ca Mai Sus Când Vor Fi Publicate în Ediții De Buzunar, de Cărți Pe Care Ai Putea Să Le Împrumuți De La Cineva, de Cărți Pe Care Toți Le-au Citit Deci E Aproape Ca Și Cum Le-Ai Fi Citit Și Tu. Dejucând aceste atacuri, te îndrepți spre turnurile cetății, unde îți opun rezistență

Cărțile Pe Care De Atâta Vreme Ai Programat Să Le Citești,

Cărțile Pe Care Le Căutai De Ani De Zile Fără Să Le Găsești,

Cărțile Care Tratează Ceva De Care Te Ocupi în Clipa Asta,

Cărţile Pe Care Vrei Să Le Ai La Îndemână Pentru Orice Eventualitate,

Cărţile Pe Care Ai Putea Să Le Pui Deoparte Ca Să Le Citeşti Eventual La Vară,

Cărţile Care-Ţi Lipsesc Pentru A Le Pune Alături De Alte Cărţi În Biblioteca Ta,

Cărţile Care Îţi Inspiră O Curiozitate Neaşteptată, Frenetică, Şi Greu De Justificat.

Iată că ţi-a fost cu putinţă să reduci numărul nelimitat de forţe de pe câmpul de bătaie la un ansamblu desigur foarte mare, dar oricum calculabil într-un număr finit, chiar dacă această relativă simplificare este luată cu asalt de Cărţile Citite Cu Mult Timp În Urmă Pe Care Ar Fi Momentul Să Le Reciteşti şi de Cărţile Pe Care Te-ai Prefăcut Întotdeauna Că Le-Ai Citit, Dar Ar Fi Momentul Să Te Hotărăşti Să Le Citeşti Cu Adevărat. Le eviţi cu zigzaguri rapide şi pătrunzi dintr-o săritură în citadela Noutăţilor Al Căror Autor Sau Subiect Te Atrage. Şi în cadrul acestei cetăţi poţi face nişte breşe în rândurile apărătorilor, împărţindu-i în Noutăţi De Autor Sau Subiecte Non-Noi (pentru tine sau în absolut) şi Noutăţi De Autor Sau Subiecte Complet Necunoscute (cel puţin ţie) şi să defineşti atracţia pe care o exercită asupra ta, pe baza dorinţelor tale şi a nevoii de nou şi non-nou (al noului pe care-l cauţi în non-nou şi a non-noului pe care-l cauţi în nou). Toate astea pentru a spune că, parcurgând rapid cu privirea titlurile volumelor expuse în librărie, ţi-ai îndreptat paşii spre un teanc de *Dacă într-o noapte de iarnă un călător* proaspăt tipărite, ai luat un exemplar şi l-ai dus la casier ca să ţi se stabilească dreptul de proprietate asupra lui.

Ai mai aruncat o privire pierdută cărţilor din jur (mai bine-zis: cărţile te priveau cu expresia pierdută a câinilor din cuștile hingherului care văd un fost tovarăș de-al lor îndepărtându-se în lesa stăpânului venit să-l elibereze) și ai ieșit.

Cartea abia publicată îți oferă o plăcere specială; nu e numai o carte pe care o iei cu tine, ci noutatea ei, care ar putea să fie chiar și numai cea a obiectului ieșit acum de sub teasc, frumusețea măgarului cu care se împodobesc și cărțile, care durează până când coperta începe să se îngălbenească, un val de praf depunându-se pe muchii, dosul copertei îndoindu-se la colțuri, în toamna rapidă a bibliotecilor. Nu, tu tot speri să întâlnești noutatea adevărată, care, fiind noutate o dată, va continua să fie așa întotdeauna. După ce vei fi citit cartea abia publicată, îți vei însuși această noutate a primei clipe, fără a mai trebui apoi s-o cauți. Oare asta se va întâmpla acum? Nu se știe niciodată. Să vedem cum începe.

Poate ai început să răsfoiești cartea pe când erai încă în librărie. Sau nu ai putut, pentru că era țiplată? Acum ești în autobuz, în picioare, între oameni, atârnat cu o mână de o bară și începi să desfaci pachetul cu mâna liberă, cu gesturi de maimuță, o maimuță care vrea să desfacă o banană și, în același timp, să se agațe de creangă. Fii atent că lovești vecinii cu cotul: cere-ți scuze, măcar.

Sau poate că librarul nu a împachetat volumul; ți l-a dat într-o pungă. Asta simplifică lucrurile. Ești la volanul mașinii, oprit la un semafor, scoți cartea din pungă, rupi țipla transparentă, începi să citești primele rânduri. O ploaie de claxoane; e verde; încurci circulația.

Ești la birou, ai cartea plasată ca din întâmplare printre hârtiile de serviciu; la un moment dat deplasezi un dosar și cartea e sub ochii tăi, o deschizi cu un aer distrat, îți sprijini coatele pe masă, tâmplele în mâinile strânse pumn, de parcă ai fi concentrat în examinarea unui dosar, dar, de fapt, explorezi primele pagini ale romanului. Încetul cu încetul îți sprijini spinarea de spătar, ridici cartea la înălțimea nasului, înclini scaunul în echilibru pe picioarele din spate, deschizi un sertar lateral al biroului ca să-ți pui picioarele pe el, poziția picioarelor în timpul lecturii este de maximă importanță, întinzi picioarele pe masă, peste dosarele nerezolvate.

Dar nu ți se pare o lipsă de respect? De respect, firește, nu față de munca ta (nimeni nu are pretenția să judece performanța ta profesională; să admitem că obligațiile tale sunt în mod regulat inserate în sistemul activităților neproductive care ocupă mare parte din economia națională și mondială), ci față de carte. E și mai rău dacă aparții – prin forța lucrurilor sau din înclinație – numărului celor pentru care a lucra înseamnă a lucra cu adevărat, a îndeplini – intenționat sau nu – ceva necesar sau măcar nu inutil altora și nu numai ție; atunci, cartea pe care ai adus-o cu tine la locul de muncă, un fel de amuletă sau talisman, te expune unor tentații intermitente, din când în când câteva secunde substrase de la obiectul principal al atenției tale, fie el un perforator de cartele electronice, cuptoarele unei bucătării, manetele de comandă ale unui buldozer, un pacient întins cu intestinele scoase pe masa de operație.

În fond, e preferabil să-ți ții în frâu nerăbdarea și să aștepți să deschizi cartea când ești acasă. Acum da. Ești în camera ta, liniștit, deschizi cartea la prima pagină, nu, la ultima, înainte de toate vrei să vezi cât este de lungă. Nu e prea lungă, din fericire. Romanele lungi scrise în ziua de astăzi sunt, poate, un nonsens: dimensiunea timp s-a pulverizat, nu putem trăi sau gândi decât în bucăți de timp care se îndepărtează fiecare de-a lungul unei traiectorii proprii și dispar imediat. Putem regăsi continuitatea timpului numai în romanele unei epoci în care timpul nu părea stabil, dar nici nu exploda încă, o epocă ce a durat aproximativ o sută de ani, și cu asta basta.

Sucești cartea în mână, parcurgi frazele de pe spatele ei, de pe partea îndoită a supracopertei, fraze generice, care nu spun prea mult. Mai bine așa, nu e un text care pretinde să se suprapună în chip indiscret textului pe care cartea va trebui să-l comunice direct, a ceea ce va trebui să storci din carte, mult, puțin, cât o fi. Sigur, chiar și calea ocolită, de a citi ce e pe dinafară mai înainte de a citi ce e înăuntru, face parte din plăcerile cărții noi, dar, ca toate plăcerile preliminare, are o durată optimă, dacă vrem să ne ducă spre plăcerea mai consistentă a consumării actului, adică a lecturii cărții.

Iată, deci, că ești gata acum să începi primele rânduri ale primei pagini. Te pregătești să recunoști stilul de neconfundat a autorului. Nu. Nu îl recunoști deloc. Dar, dacă ne gândim bine, cine a spus vreodată că acest autor are un stil de neconfundat? Dimpotrivă, se știe că e un autor care se schimbă mult de la o carte la alta. Tocmai în aceste schimbări poate fi recunoscut. Aici, însă, pare să nu aibă nimic în comun cu tot restul operei sale, cel puțin după câte îți amintești. E o deziluzie? Să vedem. Poate ești puțin dezorientat, ca atunci când îți este prezentată o persoană pe care după nume o identificai cu o anume figură, și încerci să potrivești trăsăturile pe care le vezi cu ceea ce-ți amintești și nu merge. Dar apoi continui și îți dai seama că volumul poate fi citit oricum, independent de ceea ce te așteptai de la autor; cartea în sine îți stârnește curiozitatea, ba chiar, dacă te gândești bine, preferi să fie așa, să te afli în fața a ceva ce încă nu știi prea bine ce este.

Dacă într-o noapte de iarnă un călător

Romanul începe într-o gară, pufăie o locomotivă, răsuflarea unui piston acoperă deschiderea capitolului, un nor de fum ascunde o parte din primul alineat. Mirosul de gară e străbătut de o pală de mirosuri de la bufetul gării. Cineva privește prin geamurile opace, deschide ușa cu geamlâc a barului; totul e neclar, chiar și înăuntru, văzut cu ochi de miop, sau ochi iritați de grăunțele de cărbune. De fapt, paginile cărții sunt aburite, ca geamurile unui tren vechi; pe fraze se așterne norul de fum. E o seară ploioasă; bărbatul intră în bar; își desface pardesiul umed; un abur îl învăluie; un fluierat se pornește de-a lungul peroanelor lucioase de ploaie, cât vezi cu ochii.

Un fluierat ca de locomotivă și un jet de aburi se înalță din aparatul de făcut cafea, pe care bătrânul barman îl pune sub presiune, de parcă ar lansa un semnal, sau cel puțin așa pare din succesiunea de fraze din al doilea alineat, în care jucătorii de la mese închid evantaiul cărților de joc la piept și se întorc către noul venit cu o triplă răsucire a gâtului, a umerilor și a scaunelor, în vreme ce clienții de la bar ridică ceșcuțele și suflă pe suprafața cafelei, cu buzele și ochii întredeschiși sau sorb spuma halbelor de bere cu o atenție exagerată, ca să nu se verse. Pisica își arcuiește spinarea, casierița închide casa, care face cling. Toate aceste semne combinate ne informează că este vorba despre o mică gară de provincie, unde oricine sosește este imediat observat.

Toate gările seamănă între ele; nu contează dacă lămpile nu reușesc să lumineze dincolo de haloul lor; oricum, e un mediu pe care tu îl cunoști perfect, cu mirosul de tren care rămâne și după ce toate trenurile au plecat, mirosul special al gărilor după ce a plecat ultimul tren. Luminile gării și frazele pe care tocmai le citești par să slujească mai mult la dizolvarea decât la dezvăluirea lucrurilor ivite dintr-un val de întuneric și de ceață. Am coborât în această gară astă-seară pentru prima oară în viața mea și deja mi se pare că mi-am petrecut toată viața aici, intrând și ieșind din acest bar, trecând de la mirosul de peron la mirosul de rumeguș ud din closete, totul amestecat într-un miros unic care e cel al așteptării, mirosul cabinelor de telefon când nu-ți mai rămâne decât să-ți recuperezi fisele, deoarece numărul format nu dă semn de viață.

Eu sunt bărbatul care circulă între bar și cabina telefonică. Sau: acel bărbat se numește „eu“ și nu știi altceva despre el, așa cum gara asta se numește doar „gara“, iar în afara ei nu mai e decât semnalul fără răspuns al unui telefon, care sună într-o cameră întunecată, dintr-un oraș îndepărtat. Pun aparatul în furcă, aștept să aud zgomotul monedei, în jos, prin tubul metalic, împing ușa de sticlă, mă îndrept iarăși spre ceștile îngrămădite, lăsate la uscat într-un nor de abur.

Mașinile din cafenelele gărilor pretind să se înrudească cu locomotivele, aparatele espresso de ieri și de azi cu locomotivele și trenurile cu aburi de ieri și de azi. Degeaba mă învârt de colo-colo, mă sucesc și mă răsucesc: sunt prins în capcană, în acea capcană atemporală pe care gările o întind fără greș. O pulbere de cărbune mai stăruie în aerul gărilor, mulți ani după ce toate liniile au fost electrificate, iar un roman care vorbește despre trenuri și gări nu se poate să nu transmită acel miros de fum. Ai citit deja câteva pagini și acum ar fi momentul să ți se spună clar dacă unde am coborât eu dintr-un tren care a avut întârziere e o gară de altădată, sau o gară din ziua de astăzi; dar frazele continuă să se miște într-un spațiu nedeterminat, cenușiu, într-un fel de țară a nimănui, a experienței reduse la cel mai mic numitor comun. Fii atent: este cu siguranță un sistem pentru a te implica încet, încet, pentru a te prinde în povestire, fără să-ți dai seama: o cursă. Sau poate că autorul e încă nedecis, cum pe de altă parte și tu, cititorule, nu ești foarte sigur de ce ți-ar face mai mare plăcere să citești: sosirea într-o gară veche, ce-ți dă senzația unei reveniri, a reocupării timpului și locurilor pierdute, sau o fulgerare de lumini și sunete, ce ți-ar da senzația de a fi viu. S-ar putea ca ochii mei, miopi sau iritați, să fi văzut acest bar (sau „bufet al gării", cum se mai numește), aburit și confuz, când, de fapt, nu e exclus să fie plin de lumină iradiind din tuburile de culoarea fulgerului, reflectată de oglinzi, umplând toate ungherele și interstițiile; spațiul fără umbre e plin de muzică pusă la maximum, revărsându-se dintr-un aparat ce vibrează și ucide tăcerea; biliardele și celelalte jocuri electrice care simulează curse de cai și urmăriri funcționează și ele, iar umbrele colorate înoată în transparența unui televizor și a unui acvariu cu pești tropicali, înveseliți de un curent vertical de mici bule de aer. Nu țin în mână o servietă cu burduf, plină și puțin uzată, ci împing o valiză pătrată de material plastic rigid, prevăzută cu rotile, mânuită cu un baston de metal cromat și pliabil.

Tu, cititorule, credeai că aici, sub acoperișul peronului, privirea mea se îndreptase spre acele traforate ca niște halebarde ale orologiului rotund de gară veche, în efortul zadarnic de a le face să meargă înapoi, parcurgând în sens invers cimitirul orelor trecute, înșirate binevoitor în panteonul lor circular. Dar cine-ți spune că numerele ceasului nu ies din ușile dreptunghiulare, iar că eu văd fiecare minut prăvălindu-se peste mine dintr-odată, ca lama unei ghilotine? Rezultatul, în orice caz, n-ar fi prea diferit: avansând chiar și într-o lume netedă și trecătoare, mâna mea contractată pe cârma ușoară a valizei cu rotile ar exprima tot un refuz interior, ca și cum acel bagaj dezinvolt ar constitui pentru mine o greutate ingrată și extenuantă.

Ceva trebuie că mi-a mers de-a-ndoaselea: o indicație greșită, o întârziere, o legătură feroviară pierdută; poate că la sosire ar fi trebuit să întâlnesc pe cineva, probabil în legătură cu valiza asta, care pare să mă preocupe așa de mult, nu e clar dacă de teamă să n-o pierd, sau pentru că abia aștept să scap de ea. Ce e sigur e că nu e un bagaj oarecare, ce poate fi lăsat la depozitul de bagaje, sau pe care te poți preface că l-ai uitat în sala de așteptare. E inutil să mă uit la ceas; dacă cineva ar fi venit să mă aștepte, ar fi plecat de o bucată de vreme; e inutil să mă frământ, încăpățânându-mă să dau înapoi ceasurile și calendarele, în speranța de a reveni la momentul precedent celui în care s-a întâmplat ceva ce nu trebuia să se întâmple. Dacă în gara asta trebuia să întâlnesc pe cineva, care poate nu avea nici o legătură cu gara asta, ci trebuia doar să coboare dintr-un tren și să plece cu altul, așa cum ar fi trebuit să fac eu, iar unul dintre noi trebuia să înmâneze ceva celuilalt, de exemplu eu trebuia să-i încredințez celuilalt valiza asta pe rotile, care, în schimb, mi-a rămas mie, și-mi arde mâinile, atunci singurul lucru ce-mi rămâne de făcut e să încerc să restabilesc contactul pierdut. Am traversat cafeneaua deja de câteva ori și m-am dus la ușa care dă în piața invizibilă; de fiecare dată, zidul de întuneric m-a alungat înapoi, în zona luminată, suspendată între cele două întunecimi, a mănunchiului de peroane și a orașului întunecat. Să ies afară, și unde să mă duc? Orașul nu are încă un nume, nu știm dacă va rămâne în afara romanului sau dacă îl va domina complet, în negrul de cerneală. Știu doar că acest prim capitol întârzie să se desprindă de gară și de bar: nu e prudent să mă îndepărtez de aici, unde s-ar mai putea încă să vină cineva să mă caute; nu e prudent nici să fiu văzut de alte persoane cu valiza asta care mă încurcă. De aceea, continui să bag fise în telefonul public, care mi le scuipă de fiecare dată: multe fise, ca pentru o convorbire interurbană; cine știe unde sunt acum cei de la care am primit instrucțiuni, ba chiar ordine; e clar că depind de alții, nu arăt a om care călătorește pentru treburile lui sau care are afacerile lui. Par mai degrabă un executant, un pion într-o partidă foarte complicată, o rotiță într-un angrenaj imens, o rotiță atât de mică, încât nici n-ar trebui să se vadă; de fapt, fusese stabilit că aveam să trec pe aici fără să las urme: în schimb, fiecare minut petrecut aici lasă urme. Las urme dacă nu vorbesc cu nimeni, căci arăt ca cineva care nu vrea să deschidă gura; las urme dacă vorbesc, căci fiecare cuvânt rostit este un cuvânt care rămâne și poate apărea mai târziu, cu ghilimele sau fără ghilimele. Poate de aceea autorul acumulează supoziții peste supoziții în lungi paragrafe fără dialog, o masă de plumb dens și opac, în care eu să pot trece neobservat, să dispar.

Sunt o persoană care nu sare în ochi, o prezență anonimă pe un fundal și mai anonim; dacă tu, cititorule, n-ai putut să nu mă observi printre ceilalți călători care coborau din tren și să nu mă urmărești în acest du-te-vino al meu între bar și telefon este numai pentru că mă numesc „eu“, și e singurul lucru pe care îl știi despre mine; dar e suficient ca tu să te simți împins să investești o parte din tine însuți în acest eu necunoscut. Autorul nu are nici o intenție să vorbească despre sine însuși și a hotărât să numească „eu" personajul, aproape pentru a-l sustrage vederii, pentru a nu trebui să-l numească sau să-l descrie; orice altă denumire sau atribut l-ar fi definit mai mult decât acest simplu pronume; totuși, din cauză că a scris „eu", el se simte obligat să pună în acest „eu" un pic din sine însuși, din ceea ce simte sau își imaginează că simte. Nimic mai ușor decât să se identifice cu mine; deocamdată, comportamentul meu exterior e cel al unui călător care a pierdut o legătură, situație ce face parte din experiența tuturor; dar o situație care se întâmplă la începutul unui roman trimite întotdeauna la altceva, la ceva care s-a întâmplat, sau este pe cale să se-ntâmple, și acest altceva face riscantă identificarea cu mine, atât pentru tine, cititorule, cât și pentru el, autorul; și cu cât mai cenușiu, comun, nedeterminat și oarecare este începutul acestui roman, cu atât mai mult tu și autorul simțiți o umbră de pericol crescând deasupra acelei fracțiuni de „eu", investită cu nepăsare în „eul" unui personaj, despre care nu știți ce poveste târăște cu el, la fel cu valiza de care ar vrea așa de mult să se dezbare. Să mă descotorosesc de valiză trebuia să fie prima condiție pentru a restabili situația dinainte: dinainte de a se fi petrecut tot ceea ce s-a petrecut mai târziu. La asta mă gândesc când spun că aș vrea să parcurg timpul în sens invers: aș vrea să șterg consecințele anumitor evenimente și să restabilesc o condiție inițială. Dar fiece moment al vieții mele aduce cu sine o acumulare de fapte noi, iar fiecare dintre aceste fapte noi trage după sine propriile consecințe; de aceea, cu cât caut să mă-ntorc la momentul zero, de unde am plecat, cu atât mă îndepărtez de el; deși toate acțiunile mele urmăresc să șteargă consecințele actelor precedente, reușind chiar să obțin rezultate apreciabile în această eliminare, care-mi încălzesc inima cu speranța unei alinări imediate, trebuie să țin seama că orice mișcare a mea de a elimina evenimente precedente provoacă o avalanșă de noi evenimente, care complică situația mai rău decât înainte și pe care va trebui să le elimin la rândul lor. Trebuie, deci, să calculez bine fiece mișcare, încât să obțin maximum de eliminare cu minimum de recomplicare.

Un bărbat pe care nu-l cunosc trebuia să mă întâlnească imediat după ce aveam să cobor din tren, dacă lucrurile nu mergeau de-a-ndoaselea. Un om cu o valiză pe rotile la fel cu a mea, goală. Cele două valize s-ar fi ciocnit ca din întâmplare în acel du-te-vino de călători de pe peron, între trenuri. Un fapt ce poate avea loc din întâmplare, imposibil de deosebit de ceea ce are loc doar din întâmplare; bărbatul mi-ar fi spus parola, un comentariu la titlul ziarului care iese din buzunarul meu, despre rezultatele de la cursele de cai. „Ah, a câștigat Zenon din Elea!", iar între timp am fi urnit valizele, folosind mânerele de metal, poate schimbând câte „o replică despre cai, pronosticuri, pariuri, și ne-am fi îndepărtat spre trenuri diferite, fiecare trăgându-și valiza în direcția lui. Nimeni nu și-ar fi dat seama, dar eu aș fi rămas cu valiza celuilalt, iar el ar fi luat-o pe a mea.

Un plan perfect, atât de perfect încât fusese de-ajuns o nimica toată de complicație ca să-l năruie. Acum sunt aici, neștiind ce să fac, ultimul călător care mai așteaptă în gara asta de unde nu pleacă și unde nu sosește nici un tren până mâine dimineață. E ora la care orășelul de provincie se închide în găoacea lui. La barul gării au mai rămas doar cei din partea locului, care se cunosc între ei, oameni care nu au nimic de-a face cu gara, dar vin aici, traversând piața întunecată, poate pentru că nu există nici un alt local deschis în împrejurimi, sau poate din cauza atracției pe care gările continuă s-o exercite în orașele de provincie, stropul de noutate ce poate fi așteptat de la gări, sau poate numai amintirea vremii în care gara era singurul punct de contact cu restul lumii.

Degeaba îmi tot spun că nu mai există orașe de provincie și poate nici n-au existat vreodată: toate locurile comunică între ele în mod instantaneu, senzația de izolare este simțită numai în timpul călătoriei dintr-un loc în altul, adică atunci când nu te afli în nici un loc. Exact așa mă aflu eu aici, fără un aici, nici un altundeva, ușor de recunoscut ca străin de cei ne-străini, în aceeași măsură în care ne-străinii sunt recunoscuți de mine și invidiați. Da, invidiați. Privesc din afară viața unei seri oarecare, într-un orășel oarecare, și-mi dau seama că rămân în afara serilor oarecare pentru cine știe câtă vreme, și mă gândesc la miile de orașe ca acesta, la sutele de mii de localuri luminate, unde la ora asta oamenii lasă întunericul serii să coboare, și nu-și pot imagina nici unul dintre gândurile pe care le am; poate au altele, care n-ar fi deloc de invidiat, dar în clipa asta aș fi gata să le schimb cu oricare dintre ei. De pildă, cu unul dintre tinerii care se-nvârt printre jucători, strângând semnături pe o petiție către primărie, privind taxa pe firmele luminoase; acum, petiția e citită barmanului.

Romanul relatează aici frânturi de conversație care par să nu aibă altă funcție decât să prezinte viața cotidiană a unui oraș de provincie. – Și tu, Armida, ai semnat deja? e întrebată femeia pe care o văd doar din spate, cu cordonul atârnând, într-un palton lung, bordat cu blană și cu gulerul ridicat, un fir de fum înălțându-se dintre degetele strânse în jurul piciorului unui pahar. – Cine v-a spus că vreau să-mi instalez neon la prăvălie? răspunde ea. Dacă primăria crede că va face economie la felinare, n-am să luminez străzile pe socoteala mea! În plus, toată lumea știe unde e magazinul de pielărie al Armidei. Iar când trag oblonul, strada rămâne în întuneric și la revedere. – Tocmai de aceea ar trebui și tu să semnezi, îi spun ceilalți. O tutuiesc; toți se tutuiesc; vorbesc pe jumătate în dialect; e lume obișnuită să se vadă în fiecare zi de cine știe câți ani; orice discuție pe care o au e continuarea unor vechi discuții. Își aruncă glume, unele piperate: – Spune drept, întunericul îți slujește ca nimeni să nu vadă cine vine la tine! Pe cine primești în camera din spatele magazinului când tragi oblonul?

Aceste replici formează un zumzăit de voci indistincte, din care ar putea totuși să se ivească un cuvânt sau o frază hotărâtoare pentru ceea ce va urma. Pentru a citi cum se cuvine, trebuie să înregistrezi atât efectul zumzăitului, cât și efectul intenției ascunse, pe care nu ești încă în stare (și nici eu) s-o surprinzi. Citind, deci, trebuie să fii în același timp distrat și foarte atent, ca mine, care mă concentrez, ascuțind urechea, cu un cot pe tejgheaua barului și palma la falcă. Dacă acum romanul începe să iasă din imprecizia cețoasă, dând detalii despre aspectul persoanelor, senzația pe care vrea să ți-o transmită este de chipuri văzute pentru prima oară, dar văzute parcă de mii de ori. Suntem într-un oraș pe străzile căruia pot fi întâlnite mereu aceleași persoane; pe chipuri apasă greutatea obișnuinței, comunicată și celor care, ca mine, deși n-au mai fost niciodată aici, înțeleg că acestea sunt fețele obișnuite, trăsăturile pe care oglinda din bar le-a văzut întunecându-se sau moleșindu-se, expresii care seară de seară s-au scofâlcit ori s-au umflat. Femeia asta a fost poate frumoasa orașului; chiar și acum, eu, care o văd pentru prima oară, pot spune că e o femeie atrăgătoare; dar dacă-mi închipui că o privesc cu ochii celorlalți clienți ai barului, iată că peste ea se depune un fel de oboseală, poate doar umbra oboselii lor (sau a mea, sau a ta). Ei o cunosc de când era tânără, îi cunosc viața și minunile, unii poate au avut cândva o aventură cu ea, demult uitată; în fine, un val de alte imagini se depune asupra imaginii ei și o voalează, un bagaj de amintiri, care mă împiedică s-o văd ca pe o persoană întâlnită pentru prima dată, amintirile altora ce rămân suspendate, ca fumul sub lampă.

Marea distracție a acestor clienți ai barului par să fie pariurile: pariuri pe întâmplări minore din viața cotidiană. De pildă, unul spune: – Hai să pariem cine sosește primul astăzi la bar: doctorul Marne, sau comisarul Gorin. Și altul: – Iar doctorul Marne, când va sosi, ce va face ca să nu-și întâlnească fosta soție: va începe să joace biliard sau își va completa buletinul de pronosport?

Într-o existență ca a mea nu se pot face pronosticuri: nu știu niciodată ce mi se poate întâmpla în următorul sfert de oră, nu-mi pot imagina o viață construită din alternative minore bine circumscrise, pe care se pot pune pariuri: albă sau neagră.

— Nu știu, spun în șoaptă.

— Ce nu știi? mă întreabă ea.

E un gând pe care aș putea să-l spun, fără să-l păstrez pentru mine cum fac cu toate gândurile mele, să-l spun femeii care e aici, alături, la tejgheaua barului, cea cu magazinul de pielărie, cu care vreau să intru în vorbă de ceva vreme.

— Așa e la voi?

— Nu, nu e adevărat, îmi răspunde, și eu știam că așa vrea să-mi răspundă. Susține că nu se poate prevedea nimic, aici ca pretutindeni: firește, în toate serile, la ora asta, doctorul Marne închide dispensarul și comisarul Gorin își termină orele de serviciu la comisariatul de poliție, și trec totdeauna pe-aici, mai întâi unul sau celălalt, dar ce importanță are asta?

— Oricum, nimeni nu pare să se-ndoiască de faptul că doctorul va încerca s-o evite pe fosta doamnă Marne, îi spun eu.

— Fosta doamnă Marne sunt eu, răspunse ea. Nu da crezare tuturor poveștilor.

Atenția ta de cititor s-a îndreptat acum complet către femeie; de câteva pagini deja te-nvârți în jurul ei, eu nu, autorul se-nvârte în jurul acestei prezențe feminine, de câteva pagini aștepți ca fantasma asta feminină să ia formă, așa cum iau formă fantasmele feminine pe pagina scrisă; așteptarea ta de cititor îl împinge pe autor către ea; chiar și eu, care am alte griji pe cap, mă las antrenat să-i vorbesc, să încep o conversație pe care ar trebui s-o retez cât mai repede, ca să mă îndepărtez, să dispar. Tu, firește, ai vrea să știi mai mult despre ea, dar numai câteva elemente apar pe pagina scrisă, chipul ei rămâne ascuns între fum și păr, ar trebui să înțelegi, dincolo de cuta amară a gurii, ce anume nu e cută amară.

— Ce povești? întreb. Nu știu nimic. Știu că ai un magazin, fără firmă luminoasă. Dar nu știu nici măcar unde e.

Îmi explică. E un magazin de pielărie, valize și articole de călătorie. Nu e în piața gării, ci pe o stradă laterală, lângă pasajul de nivel al gării de mărfuri.

— Dar de ce te interesează?

— Aș vrea să fi ajuns aici mai devreme. Aș trece pe strada întunecoasă, aș vedea magazinul dumitale luminat, aș intra, aș spune: dacă dorești, te pot ajuta să tragi oblonul.

Îmi spune că oblonul e deja tras, dar că trebuie să se-ntoarcă la magazin pentru inventar, și va rămâne acolo până târziu.

Bărbații de la bar spun bancuri și se bat cu palma pe umăr. Un pariu s-a încheiat: doctorul tocmai intră în local.

— Comisarul a întârziat astă-seară, cine știe cum.

Doctorul intră și salută de jur-împrejur; privirea nu i se oprește asupra soției, dar a înregistrat cu siguranță că un bărbat vorbește cu ea. Merge până în fundul localului, cu spatele la bar; pune o monedă în biliardul electric. Și iată că eu, care trebuia să trec neobservat, am fost analizat, fotografiat de ochi cărora nu-mi pot face iluzia că le-am scăpat, ochi ce nu uită nimic și pe nimeni care se referă la obiectul geloziei și al durerii. Sunt suficienți acești ochi puțin greoi și apoși să mă facă să-nțeleg că drama dintre ei nu s-a încheiat încă: el continuă să vină în fiecare seară în această cafenea ca s-o vadă, ca să-și redeschidă vechea rană, poate pentru a afla cine o însoțește acasă în seara asta; iar ea vine în fiece seară în această cafenea tocmai pentru a-l face să sufere, sau poate sperând că obiceiul de a suferi va deveni pentru el un obicei ca toate celelalte, dobândind gustul vidului care-i umple gura și viața de ani de zile.

— Ce-mi doresc cel mai mult, îi spun, căci acum nu mai are importanță dacă vorbesc mai departe, e să dau ceasurile înapoi.

Femeia dă un răspuns oarecare, cum ar fi: – E suficient să miști acele. Iar eu: – Nu, cu gândul, concentrându-mă până când timpul s-ar întoarce înapoi. Nu e clar dacă realmente spun asta, sau aș vrea să spun asta, sau dacă autorul interpretează jumătățile de fraze pe care eu le bolborosesc. Când am ajuns aici, primul meu gând a fost: poate am făcut un asemenea efort mental, încât timpul a făcut un ocol complet; iată-mă în gara de unde am plecat prima oară, rămasă la fel ca atunci, fără nici o schimbare. Toate viețile pe care le-aș fi putut avea încep de aici: fata care ar fi putut fi iubita mea și nu a fost, cu aceiași ochi, același păr...

Ea privește în jur, cu aerul că mă ia peste picior; eu fac un semn din bărbie către ea; ea își înalță colțurile gurii, ca pentru a surâde, apoi se oprește: poate pentru că și-a schimbat părerea, sau așa surâde ea.

— Nu știu dacă e un compliment, dar îl iau ca pe un compliment. Și apoi?

— Apoi, iată-mă aici, sunt eu, cel de acum, cu valiza asta. E prima oară că numesc valiza, chiar dacă mă gândesc tot timpul la ea

Iar ea:

— Asta e seara valizelor pătrate cu rotile.

Eu rămân calm, impasibil. Întreb:

— Ce vrei să spui?

— Am vândut astăzi o astfel de valiză.

— Cui?

— Unui străin. Ca dumneata. Mergea la gară, pleca. Cu valiza goală, abia cumpărată. Ca a dumitale.

— E ceva straniu în asta? Dumneata nu vinzi valize?

— De când le am pe astea în magazin, nimeni n-a cumpărat nici una. Nu plac. Sau nu sunt practice. Sau lumea nu știe despre ele. Trebuie să fie comode, totuși.

— Nu pentru mine. Dacă seara asta ar putea fi pentru mine o seară minunată, îmi amintesc că trebuie să iau valiza cu mine și nu mai reușesc să mă gândesc la nimic.

— De ce n-o lași undeva?

— Poate într-un magazin de valize, spun eu.

— Chiar așa. Una în plus, una în minus...

Se ridică de pe scaun, își aranjează în oglindă gulerul pardesiului, cordonul.

— Dacă trec pe acolo mai târziu și bat în oblon mă auzi?

— Încearcă.

Nu salută pe nimeni. E deja afară, în piață.

Doctorul Marne pleacă de lângă biliard și merge spre bar. Vrea să mă privească în față, să surprindă poate vreo aluzie din partea celorlalți, sau măcar o grimasă Dar ceilalți vorbesc de pariuri, de pariurile despre el, fără să le pese că el îi aude. O agitație veselă și încrezătoare, cu bătăi pe umeri, care-l înconjoară pe doctorul Marne, glume vechi și zeflemele, dar în centrul veseliei e o zonă de respect, căci Marne e doctor, agent sanitar sau așa ceva, dar și pentru că e prietenul lor, sau pentru că e nenorocit și-și poartă după sine nenorocirile, rămânând mai departe prietenul lor.

— Comisarul Gorin sosește astăzi mai târziu decât orice pronostic, spune cineva, căci în clipa aceea comisarul intră în bar.

Intră.

— Salut tuturor!

Vine lângă mine, își coboară privirea asupra valizei, a ziarului, murmură printre dinți: - Zenon din Elea, apoi se duce la automatul de țigări.

M-au dat pe mâna poliției? Un polițist lucrează pentru organizația noastră. Mă apropii de automat, ca pentru a lua și eu țigări.

Spune:

— L-au omorât pe Jan. Pleacă de-aici.

— Și valiza? întreb eu.

— Ia-o cu tine. Nu vrem să știm nimic despre asta, acum. Ia rapidul de unsprezece.

— Dar nu oprește aici...

— Va opri. Du-te la peronul șase. În dreptul vagonului de mărfuri. Ai trei minute.

— Dar...

— Șterge-o, altfel trebuie să te arestez.

Organizația e puternică. Comandă poliției, căilor ferate. Trag valiza pe pasajele dintre linii, până la peronul numărul șase. Merg de-a lungul peronului. Cheiul de încărcare a mărfurilor e acolo, în capăt, cu pasajul de nivel care dă în ceață și întuneric. Comisarul e în ușa barului gării și mă urmărește din ochi. Rapidul sosește cu toată viteza, încetinește, se oprește, mă șterge din privirea comisarului, pleacă mai departe.

2

Ai citit deja vreo treizeci de pagini și povestirea a început să te pasioneze. La un moment dat observi: „Dar fraza asta nu mi se pare nouă. Mi se pare chiar că am mai citit acest pasaj.“ E clar: sunt motive ce revin, textul e împletit cu repetiții, care servesc la exprimarea fluctuației timpului. Ești un cititor sensibil la asemenea subtilități, gata să captezi intențiile autorului, nimic nu-ți scapă. În același timp, însă, ești puțin dezamăgit; tocmai acum, când începeai să fii cu-adevărat interesat, iată că autorul crede de datoria lui să afișeze una dintre obișnuitele virtuozități literare moderne, repetând un alineat ca atare. Un alineat, zici? Dar e o pagină întreagă, poți să le compari, nu a schimbat nici măcar o virgulă. Mergând mai departe, ce se-ntâmplă? Nimic, povestirea se repetă, identică celei din paginile pe care le-ai citit deja!

Un moment, privește numărul paginii. Drace! De la pagina 32 ai revenit la pagina 17! Ceea ce ai considerat o căutare stilistică a autorului nu e altceva decât o eroare de tipografie: au repetat de două ori aceleași pagini. Eroarea a avut loc la legarea volumului: o carte e făcută din „șaisprezecimi“; fiecare dintre ele e o coală mare pe care se tipăresc 16 pagini; coala se împăturește în opt; când se leagă cartea, se poate întâmpla ca într-un exemplar să se nimerească două șaisprezecimi identice; e ceva ce se-ntâmplă din când în când. Răsfoiești îngrijorat paginile care urmează pentru a găsi pagina 33, dacă există; o șaisprezecime repetată ar fi o inconveniență minimă; dauna e ireparabilă când șaisprezecimea corectă a dispărut, eventual legată într-un alt exemplar, unde va figura de două ori, iar cealaltă va lipsi. Oricum ar fi, tu vrei să reiei firul lecturii, nu-ți pasă de nimic altceva, ajunseseși la un punct în care nu poți sări nici măcar o pagină.

Iată din nou pagina 31, 32... Ce vine apoi? Iar pagina 17, pentru a treia oară! Ce fel de carte ți-au vândut? Au legat împreună atâtea exemplare din aceeași șaisprezecime, încât nu mai e nici o pagină bună în toată cartea.

Dai cu cartea de podea; ai arunca-o pe fereastră, chiar și prin fereastra închisă, printre șipcile obloanelor, ca să macine colile ei incoerente; frazele, cuvintele, modemele, fonemele să țâșnească fără a se mai putea recompune într-un limbaj; ai azvârli-o prin geam; dacă geamurile sunt incasabile, cu atât mai bine; ai azvârli cartea, redusă la fotoni, vibrații ondulatorii, spectre polarizate; ai azvârli-o prin zid, ca să se fărâmițeze în molecule și atomi, trecând prin fiecare atom de beton armat, descompunându-se în electroni, neutroni, neutrini, particule elementare mereu mai mici; ai azvârli-o prin firele de telefon, ca să se reducă la impulsuri electronice, la fluxul de informație, zguduită de redundanțe și zgomote, ca să se transforme într-o entropie frenetică. Aș vrea s-o arunc afară din apartament, din bloc, din cartier, din zona urbană, teritorială, din administrația regională, din comunitatea națională, din piața comună, din cultura occidentală, din placa continentală, din atmosferă, din biosferă, din stratosfera, din câmpul gravitațional, din sistemul solar, din galaxie, din mulțimea de galaxii; aș vrea s-o pot arunca dincolo de punctul în care au ajuns galaxiile în expansiunea lor, acolo unde spațiul-timp nu a ajuns încă, unde o va întâmpina nonexistența, ba chiar nonexistența în trecut și în viitor, încât să se piardă în negativitatea cea mai absolută, garantată, de netăgăduit. Exact cum merită, nici mai mult, nici mai puțin.

În schimb, ridici cartea, o ștergi de praf; trebuie s-o duci înapoi la librar ca să ți-o schimbe. Știm că ești mai degrabă impulsiv, dar ai învățat să te controlezi. Lucrul care te exasperează cel mai mult e să fii la cheremul întâmplătorului, al aleatoriului, al probabilității; iar în lucruri și în acțiunile oamenilor, cel mai mult te exasperează aproximarea, imprecizia ta sau a altora. În aceste cazuri, sentimentul care te domină e nerăbdarea de a șterge efectele perturbante ale acelei arbitrarietăți sau distracții, de a restabili cursul normal al evenimentelor. Abia aștepți să ai în mână un exemplar fără defecte al cărții pe care ai început-o. Te-ai repezi imediat la librărie, dacă la ora asta magazinele n-ar fi închise. Trebuie să aștepți până mâine.

Petreci o noapte agitată; somnul e un flux intermitent și plin de învolburări, ca lectura romanului, cu vise care ți se par repetarea aceluiași vis. Lupți cu visele, cum lupți cu viața fără sens sau formă, căutând o intenție, un parcurs ce trebuie să existe totuși, ca atunci când începi să citești o carte și nu știi încă în ce direcție te va purta. Ceea ce ai dori e deschiderea unui spațiu și a unui timp – abstracte și absolute – în care să te miști urmând o traiectorie exactă, încordată; dar când ți se pare că reușești, îți dai seama că stai pe loc, blocat, constrâns să repeți totul de la capăt. A doua zi, de cum ai un moment liber, alergi la librărie, intri în prăvălie întinzând cartea deschisă și arătând cu degetul o pagină, de parcă asta ar fi de-ajuns să scoată în evidență nepotrivirea totală:

— Știți ce mi-ați vândut?... Priviți... Tocmai când era cel mai pasionant...

Librarul nu pare tulburat:

— A, și dumneavoastră? Am avut deja diverse reclamații. Chiar azi de dimineață mi-a sosit o circulară de la editură. Vedeți? „În distribuirea ultimelor noutăți, o parte din tirajul volumului *Dacă într-o noapte de iarnă un călător* de Italo Calvino este defectuos și trebuie retras din circulație. Dintr-o eroare de legătorie, foile sus-numitului volum au fost amestecate cu cele ale noului roman polonez *În afara localității Malbork* de Tazio Bazakbal. Cerându-și scuze pentru această inconveniență, editura va proceda cât mai curând la înlocuirea exemplarelor defecte etc." Spuneți-mi dacă un sărman librar trebuie să se facă de râs din cauza neglijenței altora. Ne înnebunesc de tot. Am controlat volumele de Calvino unul câte unul. Câteva exemplare corecte există, din fericire, și putem înlocui *Călătorul* defect cu unul în perfectă stare, abia ieșit de sub tipar.

Un moment. Concentrează-te. Reordonează-ți în minte ansamblul de informații cu care ai fost inundat dintr-odată. Un roman polonez. Deci cartea pe care începuseși s-o citești ieri cu atâta interes nu era ce credeai, ci un roman polonez. Asta e cartea pe care trebuie să ți-o procuri acum, imediat. Nu te lăsa tras pe sfoară. Spune clar cum stau lucrurile:

— Nu, vedeți, pe mine nu mă mai interesează deloc acel Italo Calvino. Am început romanul polonez și vreau să-l continui, îl aveți pe acest Bazakbal?

— Cum doriți. Chiar puțin mai înainte a venit o clientă cu aceeași problemă ca dumneavoastră și a vrut și ea să facă schimb cu romanul polonez. Acolo, pe tejghea, e un întreg teanc de Bazakbal, vedeți, chiar acolo sub nasul dumneavoastră? Serviți-vă!

— Dar e un exemplar bun?

— Ascultați, la punctul acesta eu nu mai pun mâna în foc pentru nimic. Dacă editurile cele mai serioase fac astfel de încurcături, nu te mai poți încrede în nimeni. Cum i-am spus deja domnișoarei, așa vă spun și dumneavoastră. Dacă veți mai avea vreun motiv de reclamație, vi se vor rambursa banii. Mai mult nu pot face.

Domnișoara, ți-a arătat o domnișoară. E acolo, între două rafturi; caută ceva din colecția Penguin Modern Classics, plimbând delicat, dar hotărât, degetul pe cotoarele vineții. Ochi mari și vioi, carnație sănătoasă și bine pigmentată, părul cu unde bogate și diafane.

Cititorule, iată că Cititoarea își face intrarea fericită în câmpul tău vizual, ba chiar în câmpul atenției tale; ori poate tu ai intrat într-un câmp magnetic a cărui atracție nu o poți evita. Nu pierde vremea, ai un subiect bun pentru a intra în vorbă, un teren comun, gândește-te, poți să-ți etalezi lecturile tale vaste și variate, haide, ce mai aștepți?

— Și dumneavoastră, hm, hm, romanul polonez - spui tu foarte subtil - cartea aceea care începe și se oprește brusc, ce păcăleală; mi s-a spus că și dumneavoastră, și eu de altfel, știți, tot încercând, am renunțat la acela și-l iau pe acesta, dar ce întâmplare cu amândouă cărțile...

Doamne, puteai să fii mai explicit, dar ai exprimat ideile principale. Acum e rândul ei.

Ea surâde. Are gropițe. Îți place și mai mult. Spune:

— Da, aveam o poftă teribilă să citesc o carte bună. Asta, la început nu mi-a plăcut, dar apoi a început să-mi placă... Ce ciudă mi-a fost, când am văzut că se întrerupe. Și nici autorul nu era acela. Mi se păruse că era altfel decât în celelalte cărți ale lui. De fapt, era Bazakbal. Dar e bun acest Bazakbal. Nu citisem niciodată nimic de el.

— Nici eu, poți spune tu, liniștit, liniștind-o.

— Puţin prea confuz ca fel de a povesti, pentru gustul meu. Mie nu-mi displace deloc senzaţia de nedumerire pe care mi-o dă un roman când încep să-l citesc, dar dacă primul efect e efectul de ceaţă, mi-e teamă că atunci când ceaţa se ridică, şi plăcerea cititului se pierde.

Tu dai din cap, gânditor.

— Într-adevăr, există acest risc.

— Prefer romanele, adăugă ea, care mă fac să intru imediat într-o lume unde totul este precis, concret, bine determinat. Am o satisfacţie specială să ştiu că lucrurile sunt făcute în acel mod determinat şi nu altminteri, chiar lucrurile oarecare, care în viaţa reală îmi par indiferente. Eşti de acord? Atunci spune-i.

— Ei, astfel de cărţi, sigur că merită să fie citite.

Iar ea:

— Oricum, nu neg că şi acesta e un roman interesant.

Hai, nu lăsa conversaţia să lâncezească. Spune ceva, e suficient să vorbeşti. – Citiţi multe romane? Da? Şi eu, câteodată, deşi prefer eseistica... Asta e tot ce poţi spune? Şi apoi? Te opreşti? La revedere! Nu eşti în stare s-o întrebi: „Aţi citit cutare carte? Dar cealaltă? Care dintre ele vă place mai mult?“ Vezi, acum aveţi despre ce vorbi vreme de jumătate de oră.

Necazul e că ea a citit mult mai multe romane decât tine, mai ales străine, şi are o memorie minuţioasă, se referă la episoade precise, te întreabă:

— Vă amintiţi ce spune mătuşa lui Harry când...

Iar tu, care aduseseşi vorba despre acel titlu pentru că ştii titlul şi gata, şi-ţi plăcea s-o faci să creadă că-l citiseşi, acum trebuie să te descurci cu comentarii generale; rişti să faci o apreciere compromiţătoare, ca de exemplu: – Pentru mine e puţin cam lent, sau: – Îmi place pentru că e ironic, iar ea replică: – Adevărat, aşa credeţi? N-aş spune... – şi tu rămâi descumpănit. Te lansezi vorbind despre un autor celebru, pentru că ai citit una din cărțile lui, două cel mult, iar ea, fără ezitare, atacă operele sale complete, pe care s-ar spune că le cunoaște la perfecție, iar dacă are vreun dubiu, e și mai rău, pentru că te întreabă:

— Și celebrul episod cu fotografia tăiată e în cartea asta sau în alta? Le încurc întotdeauna...

Tu încerci să ghicești, dat fiind că ea se-ncurcă. Iar ea:

— Cum, ce spuneți? Nu se poate...

Ei, să spunem că v-ați încurcat amândoi.

Mai bine repliază-te asupra lecturii tale de aseară, asupra volumului pe care amândoi îl strângeți acum în mână și care ar trebui să vă despăgubească de recenta deziluzie.

— Să sperăm, spui tu, că de data asta am luat un exemplar bun, legat cum trebuie, și nu ne vom trezi că se întrerupe la momentul culminant, cum se-ntâmplă... (Cum se-ntâmplă când? Ce vrei să spui?) – în fine, să sperăm că vom ajunge cu bine la capătul romanului.

— Oh, da, răspunse ea.

Ai auzit? A spus: „Oh, da“ Acum e rândul tău să încerci s-o agăți.

— Sper să vă mai întâlnesc aici, dat fiind că și dumneavoastră sunteți clienta librăriei, vom schimba impresii de lectură.

Iar ea răspunse:

— Cu plăcere.

Tu știi unde vrei să ajungi, țeși în jurul ei o pânză foarte subțire.

— Cel mai nostim ar fi dacă, așa cum ne închipuiam că citim un Italo Calvino și era Bazakbal, acum, când vrem să-l citim pe Bazakbal, să deschidem cartea și să găsim un Italo Calvino.

— Ah, nu! Dacă e așa, dăm editura în judecată!

— Ascultați, de ce să nu schimbăm numerele de telefon? (Uite unde voiai să ajungi, Cititorule, învârtindu-te în jurul ei ca șarpele cu clopoței!) Așa, dacă unul dintre noi găsește că în exemplarul lui e ceva ce nu merge, poate cere ajutor celuilalt. Împreună avem mai mari șanse să alcătuim un exemplar complet.

Uite, ai spus-o. Ce e mai natural ca între Cititor și Cititoare să se stabilească, prin intermediul cărții, o solidaritate, o complicitate, o legătură?

Poți ieși din librărie mulțumit, tu, care credeai că ai depășit vârsta când mai puteai aștepta ceva de la viață. Porți cu tine două expectative diverse, dar amândouă promit zile pline de speranțe plăcute: expectativa conținută în carte – a unei lecturi pe care ești nerăbdător s-o reiei – și expectativa conținută în acel număr de telefon – să auzi din nou vibrațiile când acute, când învăluite, ale acelei voci, când va răspunde la primul tău telefon, curând, ba chiar mâine, cu scuza fragilă a cărții, ca s-o întrebi dacă-i place sau nu-i place, ca să-i spui câte pagini ai citit, sau n-ai citit, ca să-i propui să vă revedeți...

Cine ești, Cititorule, ce vârstă ai, ce stare civilă, profesie, venit? Ar fi indiscret să te întreb. Treaba ta. Ceea ce contează e starea de spirit cu care acum, în intimitatea casei tale, încerci să restabilești calmul perfect pentru a te cufunda în carte; întinzi picioarele, le tragi la loc, le întinzi iarăși. Ceva s-a schimbat de ieri. Lectura ta nu mai e solitară: te gândești la Cititoare, care în această clipă chiar deschide și ea cartea, și iată că peste romanul de citit se suprapune un posibil roman de trăit, urmarea poveștii tale cu ea, sau, mai degrabă, începutul unei posibile povești. Iată cum te-ai schimbat de ieri, tu, care susțineai că preferi o carte, un lucru solid, care există, bine definit, care dă roade fără riscuri, față de experiența trăită, care-ți scapă printre degete, discontinuă, controversată. A devenit, oare, cartea un instrument, un canal de comunicare, un loc de întâlnire? Asta nu înseamnă că lectura va avea mai puțină priză asupra ta: dimpotrivă, se adaugă ceva la forța ei.

Volumul acesta are paginile netăiate: un prim obstacol în calea nerăbdării tale. Armat cu un *coupe-papier* bun începi să-i pătrunzi tainele. Cu o tăietură hotărâtă îți faci drum între pagina de titlu și începutul primului capitol. Și iată...

Iată că încă de la prima pagină îți dai seama că romanul pe care-l ai în mână nu are nimic de-a face cu cel pe care-l citeai ieri.

În afara localității Malbork

Un iz de prăjeală plutește la începutul paginii, ceapă prăjită, puțin arsă, pentru că în ceapă există niște striații care devin violete, apoi maronii și mai ales marginea fiecărei bucățele de ceapă tăiată mărunt devine neagră, iar la urmă aurie; zeama de ceapă se carbonizează, trecând printr-o serie de nuanțe olfactive și cromatice, toate învăluite în mirosul de ulei, care prăjește încetișor. Ulei de rapiță, se spune în text, unde totul e foarte precis, lucrurile cu nomenclatura lor și senzațiile pe care le transmit, toate mâncărurile pe foc în același timp, pe plitele din bucătărie, fiecare în recipientul ei exact numit, tigăi, tigăițe, oale; la fel și operațiile pe care le implică gătitul: a tăvăli prin făină, a bate ouăle, a tăia castraveții în lamele subțiri, a împăna friptura de găină cu bucățele de slănină. Aici totul este foarte concret, consistent, denumit cu competență sigură, sau în orice caz impresia pe care ți-o dau ție, Cititorule, e cea de competență, deși sunt mâncăruri pe care nu le cunoști, desemnate prin numele lor, pe care traducătorul a crezut de cuviință să le păstreze în limba originală, de exemplu *schoëblintsjia*; deși în text nu se spune ce gust are, tu, citind *schoëblintsjia,* poți să juri pe existența ei, îi poți simți distinct gustul, un gust acrișor, poate pentru că asta îți sugerează cuvântul cu sonoritatea lui, poate pentru că în simfonia mirosurilor, a gusturilor și a cuvintelor simți nevoia unei note acrișoare.

Tăvălind carnea tocată prin făina amestecată cu ou, brațele roșii și zdravene ale lui Brigd, punctate de pistrui aurii, se acoperă cu o pulbere albă și cu fărâme de carne crudă. De câte ori pieptul ei se ridică în sus și în jos deasupra mesei de marmură, poalele fustei i se ridică la spate cu câțiva centimetri și dezvăluie scobitura dintre pulpă și mușchiul femurului, unde pielea e mai albă, brăzdată de o venă subțire, albastră. Personajele capătă încet-încet consistență, prin acumularea de detalii minuțioase și de gesturi precise, dar și de replici, frânturi de conversație, ca atunci când bătrânul Hunder spune: „Cel de anul ăsta nu te face să-ți sară căciula ca cel de anul trecut", și după câteva rânduri înțelegi că e vorba de ardei iute; și „tu sari mai puțin cu fiece an ce trece!", spune mătușa Ugurd, gustând din tigaie cu o lingură de lemn și adăugând puțină scorțișoară.

Clipă de clipă descoperi apariția câte unui personaj nou, nu se știe câți sunt în bucătăria asta imensă; e inutil să numeri, la Kudgiwa erau întotdeauna o grămadă, într-un du-te-vino: socoteala nu se potrivește, pentru că nume diferite pot aparține aceluiași personaj, desemnat, după caz, cu numele de botez, porecla, numele de familie sau al tatălui, ba chiar și apelative ca „văduva lui Jan", sau „argatul de la hambar". Dar ceea ce contează sunt detaliile fizice pe care romanul le subliniază, unghiile roase ale lui Bronko, puful de pe gușa lui Brigd, chiar și gesturile, ustensilele folosite, ciocanul de șnițel, strecurătoarea de năsturel, cuțitul de unt, încât fiecare personaj e definit mai întâi prin acest gest sau atribut; mai mult chiar, de parcă cuțitul de unt ar determina caracterul și destinul celui care în primul capitol se prezintă mânuindu-l, iar tu, Cititorule, te pregătești, de fiecare dată când în cursul romanului va apărea din nou acel personaj, să exclami: „Ah, e cel cu cuțitul de unt!", obligându-l astfel pe autor să-i atribuie acte și întâmplări care să se potrivească cu acel cuțit de unt de la început.

Bucătăria noastră de la Kudgiwa părea făcută special ca la orice oră să se adune acolo mulți indivizi, fiecare ocupat să gătească altceva; unul curăță năut, altul pregătește păstrăvul; toți condimentează și coc sau mănâncă ceva; unii plecau, și veneau alții, din zori și până noaptea târziu. În dimineața aceea, eu coborâsem foarte devreme, dar bucătăria era deja în plină activitate, pentru că era o zi deosebită de celelalte: cu o seară înainte sosise domnul Kauderer împreună cu fiul său și astăzi avea să plece, luându-mă pe mine în locul acestuia. Era prima oară când plecam de-acasă: aveam să petrec tot sezonul pe moșia domnului Kauderer, în provincia Pëtkwo, până la culesul secarei, ca să învăț funcționarea noilor mașini de asanat, importate din Belgia, în vreme ce Ponko, cel mai tânăr din familia Kauderer, avea să rămână la noi, să învețe tehnica altoirii scorușului.

Mirosurile și zgomotele obișnuite ale casei se îngrămădeau în jurul meu în dimineața aceea, ca pentru un rămas-bun: eram pe punctul de a pierde, pentru o durată atât de lungă – așa mi se părea – tot ce cunoscusem până atunci; când aveam să mă întorc, nimic nu ar mai fi fost ca înainte, și nici eu nu aveam să fiu același. De aceea, era ca un rămas-bun pentru totdeauna: de la bucătărie, de la casă, de la găluștile mătușii Ugurd; de aici, această descriere concretă, pe care tu ai surprins-o de la primele pagini, poartă în sine și dimensiunea pierderii, amețeala disoluției. Îți dai seama că ai surprins și asta, ca Cititor atent ce ești, încă de la prima pagină, când, deși mulțumit de precizia scrisului, simțeai că, la drept vorbind, totul îți fugea printre degete; poate și din cauza traducerii, ți-ai spus, care poate fi fidelă, dar cu siguranță nu restituie substanța densă pe care acei termeni trebuie că o au în limba originară, oricare ar fi ea. Fiece frază tinde să-ți transmită în același timp trăinicia relației mele cu casa din Kudgiwa și restul pierderii ei, ba mai mult: și – poate nu ți-ai dat încă seama, dar dacă te gândești, vezi că e chiar așa – impulsul să mă desprind de ea, să alerg spre necunoscut, să întorc pagina, departe de mirosul acid de *schoëblintsjia,* pentru a începe un nou capitol, cu noi întâlniri, în apusurile interminabile din Aagd, în duminicile la Pëtkwo, în petrecerile de la Palatul Sidro.

Chipul unei fete cu păr negru tuns scurt și fața prelungă apăruse pentru o clipă din valiza lui Ponko, imediat ascuns de el sub o cămașă ca de pușcărie. În camera de la cucurigu, care până acum fusese camera mea și avea să fie a lui de-acum înainte, Ponko își scotea lucrurile și le așeza în sertarele pe care eu le golisem. Îl priveam în tăcere, așezat pe valiza mea închisă deja, bătând mecanic într-un bumb care era cam strâmb; nu vorbisem defel, doar un salut murmurat printre dinți; îi urmăream toate mișcările, încercând să-mi dau seama de ceea ce se-ntâmpla: un străin se pregătea să-mi ia locul, devenea eu, colivia mea cu grauri era a lui, stereoscopul, casca de ulan atârnată de un cui, toate lucrurile pe care nu le puteam lua cu mine îi rămâneau lui, sau poate relațiile mele cu lucruri, locuri și persoane deveneau ale lui, așa cum eu eram pe punctul de a deveni el, de a-i lua locul printre lucrurile și oamenii din viața lui.

Fata aceea... – Cine e fata aceea? – am întrebat, și cu un gest nesocotit am întins mâna să apuc fotografia în rama ei de lemn sculptat. Era o fată deosebită de cele de pe la noi, care au fața rotundă și cozile de culoarea tărâțelor. Abia atunci m-am gândit la Brigd, i-am văzut dintr-odată pe Ponko și Brigd, care aveau să danseze împreună la sărbătoarea Sfântului Tadeu, Brigd care avea să cârpească mănușile de lână ale lui Ponko, și Ponko avea să-i dăruiască lui Brigd un jder prins cu capcana *mea*. – Lasă fotografia! a urlat Ponko și mi-a apucat ambele brațe cu degete de fier. – Las-o! Acum!

„Ca să-ți amintești de Zwida Ozkart", am avut timp să citesc pe fotografie. – Cine e Zwida Ozkart? am întrebat, și un pumn m-a izbit în plină față, iar eu m-am aruncat cu pumnii strânși asupra lui Ponko; ne-am rostogolit pe podea, încercând să ne sucim brațele, să ne lovim cu genunchii, să ne rupem coastele.

Oasele lui Ponko trăgeau greu, brațele și picioarele loveau sec, părul, de care încercam să-l apuc, ca să-l răstorn, era ca o mătură aspră, din păr de câine. Pe când eram încleștați, am avut senzația că în lupta aceea avea loc transformarea, și când aveam să ne ridicăm el avea să fie eu și eu el; dar poate că mă gândesc la asta abia acum, sau numai tu, Cititorule, te gândești la asta, nu eu; în acea clipă, dimpotrivă, a mă bate cu el însemna a mă menține aproape de mine însumi, de trecutul meu, ca să nu cadă în mâna lui, chiar și cu prețul de a-l distruge. Pe Brigd voiam s-o distrug, ca să nu cadă în mâinile lui Ponko, Brigd de care nu-mi închipuisem niciodată că eram îndrăgostit, și nu-mi închipuiam nici acum; dar o dată, o singură dată, ne rostogoliserăm unul peste altul, ca acum cu Ponko, pe grămada de cărbuni din spatele sobei. Acum simțeam că încă de pe atunci mă luptam pentru ea cu un Ponko ce avea să apară, că mă luptam cu el pentru Brigd și Zwida în același timp; încă de pe atunci încercam să smulg ceva din trecutul meu, pentru a nu-l lăsa rivalului meu, noului eu însumi cu părul de câine, sau poate încă de pe atunci încercam să smulg din trecutul meu necunoscut un secret pe care să-l pot anexa la trecutul sau la viitorul meu.

Pagina pe care o citești ar trebui să exprime acest contact violent, cu lovituri surde și dureroase, cu răspunsuri sălbatice și sfâșietoare, această consistență a acțiunii unui trup asupra unui alt trup, modelarea efortului și precizia propriei receptivități, adaptându-le la imaginea reflectată, pe care adversarul ți-o trimite ca o oglindă. Dar, dacă senzațiile pe care ți le evocă lectura rămân sărace în comparație cu orice senzație trăită, este și pentru că ceea ce simt eu acum, în timp ce-l strivesc pe Ponko sub pieptul meu, sau în timp ce rezist când îmi răsucește brațul la spate, nu este senzația de care aș avea nevoie pentru a afirma ceea ce vreau să afirm; vreau să spun, a o poseda pe Brigd, carnea aceea sănătoasă de fată, atât de diferită de trupul osos al lui Ponko, și chiar a o poseda pe Zwida, moliciunea mistuitoare pe care-mi închipui că o are Zwida; posedarea unei Brigd pe care o simt deja pierdută și a unei Zwida, care are doar consistența noncorporală a unei fotografii sub sticlă. Încerc în mod inutil să strâng în încolăcirea de trupuri bărbătești dușmane și identice acele fantasme de femei care dispar în diversitatea lor de neatins; încerc, în același timp, să mă lovesc pe mine însumi, poate pe celălalt eu, care e pe punctul de a-mi lua locul în casă, sau eul meu cel mai intim, pe care vreau să-l sustrag celuilalt. Ceea ce simt că mă apasă, însă, este numai caracterul străin al celuilalt, de parcă el mi-ar fi luat locul și orice alt loc, iar eu aș fi fost șters de pe fața pământului.

Lumea îmi părea străină când, în fine, m-am desprins de adversarul meu cu un brânci furios și m-am ridicat, sprijinindu-mă pe podea. Străină camera mea, valijoara cu bagajul meu, ferestruica. Mi-era teamă că nu voi mai putea stabili nici o relație cu nimeni și nimic. Voiam să merg s-o caut pe Brigd, dar fără să știu ce voiam să-i spun sau să-i fac, ce voiam să-mi spună sau ce să-mi facă ea.

Mă îndreptam spre Brigd, gândindu-mă la Zwida: cea pe care o căutam era o figură cu două fețe, o Brigd-Zwida, cum și eu eram cu două fețe, pe când mă îndepărtam de Ponko, încercând inutil să curăț cu salivă o pată de sânge de pe haina de catifea reiată – sângele meu sau al lui, de la dinții mei sau de la nasul lui Ponko.

Și, cum eram cu două fețe, am ascultat și l-am văzut dincolo de ușa sălii celei mari pe domnul Kauderer în picioare, făcând un gest larg, orizontal, în fața lui și spunând:

— Așa i-am văzut în fața mea, pe Kauni și Pitto, douăzeci și doi și douăzeci și patru de ani, cu pieptul sfâșiat de cartușe folosite la vânătoarea de lupi.

— Dar când a fost asta? a întrebat bunicul. Noi n-am știut nimic.

— Înainte de a pleca am fost la parastasul de opt zile.

— Noi credeam că lucrurile se aranjaseră de o bucată de vreme între voi și familia Ozkart. Că după atâția ani ați pus cruce poveștilor voastre blestemate.

Ochii lipsiți de gene ai domnului Kauderer erau fixați în gol; nimic nu mișca pe chipul lui de gutapercă gălbuie.

— Între Ozkart și Kauderer pacea durează numai de la o înmormântare la alta. Iar piatra pe care o punem pe mormântul morților noștri poartă inscripția: „Asta ne-a făcut-o familia Ozkart".

— Și voi? a spus Bronko, care vorbea fără să se gândească.

— Și cei din familia Ozkart scriu pe mormintele lor: „Asta ne-a făcut-o familia Kauderer." Apoi, trecându-și un deget peste mustață: Aici Ponko va fi în sfârșit în siguranță.

În clipa aceea, mama și-a împreunat mâinile și a spus:

— Maica Domnului îndurătoare, Gritzvi al nostru va fi în pericol? Se vor lega de el.

Domnul Kauderer a clătinat din cap, dar n-a privit-o în ochi:

— El nu e un Kauderer! Numai noi suntem întotdeauna în pericol!

Ușa s-a deschis. Din urina caldă de cal din ogradă se ridicau aburi în aerul înghețat. Argatul și-a băgat capul îmbujorat înăuntru și a anunțat:

— Trăsura e la scară!

— Gritzvi! Unde ești? Repede! a strigat bunicul.

Eu am făcut un pas înainte, către domnul Kauderer, care-și încheia paltonul de pluș.

3

Plăcerile oferite de folosirea unui *coupe-papier* sunt tactile, auditive, vizuale, dar mai ales mentale. Pătrunderea în lectură e precedată de un gest care traversează materia solidă a cărții, permițând accesul la substanța ei spirituală. Pătrunzând de jos în sus printre pagini, lama urcă, deschizând deodată o tăietură verticală, printr-o succesiune fluentă de decupări, ce cuprinde una câte una filele și le seceră; cu un foșnet vesel și prietenos, hârtia întâmpină acel prim vizitator, ce anunță nenumărate răsfoiri de pagini, mișcate de vânt sau de privire. O mai mare rezistență opune latura orizontală, mai ales dacă e alcătuită din pagini duble, care necesită o mișcare lentă înapoi; atunci, sunetul seamănă cu o sfâșiere sufocată, cu note mai triste. Marginea foilor se destramă, dezvăluind țesutul filamentos; se desprind fâșii subțiri, numite „bucle“, plăcute la vedere, ca spuma unui val pe plajă. A-ți croi drum prin bariera filelor implică gândul la ceea ce cuvântul închide și ascunde în sine: îți deschizi drumul spre lectură, ca printr-un codru des.

Romanul pe care-l citești ar dori să-ți prezinte o lume consistentă, densă, minuțioasă. Cufundat în lectură, miști mașinal *coupe-papier-ul* în grosimea volumului: cu lectura nu ești încă la sfârșitul primului capitol, dar cu tăiatul ești cu mult mai departe. Și iată că, în clipa în care atenția ta e complet absorbită, întorci fila la jumătatea unei fraze hotărâtoare și te afli în fața a două foi albe.

Rămâi uluit, contemplând albul crud, ca o rană, aproape sperând că vederea te-a înșelat, proiectând o pată de lumină pe carte, din cerneală. Nu, un alb intact domnește într-adevăr peste cele două pagini aflate față-n față. Mai întorci o pagină, și dai de două pagini tipărite cum trebuie. Continui să frunzărești cartea; două pagini albe alternează cu două pagini tipărite. Albe; tipărite; albe; tipărite; tot așa până la sfârșit. Filele au fost tipărite pe o singură parte; apoi, au fost împăturite și legate, de parcă ar fi fost complete.

Iată că romanul acesta, atât de bogat în senzații, ți se prezintă dintr-odată sfâșiat de văgăuni fără fund, de parcă dorința de a reda deplinătatea vitală ar revela golul de dedesubt, încerci să sari peste lacună, să reiei povestirea, agățându-te de bucata de proză ce vine după ea, destrămată ca marginea filelor separate de *coupe-papier.* Nu mai înțelegi nimic: personajele și locurile sunt schimbate, nu pricepi despre ce e vorba, dai de nume de persoane de care nu ai habar cine sunt: Hela, Casimir. Te întrebi dacă nu cumva e vorba de o altă carte, poate adevăratul roman polonez *În afara localității Malbork,* în vreme ce începutul pe care l-ai citit ar putea aparține unei alte cărți, cine știe care.

Avuseseși deja impresia că numele nu prea sunau specific poloneze: Brigd, Gritzvi. Ai un atlas bun, foarte detaliat; cauți în indicele de nume: Pëtkwo – care ar trebui să fie un centru important – și Aagd, care ar putea fi un fluviu sau un lac. Le găsești într-o îndepărtată câmpie din nord, pe care războaiele și tratatele de pace le-au atribuit în mod succesiv unor state diferite. Poate și Poloniei? Consulți o enciclopedie, un atlas istoric; nu, nici o legătură cu Polonia; în perioada dintre cele două războaie mondiale, zona aceasta constituia un stat independent: Cimeria, capitala Orkko, limba națională cimeriana, aparținând limbilor de origine botno-ugrică. Articolul „Cimeria“ din enciclopedie se încheie cu fraze prea puțin încurajatoare: „în succesivele împărțiri teritoriale între puternicii săi vecini, tânăra națiune nu a întârziat să fie ștearsă de pe hartă; populația autohtonă a fost dispersată; limba și cultura cimeriană nu au mai evoluat.“

Ești nerăbdător să dai de urma Cititoarei, s-o întrebi dacă și exemplarul ei e la fel cu al tău, să-i comunici rezultatele ipotezelor tale, informațiile pe care le-ai cules... Cauți în carnețel numărul notat în dreptul numelui ei, atunci când v-ați cunoscut

— Alo, Ludmila? Ai văzut că romanul e cu totul altul; dar și acesta, cel puțin exemplarul meu...

Vocea de la capătul firului e dură, ușor ironică.

— Nu, știți, nu sunt Ludmila. Sunt sora ei, Lotaria. (Îți spusese, de altfel: „Dacă nu răspund eu, sora mea va fi acolo.“) Ludmila nu e aici. De ce? Ce anume doriți?

— Voiam să-i spun ceva despre o carte... Nu face nimic, voi suna din nou...

— Un roman? Ludmila are întotdeauna un roman la îndemână. Cine e autorul?

— Ar trebui să fie un roman polonez de Bazakbal, pe care-l citește și ea; voiam să discutăm despre el.

— Polonez... cum e?

— Mie nu-mi displace...

Nu, n-ai priceput. Lotaria vrea să știe care e poziția autorului față de Tendințele Gândirii Contemporane și a Problemelor Ce Se Cer Soluționate. Pentru a-ți ușura sarcina, îți sugerează o listă de nume de Mari Maeștri, alături de care ar trebui să-l plasezi.

Ai din nou aceeași senzație ca atunci când *coupe-papier*-ul ți-a deschis paginile albe în fața ochilor.

— N-aş putea spune în mod precis. Vedeţi, nu sunt sigur nici măcar de titlu sau de autor. Ludmila vă va explica: e o poveste cam complicată.

— Ludmila citeşte un roman după altul, dar nu scoate niciodată în evidenţă nici o problemă. Mie mi se pare o pierdere de timp grozavă. Nu vă face aceeaşi impresie?

Dacă începi să discuţi cu ea, nu mai scapi. Te-a şi invitat la un seminar la universitate, unde cărţile sunt analizate conform tuturor Codurilor Conştiente şi Subconştiente şi unde sunt îndepărtate toate Tabuurile, impuse de Sex, Clasă, Cultură Dominantă.

— Şi Ludmila merge la aceste seminarii?

Nu, se pare că Ludmila nu se amestecă în activitatea surorii ei. Dar Lotaria contează pe participarea ta.

Tu preferi să nu te angajezi cu nimic.

— Voi vedea, voi încerca să trec pe-acolo; nu vă pot promite ferm. Deocamdată, vă rog să-i spuneţi surorii dumneavoastră că am telefonat... Dacă nu, nu-i nimic, voi suna eu din nou. Vă mulţumesc.

Gata, închide telefonul. Dar Lotaria te reţine:

— Vedeţi, e inutil să telefonaţi, aici nu e casa Ludmilei, e casa mea. Ludmila dă numărul meu de telefon persoanelor pe care nu le cunoaşte prea bine, spune că sunt bună să le ţin la distanţă...

Rămâi descumpănit. Un alt duş rece: cartea ce părea atât de promiţătoare s-a întrerupt; numărul de telefon pe care-l credeai începutul a ceva e un drum blocat, cu Lotaria asta care pretinde să te supună unui examen...

— Ah, înţeleg... Vă rog să mă iertaţi.

— Alo? Ah, dumneavoastră eraţi, domnul întâlnit la librărie?

O altă voce, a ei, a pus stăpânire pe telefon.

— Da, eu sunt, Ludmila. Şi dumneavoastră aveţi pagini albe? Era de aşteptat. Altă capcană. Tocmai când începeam să mă pasionez de carte, când voiam să mai citesc despre Ponko, despre Gritzvi...

Ești așa de mulțumit, că nu mai poți pronunța distinct nici un cuvânt Spui:

— Zwida...

— Cum?

— Da, Zwida Ozkart! Mi-ar plăcea să știu ce se-ntâmplă între Gritzvi și Zwida Ozkart... Nu-i așa că era tipul de roman care vă place?

O pauză. Apoi, vocea Ludmilei reia lent, de parcă ar încerca să exprime ceva greu de definit:

— Da, așa e, îmi place mult... Dar aș vrea ca lucrurile citite să nu fie toate prezente, așa de concrete încât le poți atinge, ci să se simtă în jurul lor prezența a ceva diferit, care nu se știe încă ce este, semnul a ceva...

— Iată, din acest punct de vedere și eu...

— Deși, nu pot nega, chiar și aici un element de mister nu lipsește...

Iar tu:

— Sigur, vedeți, misterul ar fi după mine acesta: e un roman cimerian, da, ci-me-ri-an, nu polonez, autorul și titlul nu ar fi trebuit să fie cele care sunt. N-ați înțeles nimic? Așteptați să vă explic. Cimeria, 340.000 locuitori, capitala Orkko, resurse principale: turba și subprodusele ei, compușii bituminoși. Nu, asta nu scrie în roman...

Tăcere, de partea ta și a ei. Poate Ludmila a acoperit receptorul cu mâna și se consultă cu sora ei. Fata aceea e în stare să aibă păreri și despre Cimeria. Cine știe ce ciudățenie va mai spune; fii atent.

— Alo, Ludmila...

— Alo.

Vocea ta devine caldă, convingătoare, insistentă:

— Ludmila, trebuie să vă văd, trebuie să vorbim despre treaba asta, despre aceste circumstanțe – coincidențe –

discordanțe. Aş dori să vă văd numaidecât; unde locuiți? Unde vă convine să ne întâlnim? Eu pot fi acolo într-o clipă.

Iar ea, tot calmă:

— Cunosc un profesor care predă literatura cimeriană la Universitate. Am putea merge să-l consultăm. Aşteptați să-i telefonez, să-l întreb când ne poate primi.

Ai ajuns la Universitate. Ludmila l-a anunțat pe profesorul Uzzi-Tuzii de vizita voastră la institutul lui. La telefon, profesorul s-a arătat foarte mulțumit să se pună la dispoziția celor ce se interesează de autorii cimerieni.

Ai fi preferat să te vezi mai întâi altundeva cu Ludmila, poate chiar să mergi s-o iei de-acasă şi s-o însoțeşti la Universitate. I-ai propus asta, la telefon, dar ea a spus nu, nu e nevoie să te deranjezi, la ora aceea avea să fie deja în cealaltă parte a oraşului cu alte treburi. Ai insistat, spunând că nu ai simț practic, că te temi să nu te pierzi în labirinturile Universității; nu ar fi mai bine să vă-ntâlniți la o cafenea, cu un sfert de oră mai devreme? Nici asta nu i-a convenit: aveați să vă vedeți direct acolo, la „Limbile botno-ugrice", toți ştiu unde e, poți să întrebi pe cineva. Ai înțeles, în fine, că Ludmilei, cu tot aerul ei delicat, îi place să fie stăpână pe situație, să decidă ea totul: nu-ți rămâne decât să te conformezi.

Soseşti, punctual, la Universitate, îți croieşti drum printre fetele şi băieții aşezați pe scările monumentale; te învârți, pierdut, între zidurile austere, pe care studenții le-au ilustrat cu scrieri enorme în majuscule şi cu desene minuțioase – la fel cum oamenii cavernelor simțeau nevoia s-o facă pe pereții reci ai peşterilor, pentru a pune stăpânire pe lumea minerală, atât de străină şi neliniştitoare, pentru a se familiariza cu acei pereți, a-i aduce în spațiul lor interior, a-i ataşa de latura fizică a trăirii. Cititorule, te cunosc prea puțin ca să știu dacă te miști cu o indiferentă siguranță în interiorul unei universități, sau dacă vechi traume sau dorințe avute cândva transformă universul de discipoli și profesori într-un coșmar pentru sufletul tău sensibil și plin de bun-simț. Oricum ar fi, nimeni nu știe nimic de institutul pe care-l cauți; ești trimis de la subsol la etajul IV, fiece ușă pe care o deschizi e greșită, te retragi zăpăcit, ți se pare că te-ai pierdut în cartea cu paginile albe și nu mai reușești să ieși de acolo.

Un tinerel slăbănog, cu un pulover lung pe el, vine spre tine. De cum te vede, te-mpunge cu arătătorul și spune:

— O aștepți pe Ludmila?

— De unde știți?

— Am ghicit. Mie mi-e de-ajuns să arunc o privire.

— V-a trimis Ludmila?

— Nu, dar eu mă-nvârt pe ici, pe colo, întâlnesc ba pe unul, ba pe altul, aud și observ câte ceva, și mi-e ușor să corelez faptele.

— Știți și unde trebuie să merg?

— Dacă vrei, te însoțesc la Uzzi-Tuzii. Ludmila sau e deja acolo, sau va întârzia.

Tânărul acesta atât de extravertit și bine informat se numește Irnerio. Poți să-l tutuiești, dat fiind că el te tutuiește deja.

— Ești studentul profesorului?

— Nu sunt nici un fel de student. Știu unde e, pentru că mă duceam s-o iau pe Ludmila de acolo.

— Atunci Ludmila e cea care frecventează institutul?

— Nu, Ludmila a căutat întotdeauna locuri unde să se ascundă.

— De cine?

— Ei, de toți.

Răspunsurile lui Irnerio sunt întotdeauna puțin evazive, dar se pare că Ludmila vrea s-o evite în special pe sora ei.

N-a fost punctuală la întâlnire ca să nu se întâlnească pe coridor cu Lotaria, care are seminar la ora aceea.

Ție, în schimb, ți se pare că incompatibilitatea dintre surori cunoaște niște excepții, cel puțin în privința telefonului. Ar trebui să-l faci să vorbească mai mult pe acest Irnerio, să vezi dacă știe într-adevăr atâtea lucruri.

— Tu ești prieten cu Ludmila sau cu Lotaria?

— Cu Ludmila, firește. Dar reușesc să comunic și cu Lotaria.

— Nu critică orice carte pe care o citești?

— Eu? Eu nu citesc cărți! spune Irnerio.

— Atunci ce citești?

— Nimic. M-am obișnuit atât de bine să nu citesc, încât nu citesc nici măcar ce-mi cade sub ochi din întâmplare. Nu e ușor; suntem învățați să citim de mici și toată viața rămânem sclavii tuturor lucrurilor scrise ce ne sunt aruncate în față. Poate am făcut un oarecare efort la început ca să învăț să nu citesc, dar acum mi se pare perfect natural. Secretul e să nu refuzi să privești cuvintele scrise, ba mai mult, trebuie să le privești intens, până când dispar.

Ochii lui Irnerio au pupila mare, limpede, alunecoasă; sunt ochi cărora nu le scapă nimic, de om născut în pădure, ocupat cu vânatul și culesul de fructe sălbatice.

— Atunci, poți să-mi spui ce cauți la Universitate?

— Și de ce n-aș veni aici? Lumea vine și pleacă, întâlnești pe unul, pe altul, stai de vorbă. Eu pentru asta vin; ceilalți, nu știu.

Încerci să-ți închipui cum poate apărea lumea, lumea asta plină de scrieri ce ne înconjoară de pretutindeni, cuiva care a învățat să nu citească. În același timp, însă, te-ntrebi ce legătură poate exista între Cititoare și Non-Cititor, și dintr-odată ți se pare că tocmai distanța dintre ei îi ține împreună, și nu-ți poți reprima o senzație confuză de gelozie.

Ai vrea să-l mai tragi de limbă pe Irnerio, dar ați ajuns sus, pe o scăriță laterală, la o ușă scundă cu plăcuța „Institutul de Limbi și Literaturi Botno-Ugrice“. Irnerio bate la ușă cu putere, îți spune „Salut“ și te părăsește.

Ușa se întredeschide puțin. Petele de var de pe tocul ușii și șapca ivită deasupra unei salopete căptușite cu blană de miel îți dau impresia că locul e închis pentru renovare, iar acolo nu se află decât un zugrav, sau un om de serviciu.

— Profesorul Uzzi-Tuzii este cumva aici?

Privirea care consimte de sub șapcă e diferită de cea pe care ai fi așteptat-o de la un zugrav: ochii cuiva care se pregătește să sară peste o prăpastie, proiectându-se mental de partea cealaltă, fixând privirea înainte și evitând să privească în jos și pe lături.

— Dumneavoastră sunteți? întrebi, deși ai priceput că nu poate fi decât el.

Omulețul nu deschide mai mult ușa:

— Ce doriți?

— Iertați-mă, era vorba de o informație... Vă telefonasem. Domnișoara Ludmila... Domnișoara Ludmila e aici?

— Aici nu e nici o domnișoară Ludmila... spune profesorul, trăgându-se îndărăt și arătându-ți bibliotecile înghesuite pe lângă pereți, cu numele și titlurile de pe cotoare și coperte ilizibile, ca un gard viu compact. De ce o căutați la mine?

Și, în timp ce tu îți amintești ce spunea Irnerio, că aici era una dintre ascunzătorile Ludmilei, Uzzi-Tuzii pare să arate prin gesturi cât de redus e biroul lui, ca pentru a-ți spune: „N-aveți decât s-o căutați, dacă vă închipuiți că e aici“, de parcă ar simți nevoia să se apere de bănuiala că o ascunde acolo pe Ludmila.

— Trebuia să venim împreună, spui tu, ca totul să fie clar.

— Atunci de ce nu e aici cu dumneavoastră? întreabă Uzzi-Tuzii, și chiar și această observație, logică de altminteri, e făcută pe un ton suspicios.

— Nu va întârzia... îl asiguri tu, dar o spui cu un ton aproape interogativ, ca și cum i-ai cere lui Uzzi-Tuzii să-ți confirme obiceiurile Ludmilei, despre care tu nu știi nimic, în vreme ce el s-ar putea să știe mai mult ca tine. Dumneavoastră, domnule profesor, o cunoașteți pe Ludmila, nu-i așa?

— O cunosc... De ce mă întrebați?... Ce doriți să știți?... Începe să se enerveze. Dumneavoastră vă interesați de literatura cimeriană sau... – și parcă ar vrea să spună: „... Sau de Ludmila?“, dar nu-și încheie fraza; iar tu, sincer vorbind, ar trebui să răspunzi că nu mai poți deosebi interesul tău pentru romanul cimerian de interesul pentru Cititoarea romanului. Pe de altă parte, reacția profesorului la numele de Ludmila, adăugată la confidențele lui Irnerio, aruncă o lumină misterioasă, creând în jurul Cititoarei o curiozitate neliniștitoare, nu prea diferită de cea care te leagă de Zwida Ozkart, din romanul a cărui urmare o cauți, și nici de cea față de doamna Marne din romanul pe care începuseși să-l citești cu o zi înainte, și pe care l-ai lăsat deocamdată deoparte; iată-te lansat în urmărirea tuturor acestor umbre, cele ale imaginației și cele din viața ta.

— Eu voiam... noi voiam să vă întrebăm dacă există vreun scriitor cimerian care...

— Luați loc, spune profesorul, calmat pe neașteptate, sau mai degrabă cuprins de o neliniște stabilă și cumva obstinată, care-i dizolvă neliniștile întâmplătoare și labile.

Spațiul e strâmt, pereții acoperiți de biblioteci; o bibliotecă, neavând de ce să fie sprijinită, stă în mijlocul camerei, segmentându-i spațiul redus, așa încât biroul profesorului și scaunul pe care trebuie să te așezi sunt separate de un fel de culisă; ca să vă vedeţi unul pe altul, trebuie să întindeţi gâtul.

— Suntem izolaţi în boxa asta... Universitatea se mărește și noi ne restrângem... Suntem Cenușăreasa limbilor vii... Dacă cimeriana mai poate fi considerată o limbă vie... Dar tocmai asta e valoarea ei! exclamă, într-o izbucnire afirmativă, imediat diluată; faptul de a fi o limbă modernă și o limbă moartă în același timp... Condiţie privilegiată, chiar dacă nimeni nu-și dă seama...

— Aveţi studenţi? întrebi tu.

— Cine vreţi să vină? Cine vreţi să-și mai amintească de cimerieni? În domeniul limbilor reprimate în acest moment, există atâtea altele mai atrăgătoare... Basca... Bretona... Ţigăneasca... Toţi se înscriu la ele... Nu doar ca să studieze limba, nimeni nu mai vrea să facă asta... Vor să dezbată probleme, să coreleze idei generale cu alte idei generale. Colegii mei se adaptează, urmează curentul, își intitulează cursurile „Sociologia limbii Ţării Galilor“, „Psiholingvistica occitanei“... Cu cimeriana nu se poate.

— De ce?

— Cimerienii au dispărut de parcă i-a înghiţit pământul. Dă din cap, adunându-și toată răbdarea ca să repete un lucru spus de sute de ori. Acesta este un institut mort, al unei literaturi moarte, într-o limbă moartă. De ce să mai studiezi cimeriana astăzi? Eu sunt primul care înţelege asta, sunt primul care s-o spună: dacă nu vreţi, nu veniţi, din partea mea institutul ar putea fi desfiinţat. Dar să vii aici ca să... Nu, asta e prea de tot.

— Ca să ce?

— De toate. Mi-e dat să văd de toate. Săptămâni în șir nu vine nimeni, iar când vine cineva e ca să facă ceva care... Aţi fi putut rămâne deoparte, le spun eu; ce vă poate interesa în cărţile astea scrise în limba morţilor? Dar nu, o fac dinadins, hai să mergem la limbile botno-ugrice, spun ei, hai să mergem la Uzzi-Tuzii, și așa, eu sunt la mijloc, obligat să văd, să particip...

— La ce? îl cercetezi tu, gândindu-te la Ludmila, care venea aici, care se ascundea aici, poate cu Irnerio, poate cu alții...

— La toate... Poate e ceva ce-i atrage, această nesiguranță între viață și moarte, poate e ce simt, fără să înțeleagă. Vin aici să facă ce fac, dar nu se-nscriu la cursul acesta, nu vin la seminarii, nimeni nu se interesează vreodată de literatura cimerienilor, îngropată în cărțile din bibliotecile astea, ca în mormintele dintr-un cimitir...

— Pe mine tocmai mă interesa... Venisem să vă întreb dacă există un roman cimerian care începe... Nu, mai bine să vă spun imediat numele personajelor: Gritzvi și Zwida, Ponko și Brigd; acțiunea începe la Kudgiwa, dar poate e doar numele unei întreprinderi; apoi, cred că se mută la Pëtkwo, pe Aagd...

— Oh, îl găsesc numaidecât! exclamă profesorul, și într-o clipă se scutură de negura ipohondriei și se luminează la față, ca un bec electric. E vorba fără-ndoială de *Ițindu-se de pe coasta abruptă,* unicul roman de unul dintre poeții cimerieni proeminenți ai primului sfert de secol, Ukko Ahti... Iată-l!

Și, cu un salt de pește urcând contra curentului, se-ndreaptă spre un punct precis de pe un raft, înșfacă un volum subțire, legat în verde, îl scutură de praf.

— Nu a fost tradus niciodată în nici o altă limbă. Dificultățile sunt probabil atât de mari, încât au descurajat pe toată lumea. Ascultați: „Adresez convingerea..." Nu: „Tot încerc să mă conving pe mine însumi de actul de a transmite..." Remarcați că ambele verbe sunt la frecventativ...

Un lucru îți este clar de la-nceput: cartea asta n-are nimic de-a face cu cea pe care o începuseși. Numai unele nume proprii sunt identice, amănunt firește foarte straniu, dar asupra căruia nu te oprești să meditezi, căci, puțin câte puțin, din traducerea improvizată și trudnică a lui Uzzi-Tuzii se conturează schema unei întâmplări; din descifrarea gâfâită de cuvinte amestecate se naște o narațiune amplă.

Ițindu-se de pe coasta abruptă

Încerc să mă conving că lumea vrea să-mi comunice ceva, să-mi transmită mesaje, avertismente, semnale. Mi-am dat seama de asta de când mă aflu la Pëtkwo. În fiecare dimineață ies din Pensiunea Kudgiwa pentru obișnuita plimbare până în port. Trec prin fața observatorului meteorologic și mă gândesc la sfârșitul lumii care se apropie, ba chiar se petrece de multă vreme. Dacă sfârșitul lumii ar putea fi localizat într-un punct precis, acesta ar fi observatorul meteorologic din Pëtkwo: un acoperiș de tablă sprijinit pe patru stâlpi de lemn cam șubrezi acoperă, înșirate pe o etajeră, barometre, higrometre, termografe, cu bobinele lor de hârtie gradată, ce se-nvârt cu un ticăit lent de ceasornic, sub presiunea acului care oscilează. Rotația unui anemometru în vârful unei antene înalte și pâlnia bondoacă a unui pluviometru completează dotarea fragilă a observatorului. Izolat pe marginea unui taluz al grădinii municipale, proiectat pe cerul cenușiu, uniform și imobil, observatorul pare o capcană pentru cicloane, o momeală plasată acolo ca să atragă mânecile de vânt ale oceanelor tropicale îndepărtate, oferindu-se, ca o relicvă ideală, furiei uraganelor.

În unele zile, orice văd mi se pare încărcat de semnificații: mesaje greu de comunicat altora, greu de definit, de transpus în cuvinte, dar tocmai de aceea hotărâtoare. Sunt avertismente sau presimțiri care mă privesc pe mine și omenirea în același timp: pe mine, nu evenimentele exterioare ale existenței, ci ceea ce se petrece înăuntru, în profunzime; omenirea, nu ceva anume, ci existența în general. Veți înțelege, deci, ce greu îmi este să vorbesc despre asta, dacă nu prin aluzii.

Luni. Astăzi am văzut o mână printr-una dintre ferestrele închisorii, către mare. Mă plimbam pe zidul de piatră al portului, cum îmi este obiceiul, până în spatele vechii fortărețe. Fortăreața e complet închisă între ziduri oblice; ferestrele, apărate de gratii duble sau triple, par oarbe. Deși știam că acolo sunt închiși deținuții, am privit întotdeauna fortăreața ca pe un element al naturii inerte, al regnului mineral. De aceea, apariția mâinii m-a uimit, de parcă ar fi ieșit din rocă. Mâna era într-o poziție nenaturală; presupun că, în celule, ferestrele sunt situate foarte sus, adâncite în zid. Deținutul trebuie să fi făcut un efort de acrobat, ba chiar de contorsionist, ca să-și treacă brațul prin două rânduri de gratii, așa încât să-și fluture mâna în aer liber. Nu era un semn al unui deținut către mine, sau altcineva. Oricum, eu nu l-am considerat ca atare, ba dimpotrivă, în acea clipă nu m-am gândit deloc la deținuți. Aș spune că mâna mi s-a părut albă și subțire, o mână cu nimic deosebită de mâinile mele, în care nimic nu sugerează mâna aspră, pe care ne așteptăm s-o găsim la un condamnat. Pentru mine a fost ca un semn ce venea din piatră: piatra voia să mă avertizeze că substanța noastră era aceeași, și, deci, ceva din ce constituie persoana mea avea să rămână, nu avea să se piardă odată cu sfârșitul lumii; o comunicare va mai fi încă posibilă în pustiul lipsit de viață, lipsit de viața mea și de orice amintire despre mine. Amintesc primele impresii înregistrate, care sunt cele ce contează.

Astăzi am ajuns până la terasa sub care se zărește, mai jos, o fâșie de plajă pustie și marea cenușie. Scaunele de plastic cu spătarele înalte și curbate, în formă de coș, ca să apere de vânt, erau așezate în semicerc: păreau să sugereze o lume în care specia umană a dispărut, iar lucrurile nu știu decât să vorbească despre absența acesteia. Am avut o senzație de amețeală, de parcă m-aș fi prăbușit dintr-o lume într-alta, și în fiecare dintre ele ajungeam puțin după ce sfârșitul lumii avusese loc.

Am trecut prin dreptul terasei după o jumătate de oră. De pe un scaun, văzut din spate, flutura o panglică liliachie. Am coborât pe cărarea abruptă a promontoriului până la o terasă de unde se schimba unghiul de vedere: cum mă așteptam, așezată în coș, complet ascunsă de apărătoarea de plastic, se afla domnișoara Zwida, cu pălăria de paie albă și caietul de desen pe genunchi; tocmai desena o scoică. N-am fost mulțumit că am văzut-o; semnele contradictorii de azi-dimineață îmi sugerau să nu intru în vorbă cu ea. Sunt deja vreo douăzeci de zile de când o întâlnesc, singură, în cursul plimbărilor mele pe stânci și printre dune, și nu doresc altceva decât să-i pot vorbi, ba chiar cu această intenție cobor zilnic de la pensiunea mea, dar în fiecare zi ceva mă abate de la această hotărâre.

Domnișoara Zwida locuiește la Hotelul Crinul de Mare; mă informasem despre numele ei de la portar; poate că ea a aflat; în acest sezon, sunt foarte puțini vilegiaturiști la Pëtkwo, iar tinerii pot fi numărați pe degete. Întâlnindu-mă atât de des, se așteaptă, poate, ca într-o zi să o salut. Motivele care împiedică o posibilă întâlnire între noi sunt numeroase. În primul rând, domnișoara Zwida culege și desenează scoici; eu am avut o frumoasă colecție de scoici, cu ani în urmă, când eram adolescent, dar apoi am renunțat la ea și am uitat totul: clasificările, morfologia, distribuția geografică a diferitelor specii. O discuție cu domnișoara Zwida m-ar duce în mod inevitabil la scoici și nu mă pot decide asupra atitudinii pe care s-o adopt: să mă prefac că sunt de o incompetență absolută, sau să fac apel la o experiență îndepărtată și vagă; tema scoicilor mă obligă să-mi reconsider viața, făcută din lucruri neduse până la capăt și pe jumătate eliminate; de aici, dificultatea care sfârșește prin a mă pune pe fugă.

La asta se adaugă faptul că sârguința cu care fata se dedică desenării scoicilor denotă căutarea perfecțiunii, ca formă pe care lumea poate și deci trebuie s-o atingă. Eu, în schimb, sunt convins de o bucată de vreme că perfecțiunea nu poate fi obținută decât ca un accesoriu, și din întâmplare; prin urmare, nu este demnă de interes, adevărata natură a lucrurilor reale dezvăluindu-se numai în momente de criză; apropiindu-mă de domnișoara Zwida ar trebui să manifest o oarecare apreciere a desenelor ei – de calitate foarte bună, de altfel, pe cât am putut vedea – și, deci, măcar într-o primă clipă, să mă prefac că aprob un ideal estetic și moral pe care-l resping; sau să declar de la bun început ceea ce simt, cu riscul de a o răni.

Al treilea obstacol, starea sănătății mele, care, deși mult ameliorată în urma vacanței la mare recomandate de doctori, îmi condiționează posibilitatea de a ieși din hotel și de a întâlni necunoscuți; sunt încă supus unor crize intermitente și sufăr mai ales de o eczemă plictisitoare, ce mă abate de la orice tentativă de a fi sociabil.

Schimb din când în când câteva cuvinte cu meteorologul, domnul Kauderer, când îl întâlnesc la observator. Domnul Kauderer trece pe acolo întotdeauna la amiază, ca să noteze datele înregistrate. E un bărbat înalt și uscat, cu fața întunecată, ca un indian din America. Sosește pe bicicletă, privind fix înaintea lui, ca și cum ar avea nevoie de toată concentrarea ca să se poată ține în echilibru pe șa. Reazemă bicicleta de gheretă, desface catarama unei genți atârnate de ghidon și scoate un registru cu paginile lunguiețe. Urcă pe scăunel și notează cifrele furnizate de instrumente, unele cu creionul, altele cu un stilou gros, fără a-și slăbi nici un moment concentrarea. Poartă pantaloni largi, sub un pardesiu lung; toate hainele lui sunt cenușii sau în carouri albe și negre, chiar și șapca cu cozoroc. Abia după ce a încheiat aceste operații, își dă seama că sunt acolo, observându-l, și mă salută afabil.

Am băgat de seamă că prezența domnului Kauderer e importantă pentru mine: faptul că cineva e atât de scrupulos, atent și metodic, deși știu foarte bine că sunt calități inutile, are asupra mea un efect liniștitor, poate pentru că servește la compensarea modului meu de viață imprecis, pe care – în ciuda concluziilor la care am ajuns – continui să-l resimt ca pe o culpă. De aceea, mă opresc să-l privesc pe meteorolog, chiar să discut cu el, deși nu conversația în sine mă interesează, îmi vorbește despre vreme, firește, în termeni tehnici preciși, despre efectele schimbărilor de presiune asupra sănătății, dar și despre timpurile instabile pe care le trăim, citând ca exemple episoade din viața locală sau știri citite în ziare.În aceste clipe, dezvăluie o fire mai puțin posomorâtă decât la prima vedere, ba chiar tinde să se înflăcăreze și să devină vorbăreț, mai ales când dezaprobă modul de a acționa și de a gândi al celor mulți, căci e nemulțumit din fire.

Astăzi, domnul Kauderer mi-a spus că, având de gând să plece din localitate pentru câteva zile, va trebui să găsească pe cineva să-l înlocuiască în prelevarea datelor, dar nu știe pe nimeni în care să se poată încrede. Tot discutând, a ajuns să mă întrebe dacă nu m-ar interesa să învăț să citesc instrumentele meteorologice, în care caz avea să mă învețe. Nu i-am răspuns nici da, nici ba, sau cel puțin nu am avut intenția să-i dau nici un răspuns precis, dar m-am trezit lângă el, pe scăunel, în timp ce-mi explica cum se stabilește maxima și minima, mersul presiunii, cantitatea precipitațiilor, viteza vânturilor. Pe scurt, aproape fără să-mi dau seama, mi-a încredințat sarcina de a-l înlocui în zilele următoare, începând de mâine la douăsprezece. Deși acceptul meu a fost cumva forțat, nelăsându-mi timp de gândire, nici putința de a-l face să înțeleagă că nu mă puteam decide pe loc, această sarcină nu-mi displăcea.

Marți. Azi-dimineață am vorbit pentru prima oară cu domnișoara Zwida. Sarcina de a nota datele meteorologice a jucat un anume rol, ajutându-mă să-mi depășesc nesiguranța: pentru prima dată de când sunt la Pëtkwo, ceva era fixat dinainte, de la care nu puteam să mă sustrag. Din cauza asta, oricum s-ar fi desfășurat conversația noastră, la douăsprezece fără un sfert aveam să spun: „Ah, era să uit, trebuie să mă grăbesc spre observator, căci e ora preluării datelor." Și mi-aș fi luat rămas-bun, poate ușurat, dar oricum cu certitudinea de a nu putea face altfel. Cred că am intuit încă de ieri, în mod confuz, când domnul Kauderer mi-a făcut propunerea, că această obligație avea să-mi dea curaj să vorbesc cu domnișoara Zwida: dar abia acum lucrul acesta îmi e clar, admițând că așa e.

Domnișoara Zwida desena un arici de mare. Era așezată pe un scăunel pliant, pe dig. Ariciul era răsturnat pe o piatră, deschis: își strângea țepii încercând în mod inutil să se ridice. Desenul fetei era un studiu în clarobscur, din linii fine și țepoase de jur-împrejur, al cărnii umede a moluștei, care se dilata și se contracta. Discuția pe care o aveam în minte, despre forma scoicilor ca armonie înșelătoare, înveliș ce ascunde adevărata substanță a naturii, nu se mai potrivea. Atât priveliștea ariciului, cât și desenul transmiteau senzații neplăcute și crude, ca viscerele expuse privirii. Am început discuția spunând că nimic nu e mai greu de desenat decât aricii de mare: atât învelișul țepos văzut de sus, cât și molusca răsturnată, cu toată simetria radiind din structura ei, ofereau prea puține puncte de sprijin pentru o reprezentare lineară. Mi-a răspuns că o interesa să-l deseneze pentru că era o imagine ce revenea în visele ei și voia să se elibereze de ea. Luându-mi rămas-bun, am întrebat-o dacă ne putem vedea mâine dimineață în același loc. A spus că mâine are alte obligații; poimâine, însă, va ieși din nou cu caietul de desen și-mi va fi ușor s-o întâlnesc.

Pe când controlam barometrele, doi bărbați s-au apropiat de gheretă. Nu-i mai văzusem niciodată: înfofoliți în haine negre, cu gulerul ridicat. M-au întrebat dacă domnul Kauderer era aici, unde s-a dus, dacă nu-i știam adresa, când avea să se întoarcă. Am răspuns că nu știam și i-am întrebat cine erau și de ce mă întrebau toate astea.

— Nimic, nu face nimic, au spus, îndepărtându-se.

Miercuri. Am mers să duc un buchet de violete la hotel pentru domnișoara Zwida. Portarul mi-a spus că a ieșit demult. M-am învârtit îndelung, sperând s-o întâlnesc din întâmplare. În piața fortăreței, rudele deținuților stăteau la coadă: azi e zi de vizită la închisoare. În mijlocul femeilor cu basmale pe cap și copii care plângeau, am văzut-o pe domnișoara Zwida. Fața îi era acoperită de o voaletă neagră, fixată sub pălărie, dar mersul îi era greu de confundat: stătea cu capul sus, gâtul drept și mândru.

Într-un colț al pieței, parcă supraveghind coada de la poarta închisorii, erau cei doi bărbați în negru, care mă interpelaseră ieri la observator.

Ariciul de mare, voaleta, cei doi necunoscuți: culoarea neagră continuă să-mi apară în circumstanțe care o impuneau atenției mele; sunt mesaje pe care le interpretez ca pe o aluzie la noapte. Mi-am dat seama de multă vreme că tind să reduc prezența întunericului din viața mea. Faptul că medicii mi-au interzis să ies după apusul soarelui m-a constrâns să trăiesc luni de zile în granițele lumii diurne. Dar nu numai asta: găsesc în lumina zilei, în acea luminozitate difuză, palidă, aproape fără umbre, o obscuritate mai densă decât cea a nopții.

Miercuri seara. În fiecare seară, petrec primele ore de întuneric umplând aceste pagini, pe care nu știu dacă le va citi vreodată cineva. Globul de sticlă din camera mea de la Pensiunea Kudgiwa îmi luminează scrisul puțin prea nervos ca un viitor cititor să-l poată descifra. Poate că acest jurnal va fi descoperit mulți, mulți ani după moartea mea, când limba noastră va fi suferit cine știe ce transformări, iar unele dintre cuvintele și întorsăturile de frază folosite de mine în mod curent vor părea desuete și vor avea un sens incert. În orice caz, cine-mi va găsi jurnalul va avea un avantaj sigur asupra mea: dintr-o limbă scrisă se pot deduce un vocabular și o gramatică, frazele pot fi izolate, transcrise și parafrazate într-o altă limbă. Eu, în schimb, încerc să citesc în succesiunea lucrurilor ce mi se dezvăluie în fiecare zi intențiile universului față de mine, și merg pe dibuite, știind că nu poate exista nici un vocabular care să traducă în cuvinte greutatea aluziilor obscure, prezente în lucruri. Aș vrea ca presentimentele și dubiile mele să ajungă la cine mă va citi, nu ca un obstacol accidental în înțelegerea însemnărilor mele, ci ca însăși substanța lor. Dacă, însă, raționamentele mele vor părea ambigue cui va încerca să le urmărească, plecând de la obiceiuri mentale radical schimbate, important este ca ele să transmită efortul meu de a citi, printre rândurile lucrurilor, sensul ambiguu a ceea ce mă așteaptă.

Joi. Grație unui permis special de la direcție – mi-a explicat domnișoara Zwida – pot intra în închisoare în zilele de vizită și mă pot așeza la masa din vorbitor, cu foile de desen și cu cărbunele. Umanitatea simplă a rudelor deținuților oferă subiecte interesante pentru studiile după natură.

Eu nu o întrebasem nimic, dar, dându-și seama că o văzusem ieri în piață, se simțise obligată să-și justifice prezența în acel loc. Aș fi preferat să nu-mi fi spus nimic, căci nu simt nici o atracție pentru desene de chipuri omenești și n-aș fi știut cum să le comentez dacă mi le-ar fi arătat, ceea ce nu s-a întâmplat însă. M-am gândit că aceste desene erau într-o servietă specială, pe care domnișoara o lăsa în birourile închisorii de la o dată la alta, căci ieri – îmi aminteam perfect – nu avea cu ea nelipsitul caiet și nici penarul cu creioane.

— Dacă aș ști să desenez, m-aș ocupa numai cu studiul formelor obiectelor inanimate – am spus eu cu ton oarecum peremptoriu, căci voiam să schimb subiectul și pentru că, într-adevăr o înclinare naturală mă făcea să-mi recunosc stările de spirit în suferința imobilă a lucrurilor.

Domnișoara Zwida s-a arătat imediat de acord: obiectul pe care l-ar fi desenat cu cea mai mare plăcere, mi-a spus, era una dintre acele mici ancore cu patru cârlige, numite „grapine“, folosite de vasele de pescuit. Mi-a arătat câteva trecând pe lângă bărcile amarate la dig și mi-a explicat dificultatea de a desena cele patru cârlige din diverse unghiuri și perspective. Am înțeles că obiectul ascundea un mesaj pentru mine și trebuia să-l descifrez: ancora, un îndemn să mă fixez, să mă agăț, să dau de fund, punând capăt stării mele fluctuante, menținerii mele la suprafață. Dar această interpretare putea da naștere unor dubii: putea fi și o invitație să ridic ancora, să mă avânt în larg. Ceva în forma grapinei, cei patru dinți îndoiți, cele patru brațe de fier, uzate prin frecarea de stâncile din adâncuri, mă preveneau că orice decizie va implica sfâșieri și suferințe. Spre ușurarea mea, rămânea faptul că nu era vorba de o ancoră grea, de ocean, ci de o mică ancoră subțire: nu mi se cerea, deci, să renunț la disponibilitatea tinereții, ci doar să mă opresc o clipă, să reflectez, să sondez obscuritatea din mine.

— Pentru a desena acest obiect în tihnă, din toate unghiurile – a spus Zwida – ar trebui să-l am în mână, ca să-l pot studia. Credeți că pot cumpăra o ancoră de la un pescar?

— Puteți întreba, am spus.

— De ce nu încercați dumneavoastră să cumpărați una? Nu îndrăznesc s-o fac eu însămi, pentru că o domnișoară de la oraș care se interesează de o unealtă de pescari ar provoca stupoare.

M-am văzut în clipa când îi prezentam grapina de fier ca pe un buchet de flori: o imagine atât de nepotrivită, avea ceva strident și sălbatic în ea. Ascundea, cu siguranță, o semnificație care-mi scăpa; promițându-mi să meditez la asta în liniște, am acceptat.

— Aș vrea ca de grapină să fie fixat odgonul, a precizat Zwida. Pot petrece ore întregi fără să mă satur desenând un morman de funii răsucite. De aceea, luați și o funie foarte lungă: zece, ba nu, doisprezece metri.

Joi seara. Doctorii mi-au dat voie să beau cu moderație băuturi alcoolice. Ca să sărbătoresc vestea, la apusul soarelui am intrat în cârciuma „Steaua Suediei“, să beau niște rom fiert. În jurul barului erau pescari, vameși, hamali. Acoperind celelalte voci, răsuna glasul unui om bătrân, în uniformă de paznic de închisoare, vorbind aiurea, beat, într-o cascadă de pălăvrăgeală:

— Miercurea, domnița parfumată îmi dă o bancnotă de 100 de coroane ca s-o las singură cu deținutul. Joia, cele

100 de coroane s-au dus toate pe bere. Când s-a terminat ora de vizită, domnița iese cu putoarea de pușcărie pe hainele ei elegante, iar deținutul se-ntoarce în celulă cu parfumul domniței pe hainele de pușcăriaș. Eu, în schimb, rămân cu mirosul de bere. Viața nu e altceva decât un schimb reciproc de mirosuri.

— Aș spune că viața e și moarte, a intervenit un alt bețiv, care, cum am aflat imediat, era cioclu de profesie. Eu încerc să scap de mirosul de mort cu mirosul de bere. Și numai mirosul de mort te va scăpa de mirosul de bere, ca pe toți băutorii cărora mi-e dat să le sap groapa.

Am considerat acest dialog un avertisment să fiu în gardă: lumea se destramă și încearcă să mă tragă după sine.

Vineri. Pescarul a devenit pe neașteptate bănuitor:

— La ce vă trebuie? Ce faceți dumneavoastră cu o ancoră cu grapină?

Erau întrebări indiscrete; ar fi trebuit să răspund: „Ca s-o desenez“, dar cunoșteam rezerva domnișoarei Zwida în a-și etala activitatea artistică într-un mediu incapabil s-o aprecieze; răspunsul potrivit, din partea mea, ar fi fost: „Pentru a o gândi“ și pas de a fi înțeles.

— Treaba mea, am răspuns.

Începusem prin a vorbi politicos, dat fiind că ne cunoscuserăm ieri seară la cârciumă, dar pe neașteptate dialogul nostru devenise acru.

— Mergeți la o prăvălie de obiecte nautice, mi-a tăiat-o pescarul. Marfa mea nu e de vânzare.

Cu negustorul mi s-a întâmplat același lucru: abia am formulat întrebarea, că s-a și întunecat la față:

— Nu putem vinde asemenea obiecte la străini, a spus. Nu vrem încurcături cu poliția. Și, în plus, cu o funie de doisprezece metri... Nu că vă suspectez pe dumneavoastră, dar n-ar fi prima oară că cineva aruncă o grapină până la gratiile închisorii, ca să ajute un prizonier să evadeze...

Cuvântul „a evada“ e unul dintre cuvintele pe care nu le pot auzi fără să fac o mie de supoziții. Căutarea ancorei, în care m-am angajat, pare să-mi sugereze calea unei evadări, poate a unei metamorfoze, a unei resurecții. Cu un tremurat, îndepărtez gândul că închisoarea este trupul meu muritor, iar evadarea ce mă așteaptă e desprinderea sufletului, începutul unei vieți ultraterane.

Sâmbătă. Era prima oară că ieșeam noaptea, după multe luni, și asta mă neliniștea foarte tare, mai ales pentru că sunt predispus să răcesc la cap; de aceea, înainte de a ieși, mi-am tras o căciulă de lână peste urechi, o beretă de lână peste ea, o pălărie de fetru deasupra. Înfofolit, cu un fular în jurul gâtului și altul în jurul șalelor, puloverul de lână, scurta de blană și haina de piele, cizmele căptușite, mă simțeam mai apărat. Noaptea, cum am constatat imediat, era blândă și senină. Dar tot nu puteam să înțeleg de ce domnul Kauderer trebuise să-mi fixeze o întâlnire la cimitir în plină noapte, printr-un bilet misterios, înmânat în mare secret. Dacă se-ntorsese, de ce nu ne puteam vedea ca de obicei? Iar dacă nu se-ntorsese, pe cine aveam să-ntâlnesc la cimitir?

Poarta mi-a deschis-o cioclul, pe care-l cunoscusem la cârciuma „Steaua Suediei“.

— Îl caut pe domnul Kauderer, i-am spus.

A răspuns:

— Domnul Kauderer nu e aici. Dar, cum cimitirul e casa celor care nu sunt, intrați.

Înaintam printre pietrele funerare, când m-a atins o umbră iute și foșnitoare; a frânat și a coborât din șa.

— Domnul Kauderer! am exclamat, uimit să-l văd mergând pe bicicletă printre morminte, cu farul stins.

— Sst! mi-a poruncit să tac. Dumneavoastră comiteţi imprudenţe grave. Când v-am încredinţat observatorul, nu mi-am închipuit că aveaţi să vă compromiteţi într-o încercare de evadare. Aflaţi că noi suntem împotriva evadărilor individuale. Trebuie să dăm timp timpului. Avem un plan general, cu scadenţă lungă, pe care trebuie să-l îndeplinim.

Auzindu-l spunând „noi“, însoţit de un gest larg, m-am gândit că vorbea în numele morţilor. Domnul Kauderer era evident purtătorul de cuvânt al morţilor, care declarau că nu vor să mă accepte încă în mijlocul lor. Am simţit o mare uşurare.

— Tot din cauza dumneavoastră va trebui să-mi prelungesc absenţa, a adăugat. Mâine sau poimâine veţi fi chemat la comisariatul de poliţie, unde veţi fi interogat în legătură cu ancora cu grapină. Fiţi foarte atent să nu mă amestecaţi în treaba asta; ţineţi seama că întrebările comisarului vor încerca să vă facă să spuneţi ceva privitor la persoana mea. Dumneavoastră nu ştiţi nimic despre mine, doar că am plecat şi n-am spus când aveam să mă întorc. Puteţi spune că v-am rugat să mă înlocuiţi la prelevarea datelor numai pentru câteva zile. De altfel, de mâine încolo, sunteţi scutit de a mai merge la observator.

— Nu, asta nu! am exclamat, cuprins de o disperare neaşteptată, de parcă în acea clipă mi-aş fi dat seama că numai controlarea instrumentelor meteorologice îmi permitea să stăpânesc forţele universului şi să descopăr o oarecare ordine în el.

Duminică. Dis-de-dimineaţă, m-am dus la observatorul meteorologic, m-am urcat pe scăriţă şi am rămas acolo, în picioare, ascultând ticăitul instrumentelor de înregistrare, ca muzica sferelor cereşti. Vântul alerga pe cerul dimineţii, transportând nori pufoşi; norii se aşezau în ghirlande: cirus, apoi cumulus. Către orele nouă și jumătate, s-a pornit un ropot de ploaie, dar pluviometrul a înregistrat doar câțiva centilitri; a urmat un curcubeu parțial, de scurtă durată. Cerul a început apoi să se întunece, acul barometrului a căzut, trasând o linie aproape verticală; a vuit tunetul și am auzit răpăitul grindinei. Eu, acolo, de sus, simțeam că am în mână seninul și furtunile, fulgerele și negurile: nu ca un zeu, nu, nu mă credeți nebun, nu mă credeam Zeus Tonans, ci ca un dirijor, cu partitura în față, gata scrisă, știind că sunetele ieșite din instrumente corespund unui desen, al cărui principal custode și depozitar este el. Acoperișul de tablă răsuna ca o tobă sub ropotul ploii; anemometrul se-nvolbura; universul acesta de bufnituri și salturi putea fi tradus în cifre de încolonat în registrul meu. Un calm suveran prezida peste urzeala cataclismelor.

În acea clipă de armonie și împlinire, un scârțâit m-a făcut să privesc în jos. Ghemuit între treptele scăriței și stâlpii de susținere ai gheretei, se afla un bărbat cu barbă, îmbrăcat într-un veston grosolan în dungi, ud leoarcă de ploaie. Mă privea cu ochi senini și hotărâți.

— Am evadat, a spus. Nu mă trădați. Ar trebui să mergeți să avertizați pe cineva. Vreți s-o faceți? Locuiește la hotelul Crinul de Mare.

Am simțit imediat că în ordinea perfectă a universului s-a deschis o breșă, o ruptură ireparabilă.

4

A asculta pe cineva citind cu voce tare nu seamănă deloc cu cititul în gând. Când citești, te poți opri sau sări unele fraze: tu decizi ritmul. Când altcineva citește, e dificil să faci să coincidă atenția ta cu ritmul lecturii celuilalt: vocea ori e prea grăbită, ori prea tărăgănată...

Să asculți, însă, pe cineva traducând dintr-o altă limbă implică o doză de ezitare în alegerea cuvintelor, o doză de imprecizie și de provizoriu. Când tu citești, textul e ceva care se află acolo, cu care ești obligat să te confrunți; când îți este tradus cu glas tare, textul este și nu este, și nu reușești să-l atingi.

În plus, profesorul Uzzi-Tuzii își începuse traducerea orală nesigur dacă avea să fie în stare să combine cuvintele, revenind asupra fiecărei fraze ca să-i ordoneze descâlcirile sintactice, manipulându-le, până când se șifonau complet, mototolindu-le, ciopârțindu-le, oprindu-se asupra fiecărui cuvânt pentru a-i ilustra folosirile idiomatice și conotațiile, acompaniindu-se cu gesturi învăluitoare, invitându-te parcă să te mulțumești cu echivalențe aproximative, întrerupându-se pentru a enunța reguli gramaticale, derivații etimologice, citate din clasici. Dar când te-ai convins că profesorul ține mai mult la filologie și erudiție decât la subiect, îți dai seama că adevărul este altul: învelișul academic slujește doar să protejeze ceea ce povestirea spune și nu spune, inspirația poetică gata să se disperseze în contact cu aerul, ecoul unei cunoașteri dispărute, dezvăluită în penumbră și prin aluziile trecute sub tăcere.

Hărțuit între nevoia de a interveni cu luminile sale interpretative, pentru a ajuta textul în explicarea multiplicității sensurilor sale, și conștiința că orice interpretare exercită asupra textului o violență și un abuz, profesorul nu găsea altceva mai bun de făcut ca să-ți faciliteze înțelegerea pasajelor celor mai obscure decât să le citească în original. Pronunțarea acelei limbi necunoscute, dedusă din reguli teoretice, netransmisă prin ascultarea unor voci, cu inflexiunile lor individuale, nemarcată de urmele auzului ce plăsmuiește și transformă, dobândea claritatea absolută a sunetelor care nu așteaptă răspuns, ca trilul ultimei păsări dintr-o specie dispărută, sau bâzâitul strident al unui avion cu reacție abia inventat, care se dezagregă pe cer la primul zbor de probă.

Apoi, încetul cu încetul, ceva a început să se miște și să curgă printre frazele acestei recitări contorsionate. Proza romanului cucerise incertitudinea vocii; devenise fluidă, transparentă, continuă; Uzzi-Tuzii înota în ea ca peștele în apă, însoțindu-se cu gesturi (ținea brațele desfăcute ca niște aripioare), cu mișcarea buzelor (prin care cuvintele ieșeau ca mici bule de aer), cu privirea (ochii lui parcurgeau pagina ca ochii peștilor în adâncuri, dar și ca ochii cuiva care vizitează un acvariu, urmărind mișcările unui pește dintr-o vitrină luminată).

Acum, în jurul tău nu se mai află camera institutului, bibliotecile, profesorul: ai intrat înăuntrul romanului, vezi plaja aceea nordică, urmărești pașii unui domn firav. Ești atât de absorbit încât întârzii să-ți dai seama de o prezență lângă tine. Cu coada ochiului o descoperi pe Ludmila. E acolo, așezată pe o grămadă de volume in-folio, ascultând concentrată urmarea romanului.

A sosit în clipa asta sau a auzit lectura de la început? A intrat pe tăcute, fără să bată la ușă? Era deja aici, ascunsă printre rafturi? (Venea să se ascundă aici, spusese Irnerio. Vin aici să facă lucruri de nenumit, spusese Uzzi-Tuzii.) Sau e o apariție evocată de vraja degajată de cuvintele profesorului-vrăjitor?

Uzzi-Tuzii își continua recitarea, și nu părea să se mire de prezența noii ascultătoare, de parcă ar fi fost acolo dintotdeauna. Nici nu tresare când ea, la o pauză mai lungă, îl întreabă:

— Și pe urmă?

Profesorul închide cartea brusc.

— Și pe urmă nimic. *Ițindu-se de pe coasta abruptă* se întrerupe aici. Odată scrise aceste prime pagini de roman, Ukko Ahti a intrat în criza depresivă care l-a dus în câți-va ani la trei încercări de sinucidere nereușite și la una reușită. Fragmentul a fost publicat în culegerea operelor sale postume, împreună cu versuri risipite, un jurnal intim și însemnările pentru un eseu asupra întrupărilor lui Buddha. Din păcate, nu s-a găsit nici un plan sau ciornă care să explice cum intenționa Ahti să dezvolte întâmplarea. Deși mutilat, sau poate tocmai de aceea, *Ițindu-se de pe coasta abruptă* este textul cel mai reprezentativ al prozei cimeriene, prin ceea ce prezintă și mai ales prin ceea ce ascunde, sustrăgându-se, lipsindu-ne de ceva, dispărând...

Vocea profesorului e pe punctul de a se stinge, întinzi gâtul să te convingi că e tot acolo, în spatele rafturilor ce-l despart de privirea ta, dar nu mai reușești să-l vezi, de parcă a fost înghițit de gardul viu de publicații academice și serii de reviste, subțiindu-se, ca să se poată strecura prin interstițiile lacome de praf, înghițit poate de destinul anulant, ce amenință obiectul studiilor sale, de abisul întreruperii bruște a romanului. Ai vrea să te propteşti pe marginea acestui abis, susţinând-o pe Ludmila, sau agăţându-te de ea; mâinile tale încearcă să-i apuce mâinile...

— Nu mă întrebaţi unde e urmarea acestei cărţi! – un strigăt acut porneşte dintr-un punct nedeterminat dintre biblioteci. Toate cărţile continuă dincolo...

Vocea profesorului urcă şi coboară; unde s-a băgat? Poate se rostogoleşte sub birou, poate e gata să se agaţe de plafonieră.

— Continuă unde? întrebaţi voi, pironiţi pe marginea abisului. Dincolo de ce...?

— Cărţile sunt treptele pragului... Toţi autorii cimerieni l-au trecut... Apoi începe limba fără cuvinte a morţilor, care spune lucruri pe care numai limba morţilor le poate spune. Cimeriana e ultima limbă a celor vii... e limba pragului! Aici se vine pentru a trage cu urechea la lumea de dincolo... Ascultaţi...

Nu mai ascultaţi nimic, voi doi. Aţi dispărut şi voi, turtiţi într-un colţ, lipiţi unul de altul. Ăsta e răspunsul vostru? Vreţi să demonstraţi că şi cei vii au o limbă fără cuvinte, cu care nu se pot scrie cărţi, nici înregistra sau aminti, dar care poate fi doar trăită, clipă de clipă? Mai întâi vine această limbă fără cuvinte a trupurilor vii. Asta e, oare, premisa de care am vrea să ţină cont Uzzi-Tuzii? Apoi vin cuvintele cu care se scriu cărţi şi se încearcă inutil traducerea acelei prime limbi, apoi...

— Cărţile cimeriene sunt toate neterminate... suspină Uzzi-Tuzii, deoarece ele continuă dincolo... În cealaltă limbă, în limba tăcută la care trimit toate cuvintele din cărţile pe care credem că le citim...

— Credem... De ce „credem“? Mie-mi place să citesc, să citesc cu-adevărat...

Ludmila e cea care vorbeşte astfel, cu convingere şi căldură. E aşezată în faţa profesorului, îmbrăcată simplu și elegant, în culori deschise. Felul ei de a fi, plin de interes pentru ceea ce-i poate oferi lumea, îndepărtează abisul egocentric al romanului sinucigaș, care sfârșește prin a se cufunda în sine însuși. În vocea ei cauți confirmarea nevoii tale de a te agăța de lucrurile existente, de a citi ceea ce e scris și gata, alungând fantasmele care scapă printre degete. (Chiar dacă îmbrățișarea voastră a avut loc numai în imaginația ta, mărturisește, e totuși o îmbrățișare ce se poate realiza dintr-o clipă într-alta...)

Dar Ludmila e întotdeauna cu cel puțin un pas înaintea ta:

— Mi-ar plăcea să știu că există cărți pe care voi mai putea să le citesc... - spune, sigură că dorinței ei fierbinți trebuie să-i corespundă obiecte existente, concrete, deși necunocute.

Cum vei putea ține pasul cu ea, cu femeia asta care citește mereu o altă carte, în afară de cea pe care o are în față, o carte ce nu există încă, dar care, dat fiind că ea o dorește, nu se poate să nu existe? Profesorul e acolo, la biroul lui; în conul de lumină al unei lămpi de masă se ivesc mâinile lui în aer sau abia atingând volumul închis, cu o mângâiere tristă.

— Pentru a citi - spune el - e nevoie să existe un obiect, un obiect făcut din scriere, un obiect solid, material, ce nu poate fi schimbat; prin acest obiect ne confruntăm cu alt lucru, care nu e prezent, dar face parte din lumea imaterială, invizibilă, pentru că poate fi doar gândit, imaginat, sau pentru că a existat și nu mai este, a trecut, s-a pierdut, e de neatins, în lumea morților...

— ...Sau care nu e prezent fiindcă nu există încă, ceva dorit, temut, posibil sau imposibil - spune Ludmila - a citi înseamnă a merge în întâmpinarea a ceva pe punctul de a fi, dar nimeni nu știe încă ce va fi... (Iată, o vezi pe Cititoare încercând să scruteze dincolo de marginea paginii tipărite ivirea la orizont a navelor salvatorilor sau invadatorilor, a furtunilor...). Cartea pe care aş avea acum poftă s-o citesc e un roman în care se simte apropierea povestirii, ca un tunet confuz încă, a destinului istoric şi a destinului personajelor, un roman care să dea senzaţia că trăim o răsturnare încă fără nume, fără formă...

— Bravo, surioară, văd că faci progrese!

Dintre rafturi a apărut o fată cu gâtul lung şi chip de pasăre, privirea fermă de după ochelari, părul bogat şi creţ, îmbrăcată cu o bluză largă şi pantaloni strâmţi.

— Venisem să te anunţ că am găsit romanul pe care-l căutai: e chiar cel studiat în cadrul seminarului nostru despre revoluţia feminină, la care te invit, dacă vrei să ne asculţi analizându-l şi discutându-l!

— Lotaria – exclamă Ludmila – vrei să spui că ai ajuns şi tu la *Iţindu-se de pe coasta abruptă,* romanul neterminat al lui Ukko Ahti, scriitorul cimerian?

— Eşti prost informată, Ludmila, ăsta e romanul, dar nu e neterminat, ci terminat, nu e scris în cimeriană, ci în cimbrică, titlul a fost schimbat mai târziu în *Fără a se teme de vânt şi ameţeală,* iar autorul l-a semnat cu un alt pseudonim, Vorts Viljandi.

— E un fals! strigă profesorul Uzzi-Tuzii. Este un caz cunoscut de contrafacere! E vorba de materiale apocrife, răspândite de naţionaliştii cimbri în timpul campaniei de propagandă anti-cimeriană, la sfârşitul Primului Război Mondial.

În spatele Lotariei se-nghesuise o armată de fete cu ochii limpezi şi liniştiţi, ochi cam alarmanţi, poate tocmai pentru că sunt prea limpezi şi liniştiţi. Printre ele îşi face loc un bărbat palid şi bărbos, cu privirea sarcastică şi colţurile buzelor schiţând o grimasă de dezamăgire.

— Sunt dezolat că trebuie să contrazic un ilustru coleg – spune el – dar autenticitatea acestui text a fost dovedită de regăsirea manuscriselor pe care cimerienii le ascunseseră!

— Sunt uimit, Galligani! geme Uzzi-Tuzii, că tu conferi autoritatea catedrei tale de limbi și literaturi erulo-altaice unei mistificări grosolane! Și, în plus, legată de revendicări teritoriale, care nu au nimic de-a face cu literatura!

— Uzzi-Tuzii, te rog, replică profesorul Galligani, nu coborî polemica la nivelul acesta. Știi bine că naționalismul cimbric e departe de interesele mele, după cum sper că șovinismul cimerian e de ale tale. Comparând spiritul celor două literaturi, întrebarea pe care mi-o pun este: cine merge cel mai departe în negarea valorilor?

Polemica cimbrico-cimeriană pare să n-o atingă pe Ludmila, preocupată acum de un singur gând: posibilitatea ca romanul întrerupt să continue. Să fie adevărat ce spune Lotaria? te întreabă în șoaptă. De data asta ai vrea să aibă dreptate, astfel ca începutul pe care ni l-a citit profesorul să aibă o urmare, nu contează în ce limbă.

— Ludmila - spuse Lotaria - noi mergem la grupul nostru de studiu. Dacă vrei să asiști la discuția despre romanul lui Viljandi, vino și tu. Îl poți invita și pe prietenul tău, dacă-l interesează.

Iată-te înrolat sub drapelul Lotariei. Grupul se instalează într-o sală, în jurul unei mese. Tu și Ludmila ați vrea să vă așezați cât mai aproape de mapa pe care Lotaria o ține în fața ei și care pare să conțină romanul în discuție.

— Trebuie să-i mulțumim profesorului de literatură cimbrică Galligani, începe Lotaria, pentru a ne fi pus la dispoziție cu multă bunăvoință un exemplar rar din *Fără a se teme de vânt și amețeală* și pentru a fi acceptat să participe la seminarul nostru. Vreau să subliniez această atitudine deschisă, cu atât mai demnă de apreciere în comparație cu lipsa de înțelegere a altor profesori de la discipline înrudite... și Lotaria îi aruncă o privire surorii ei, ca să nu-i scape aluzia polemică la Uzzi-Tuzii.

Pentru a plasa textul în epocă, profesorul Galligani e rugat să furnizeze câteva date istorice.

— Mă voi limita să amintesc, spune el, cum provinciile care formau statul cimerian au intrat, după Al Doilea Război Mondial, în Republica Populară Cimbrică. Rearanjând documentele din arhivele cimeriene răvășite de trecerea frontului, cimbrii au putut reevalua personalitatea complexă a unui scriitor ca Vorts Viljandi, care a scris atât în cimeriană, cât și în cimbrică, dar din care cimerienii publicaseră doar opera, redusă de altfel, în limba lor. Mult mai importante din punctul de vedere al cantității și calității erau scrierile în limba cimbrică, ascunse de cimerieni, începând cu amplul roman *Fără a se teme de vânt și amețeală,* al cărui început pare să existe într-o primă formă și în cimeriană, semnat cu pseudonimul Ukko Ahti. Nu încape îndoială că prin acest roman, și abia după ce optase definitiv pentru limba cimbrică, autorul și-a găsit inspirația reală...

— Nu vă voi prezenta – continuă profesorul, soarta schimbătoare a acestei cărți în Republica Populară Cimbrică. Publicat de la început ca un roman clasic, tradus și în germană pentru a-l putea difuza în străinătate (de această traducere ne slujim acum), a suferit apoi în timpul campaniei de rectificare ideologică și a fost retras din circulație și chiar din biblioteci. Noi credem că, dimpotrivă, conținutul său revoluționar este dintre cele mai avansate...

Sunteți nerăbdători, tu și Ludmila, să vedeți renăscând din cenușă această carte pierdută, dar trebuie să așteptați ca fetele și băieții din grup să distribuie sarcinile: în timpul lecturii, unul va trebui să urmărească reflectarea modului de producție, altul procesele de reificare, sublimarea refulării, codurile semantice ale sexului, metalimbajele trupului, nerespectarea rolurilor în politică și în viața privată.

În fine, Lotaria deschide mapa, începe să citească. Gardul de sârmă ghimpată se desface ca pânza de păianjen. Toți urmăresc în tăcere, voi și ceilalți.

Vă dați seama imediat că ascultați ceva ce n-are nici un punct comun nici cu *Ițindu-se de pe coasta abruptă,* nici cu *În afara localității Malbork,* nici chiar cu *Dacă într-o noapte de iarnă un călător.* Vă aruncați o privire, tu și Ludmila, ba chiar două priviri: mai întâi interogativă, apoi de înțelegere. Oricum ar fi, e un roman în care, odată intrați, ați vrea să mergeți înainte fără oprire.

Fără a se teme de vânt și amețeală

La cinci dimineața orașul era traversat de coloane militare de transport; în fața prăvăliilor de alimente, femei cu candele cu seu începeau să se așeze la coadă; pe ziduri, vopseaua lozincilor de propagandă, mâzgălite în timpul nopții de echipele diferitelor curente ale Consiliului Provizoriu, era încă umedă.

Când membrii orchestrei își puneau instrumentele la loc în cutii și ieșeau din subteran, aerul era verde. Obișnuiții localului „Noul Titania" umblau la început în grup, în urma instrumentiștilor, de parcă n-ar fi vrut să rupă legătura născută în local în timpul nopții între persoanele adunate acolo de întâmplare sau de obișnuință; înaintau în grup, bărbații cu gulerele paltoanelor ridicate, cu un aer cadaveric, de mumii scoase la aer din sarcofagele unde fuseseră păstrate vreme de patru mii de ani, care într-o clipă se preschimbă în praf. Un val de surescitare cuprindea, în schimb, femeile, care cântau fiecare în legea ei, cu paltoanele neîncheiate peste decolteul rochiilor de seară, târând fustele lungi prin băltoace, cu pași incerți de dans, un proces propriu stării de beție care declanșează o nouă euforie, înainte de a se lăsa doborâte și epuizate de euforia precedentă. Părea că toți mai sperau că petrecerea nu se sfârșise încă, iar instrumentiștii aveau să se oprească la un moment dat în mijlocul străzii, deschizându-și cutiile și scoțând iarăși saxofoanele și contrabasurile.

În fața fostei bănci Levinson, supravegheată de patrulele gărzii populare, cu baionetele la armă și cocardă pe chipiu, grupul de petrecăreți, ca la un cuvânt de ordine, se dispersă și fiecare își urmă drumul, fără a saluta pe nimeni. Rămâneam împreună noi trei: Valeriano și cu mine o luam de braț pe Irina, unul într-o parte, celălalt de cealaltă parte, eu întotdeauna la dreapta Irinei, ca să las puțin spațiu pistolului greu pe care-l purtam atârnat de centiron. Valeriano, însă, era îmbrăcat în haine civile, căci făcea parte din Comisariatul Industriei Grele; chiar dacă avea un pistol la el – și eu așa cred – avea cu siguranță unul plat, dintre cele pe care le porți în buzunar. Irina, la ora aceea, devenea tăcută, ba chiar taciturnă, iar în noi se strecura un fel de teamă – vorbesc despre mine, dar sunt sigur că Valeriano îmi împărtășea starea de spirit, chiar dacă nu ne-am făcut niciodată confidențe în legătură cu asta – pentru că simțeam că ea, atunci, punea stăpânire cu adevărat pe noi doi. Oricât de nebunești ar fi fost lucrurile pe care ne-ar fi determinat să le facem la un moment dat, așa încât cercul ei magic s-ar fi închis făcându-ne prizonierii ei, n-ar fi fost nimic în comparație cu ceea ce construia în fantezia ei, fără a se opri de la nici un exces, în explorarea simțurilor, în exaltarea mentală, în cruzime. Adevărul este că eram toți foarte tineri, prea tineri pentru viața pe care o trăiam; spun de noi, bărbații, căci Irina avea precocitatea femeilor de tipul ei, deși ca ani era cea mai tânără dintre noi trei, iar noi făceam tot ce voia ea.

Irina a început să fluiere pe tăcute, cu un surâs în ochi, de parcă gusta dinainte o idee ce-i trecuse prin minte. Apoi, fluieratul ei a devenit sonor; era un marș comic dintr-o operetă la modă pe atunci, iar noi, încă speriați de ceea ce ne pregătea, am început să fluierăm și noi;

mărșăluiam încet, ca o fanfară irezistibilă, simțindu-ne în același timp victime și învingători.

S-a întâmplat când am trecut prin fața bisericii Sant' Apollonia, transformată pe atunci în spital pentru bolnavii de holeră, cu sicriele morților la vedere, afară, pe suporturi de lemn, înconjurate de cercuri de var, ca lumea să nu se apropie, în așteptarea căruțelor de la cimitir. Era acolo o bătrână care se ruga în genunchi, în fața bisericii, iar noi, înaintând în sunetul marșului, era cât pe-aci s-o lovim. A ridicat spre noi un pumn mic, uscat și galben, zbârcit ca o castană, cu pumnul celălalt sprijinindu-se de trotuar, și a strigat: – Domni blestemați! – ba chiar: – Blestemați! Domni! – de parcă ar fi fost două înjurături în crescendo, și, numindu-ne domni, ne-ar fi considerat blestemați de două ori; apoi, un cuvânt în dialectul local, care însemna: „Nenorociți“, și: – O să vă ia... – dar în acel moment mi-a observat uniforma și a tăcut, plecându-și capul.

Povestesc acest incident în toate amănuntele, deoarece – nu imediat, ci mai târziu – a fost considerat un avertisment pentru tot ce avea să se-ntâmple și pentru că toate aceste imagini de epocă trebuie să traverseze pagina, la fel cum coloanele militare traversează orașul (chiar dacă expresia coloane militare evocă imagini cam aproximative; o anume nedeterminare nu e rău să plutească în aer, căci aparține confuziei epocii); sau ca lozincile agățate de clădiri, invitând populația să subscrie la împrumutul național, sau șirurile de muncitori ale căror trasee nu trebuie să coincidă, căci sunt organizate de centrale sindicale rivale, unii manifestând pentru continuarea până la capăt a grevei la fabricile de muniție Kauderer, alții pentru încetarea grevei și susținerea înarmării populare împotriva armatelor contrarevoluționare, gata să încercuiască orașul. Toate aceste linii oblice, încrucișându-se, ar trebui să delimiteze spaţiul în care ne mişcăm eu, Valeriano şi Irina, unde povestea noastră poate să se nască din nimic, să găsească un punct de plecare, o direcţie, o intenţie.

Pe Irina o cunoscusem în ziua când căzuse frontul, la mai puţin de doisprezece kilometri de Poarta Orientală. În timp ce miliţia populară – băieţi sub optsprezece ani şi bătrâni în rezervă – se reorganiza în jurul clădirilor joase de la Abatorul de Bovine – loc ce suna de rău augur, chiar numai prin pronunţarea numelui său, dar încă nu se ştia pentru cine – o mare de oameni se replia spre oraş pe Podul de Fier. Ţărănci cu coşuri pe cap, de unde se iţea câte o gâscă, porci înnebuniţi, care scăpau printre picioarele mulţimii, urmăriţi de băieţi urlând (speranţa de a salva ceva de la rechiziţiile militare împingea familiile de la ţară să împrăştie pe cât posibil copiii şi animalele, trimiţându-le care-ncotro), soldaţi pe jos sau călări, care dezertau de la unităţile lor, sau încercau să ajungă din urmă grosul forţelor dispersate, bătrâne doamne nobile în fruntea unor cete de servitoare cu boccele, sanitari cu brancarde, bolnavi abia ieşiţi din spitale, vânzători ambulanţi, funcţionari, călugări, ţigani, eleve de la fostul Colegiu al Fiicelor de Ofiţeri, în uniformă de călătorie. Toţi se înghesuiau pe pod, târâţi parcă de vântul umed şi îngheţat, care părea să sufle din hărţile geografice, din breşele ce sfârtecau fronturi şi frontiere. În acele zile, mulţi căutau refugiu în oraş: unii se temeau de extinderea revoltelor şi jafurilor, alţii aveau motive serioase să nu stea în calea armatelor ce urmăreau restaurarea; unii căutau protecţie sub egida legalităţii fragile a Consiliului Provizoriu, alţii voiau să se ascundă în mijlocul confuziei, pentru a acţiona nederanjaţi împotriva legii, vechi şi noi, cum o fi fost. Fiecare simţea că supravieţuirea sa individuală era în joc; acolo unde părea cel mai nepotrivit să vorbeşti despre solidaritate, pentru că ce conta era să-ţi croieşti drum cu unghiile și dinții, se stabilea totuși un fel de comuniune și înțelegere, prin care, în fața obstacolelor, eforturile se uneau și oamenii se înțelegeau fără prea multe cuvinte.

Asta să fi fost cauza, sau faptul că în haosul general tinerețea se recunoaște pe sine și se bucură: cert este că, în dimineața aceea, traversând Podul de Fier în mijlocul mulțimii, mă simțeam mulțumit și ușor, în armonie cu ceilalți, cu mine însumi și cu lumea, cum nu mi se mai întâmplase de multă vreme. (Nu aș vrea să fi folosit cuvântul greșit; aș spune mai degrabă: mă simțeam în armonie cu lipsa de armonie a celorlalți, a mea, a lumii.) Eram deja la capătul podului, unde câteva trepte coboară spre mal și fluxul oamenilor încetinea și se bloca, obligându-ne să ne dăm înapoi ca să nu cădem în spatele celor ce coborau mai încet – mutilați, fără picioare, care se sprijineau mai întâi pe o cârjă, apoi pe cealaltă, caii ținuți de zăbală și duși în diagonală, pentru ca fierul potcoavelor să nu alunece pe marginea treptelor de fier, motociclete cu ataș care trebuiau ridicate de oameni (ar fi făcut mai bine s-o ia pe Podul Căruțelor, cum le strigau pietonii, dar asta ar fi însemnat să lungească prea mult drumul) – când am observat femeia care cobora alături de mine.

Purta un palton cu un pic de blană pe marginea gulerului și la mâneci, o pălărie ca un clopot, cu voaletă și un trandafir: elegantă, tânără și plăcută, cum am constatat imediat după aceea. Pe când o priveam din profil, am văzut-o încruntându-ne, ducând mâna înmănușată la gura deschisă, într-un strigăt de spaimă, și alunecând. Ar fi căzut, desigur, și ar fi fost călcată de mulțimea ce avansa ca o cireadă de elefanți, dacă n-aș fi prins-o imediat de braț.

— Vă simțiți rău? o-ntreb. Sprijiniți-vă de mine. Veți vedea că nu e nimic.

Era rigidă, nu reușea să facă nici un pas.

— Golul, golul, acolo jos, spunea, ajutor, amețeală...

Nimic din ce se vedea nu părea să-i justifice amețeala, dar femeia era într-adevăr cuprinsă de panică.

— Nu priviți în jos și țineți-vă de brațul meu; urmați-i pe ceilalți; suntem deja la capătul podului, îi spun, sperând că argumentele mele o vor liniști.

Iar ea:

— Aud toți acești pași desprinzându-se de o treaptă și avansând în gol, prăbușindu-se; o mulțime care se prăbușește... spune, tot poticnindu-se.

Privesc în jos, prin spațiile dintre treptele de fier, la râul incolor, care transportă bucăți de gheață, ca niște nori albi. Într-o spaimă de-o clipă, mi se pare că aud ce aude ea: fiecare gol continuă în gol, fiecare ieșind, chiar cel mai mic, dă într-altul, fiece văgăună se termină în abisul infinit. O iau pe după umeri; încerc să rezist îmbrâncelilor celor ce vor să coboare și ne apostrofează: – Ei, lăsați-ne să trecem! Duceți-vă să vă îmbrățișați în altă parte, nerușinaților! Unicul mod de a ne sustrage avalanșei de oameni care ne înconjoară ar fi să pășim prin aer, să zburăm... Iată, și eu mă simt suspendat ca deasupra unei prăpăstii...

Poate că povestirea aceasta este un pod peste gol, care avansează răspândind vești, senzații și emoții, pentru a crea un fundal de schimbări fie colective, fie individuale, în mijlocul cărora se poate deschide o cale; neclare rămân, însă, multe circumstanțe istorice și geografice. Îmi croiesc drum în mulțimea de detalii ce acoperă golul pe care nu vreau să-l bag în seamă și avansez plin de elan, în timp ce personajul feminin se blochează pe marginea unei trepte, în mulțimea care împinge, până când reușesc s-o duc jos, treaptă cu treaptă, ajutând-o să pășească pe pavajul cheiului.

Își revine; aruncă o privire mândră în jur; își reia drumul fără să se oprească; pasul ei nu ezită; se îndreaptă spre Strada Morilor; eu abia reușesc să mă țin după ea.

Povestirea trebuie să facă efortul să se țină după ea, să redea un dialog construit din gol, replică după replică. Pentru povestire, podul nu s-a terminat: sub fiecare cuvânt e golul.

— A trecut? o întreb.

— Nu e nimic. Amețelile mă apucă atunci când mă aștept mai puțin, chiar dacă nu e nici un fel de pericol... Altitudinea și adâncimea nu contează... Dacă privesc cerul, noaptea, și mă gândesc la distanța până la stele... Sau chiar și ziua... Dacă m-aș întinde aici, de exemplu, cu ochii în sus, m-ar apuca amețeala... – și arată norii ce trec repezi, împinși de vânt. Vorbește de amețeală ca de o tentație, care într-un fel o atrage.

Sunt ușor dezamăgit că nu mi-a spus nici un cuvânt de mulțumire. Observ:

— Nu e un loc bun să te întinzi ca să privești cerul aici, nici ziua, nici noaptea. Ascultați-mă pe mine, care mă pricep.

În dialog se cască goluri între o replică și alta, ca golurile dintre treptele de fier.

— Vă pricepeți să deslușiți cerul? De ce? Sunteți astronom?

— Nu, un alt fel de observator. Și-i arăt gulerul uniformei, petlițele de artilerist: Zile întregi sub bombardamente, privind cum zboară șrapnelele.

Privirea ei trece de la petlițe la epoleții pe care nu-i am, apoi la însemnele de grad cam ponosite, cusute pe mâneci.

— Veniți de pe front, domnule locotenent?

— Alex Zinnober, mă prezint eu. Nu știu dacă pot fi numit locotenent. În regimentul nostru gradele au fost abolite, dar dispozițiile se schimbă mereu. Deocamdată sunt un militar cu două trese pe mânecă, asta-i tot.

— Eu sunt Irina Piperin, și asta eram și înainte de revoluție. În viitor, nu știu. Desenam imprimeuri, și atâta vreme cât țesăturile vor continua să lipsească, voi desena în vânt.

— Odată cu revoluția, unii oameni se schimbă, devenind de nerecunoscut, iar alții se simt egali cu ei înșiși mai mult ca înainte. Înseamnă, probabil, că erau pregătiți pentru timpurile noi. Nu-i așa?

Nu răspunde nimic. Adaug:

— Doar dacă refuzul lor absolut îi apără de schimbări. Este cazul dumneavoastră?

— Eu... Spuneți-mi dumneavoastră mai întâi, cât credeți că v-ați schimbat?

— Nu prea mult. Îmi dau seama că am păstrat ceva din codul de onoare de altădată: să sprijin o femeie gata să cadă, de exemplu, chiar dacă astăzi nimeni nu mai spune mulțumesc.

— Toți avem momente de slăbiciune, femei și bărbați, și nu e sigur, domnule locotenent, că nu voi avea ocazia să mă revanșez pentru amabilitatea dumneavoastră.

În vocea ei e o urmă de asprime, aproape de resentiment.

La acest punct, dialogul, care a concentrat asupra sa toată atenția, făcându-ne aproape să uităm orașul răvășit, ar putea să se întrerupă: aceleași coloane militare de transport traversează piața și pagina, despărțindu-ne, femeile la coadă în fața magazinelor, șirurile de muncitori cu pancarte. Irina e departe acum, pălăria cu trandafir plutește peste o mare de berete gri, de căști, de basmale; încerc să alerg după ea, dar ea nu se uită înapoi.

Urmează câteva paragrafe pline de nume de generali și deputați, în legătură cu bombardamente și retrageri de pe front, cu sciziuni și unificări ale partidelor reprezentate în Consiliu, întrerupte de observații climaterice: averse, brumă, mersul norilor, viscol. Toate acestea, însă, numai ca garnitură a stării mele de spirit: ba mă cufund cu bucurie în valul evenimentelor, ba mă închid în mine însumi, și parcă m-aș concentra asupra unui desen obsesiv, ca și cum tot ce se-ntâmplă în jur nu ar servi decât să mă mascheze, să mă ascundă, la fel ca baricadele din saci de nisip înălțate pretutindeni (orașul pare că se pregătește să se lupte stradă cu stradă), ca palisadele acoperite în fiecare noapte de manifestele diferitelor grupări, udate imediat de ploaie și ilizibile din cauza cartonului buretos și a cernelii decolorate.

De câte ori trec prin fața clădirii sediului Comisariatului pentru Industria Grea îmi spun: „Acum mă voi duce să-l caut pe prietenul meu Valeriano.“ Din ziua când am sosit aici îmi repet asta. Valeriano e prietenul cel mai apropiat pe care-l am în oraș. Dar de fiecare dată amân din cauza unei obligații importante pe care trebuie s-o îndeplinesc. Și când te gândești că eu par să mă bucur de o libertate neobișnuită pentru un militar în serviciu activ: obligațiile mele nu sunt foarte clare; alerg între diferitele sedii ale Statelor Majore; rareori mă aflu la cazarmă, de parcă n-aș face parte din nici o schemă a nici unui departament, și nici nu stau lipit de un birou.

Spre deosebire de Valeriano, care nu se mișcă de la biroul lui. Chiar și în ziua când urc la el, îl găsesc acolo, dar nu pare ocupat cu treburile guvernului: curăță un revolver cu tambur. Surâde în barba nerasă, văzându-mă. Spune:

— Ai venit, prin urmare, să cazi și tu în capcană, împreună cu noi.

— Sau să-i prind pe alții în capcană, îi răspund.

— Capcanele sunt plasate una într-alta și se închid toate deodată.

Parcă vrea să mă avertizeze de ceva.

Clădirea în care sunt instalate birourile Comisariatului era reședința unei familii de îmbogățiți de război, confiscată la revoluție. Parte din mobilier, de un lux țipător, a rămas, amestecat cu mobilierul birocratic mizer; în biroul lui Valeriano sunt îngrămădite chinezării de budoar: vase cu dragoni, scrinuri lăcuite, un paravan de mătase.

— Pe cine vrei să prinzi în capcană în pagoda asta? O regină orientală?

Din spatele paravanului iese o femeie: părul scurt, rochie de mătase cenușie, ciorapi de culoarea laptelui.

— Visurile bărbaților nu se schimbă cu revoluția, spune ea, și din sarcasmul agresiv al vocii o recunosc pe trecătoarea întâlnită pe Podul de Fier.

— Vezi? Există urechi care ascultă fiecare cuvânt al nostru..., zice Valeriano, râzând.

— Revoluția nu dă în judecată visele, Irina Piperin, îi răspund.

— Nici nu ne scapă de coșmaruri, replică ea.

Valeriano intervine:

— Nu știam că vă cunoașteți.

— Ne-am întâlnit într-un vis, spun eu. Eram gata să ne prăbușim de pe un pod.

Iar ea:

— Nu. Fiecare om are un vis diferit.

— Iar unii se nimeresc într-un loc sigur ca acesta, la adăpost de orice amețeală... insist eu.

— Amețeala există pretutindeni, și apucă revolverul pe care Valeriano l-a montat la loc, îl deschide, lipește ochiul de țeava ca pentru a vedea mai bine dacă e perfect curățată, răsucește tamburul, încarcă un glonț, ridică trăgaciul, ațintește arma spre ochi, mișcând tamburul. Pare o fântână fără fund. Simți chemarea hăului, ești tentat să te arunci acolo, să ajungi la întunericul care te cheamă...

— Hei, cu armele nu se glumește! zic eu și întind o mână, dar ea îndreaptă arma spre mine.

— De ce? spune. Femeile nu, iar voi da? Adevărata revoluție va fi când femeile vor avea armele.

— Iar bărbații vor rămâne dezarmați? Ți se pare just, tovarășă? Femeile înarmate pentru ce?

— Pentru a vă lua locul. Noi deasupra și voi dedesubt. Ca să simțiți și voi ce simți când ești femeie. La o parte, mișcă-te, du-te de partea cealaltă, du-te lângă prietenul tău, îmi poruncește, ațintind mai departe arma asupra mea.

— Irina perseverează în ideile ei, mă avertizează Valeriano. Nu servește la nimic s-o contrazici.

— Și acum? întreb, și-l privesc pe Valeriano, așteptând să intervină ca să pună capăt glumei.

Valeriano o privește pe Irina, dar privirea lui e pierdută, ca în transă: o capitulare absolută, de om fericit numai când se supune autorității ei.

Intră un motociclist de la Comandamentul Militar cu o grămadă de dosare. Ușa, deschizându-se, o ascunde pe Irina, care dispare. Valeriano, de parcă nu s-ar fi întâmplat nimic, își rezolvă treburile.

— Spune-mi, îl întreb imediat ce putem vorbi, ți se pare o glumă bună?

— Irina nu glumește, spune el fără să-și ridice privirea de pe hârtii, vei vedea.

Din acea clipă, timpul își schimbă forma, noaptea se dilată, nopțile devin o unică noapte în orașul traversat de terțetul nostru inseparabil, o unică noapte ce culminează în camera Irinei, într-o scenă ce ar trebui să fie de intimitate, dar și exhibiționistă și de sfidare; o ceremonie a unui cult secret și sacrificial, oficiat de Irina, care e în același timp divinitatea, profanatoarea și victima cultului.

Povestirea reia firul întrerupt; spațiul pe care trebuie să-l parcurgă acum e extrem de încărcat, dens, nepătruns de teama de abis; între perdelele cu desene geometrice, pernele, atmosfera impregnată de mirosul trupurilor noastre goale, sânii Irinei, abia înălțați deasupra toracelui slab, sfârcurile brune, mai potrivite pe un sân mai plin, pubisul strâmt și ascuțit, în formă de triunghi isoscel (cuvântul „isoscel", asociat cu pubisul Irinei, se încarcă pentru mine cu o senzualitate atât de profundă, încât nu-l pot pronunța fără un frison). Apropiindu-se de centrul scenei, liniile tind să se răsucească, să devină sinuoase, ca fumul de la un vas cu jeratic, unde ard bietele arome, relicve ale unei drogherii armenești a cărei faimă – uzurpată de localul în care se fuma opium – provocase mulțimea, care voia să răzbune bunele moravuri, s-o jefuiască; liniile se răsucesc, ca o coardă invizibilă care ne ține legați pe noi trei, și care, cu cât ne zbatem mai mult să ne desprindem, cu atât își strânge nodurile, înfigându-le în carnea noastră. În mijlocul acestui nod, în inima dramei acestei asocieri secrete, se află secretul pe care-l port în mine și pe care nu-l pot dezvălui nimănui, cu atât mai puțin Irinei și lui Valeriano, misiunea secretă ce mi-a fost încredințată: să descopăr cine e spionul infiltrat în Comitetul revoluționar, care pregătește cedarea orașului în mâna Albilor.

În mijlocul revoluțiilor care, în iarna aceea vântoasă, măturau străzile capitalelor ca rafalele crivățului, se năștea revoluția secretă ce avea să transforme forța trupurilor și sexelor: Irina credea în asta și reușise să-l convingă nu numai pe Valeriano – fiu de judecător de district, licențiat în economie politică, discipol al unor guru indieni și al teozofilor elvețieni, adeptul predestinat al oricărei doctrine la limita gândirii – dar și pe mine, care veneam de la o școală mai dură, pe mine, care știam că viitorul se juca pe termen redus între Tribunalul revoluționar și Curtea Marțială a Albilor, și că cele două plutoane de execuție, de o parte și de alta, așteptau cu arma la picior.

Încercam să scap, pătrunzând în mișcări alunecoase către centrul spiralei unde liniile izbucneau ca șerpii, urmând contorsionarea membrelor Irinei, desfăcute și neliniștite, într-un dans lent, în care nu ritmul contează, ci împreunarea și desprinderea liniilor în serpentină. Irina apucă în ambele mâini două capete de șarpe, care reacționează la strângerea ei, exacerbându-și propria capacitate de penetrare rectilinie; ea, însă, pretindea dimpotrivă ca maximul de forță conținută să corespundă unei flexibilități de reptilă ce se îndoaie, ca s-o ajungă în contorsionări imposibile.

Acesta era primul articol de credință al cultului instituit de Irina: să abdicăm de la verticalitate, de la linia dreaptă, de la urmele prost ascunse de orgoliu masculin, încă prezente, cu toate că ne acceptaserăm condiția de sclavi ai unei femei care nu admitea între noi nici un fel de gelozie ori supremație. – Jos, spunea Irina, și mâna ei apăsa ceafa lui Valeriano, afundându-și degetele în părul lânos și roșcat al tânărului economist, fără să-l lase să-și ridice fața până la ea în poală. – Mai jos! – și între timp mă privea cu ochi de diamant și voia ca eu să privesc, voia ca privirile noastre să înainteze și ele pe căi veninoase și continue. Simțeam privirea ei, care nu mă părăsea o clipă, și, în același timp, simțeam asupra mea o altă privire, care mă urmărea în orice moment și loc, privirea unei puteri invizibile care aștepta de la mine un singur lucru: moartea, indiferent dacă o aduceam altora sau mie.

Așteptam clipa în care lațul privirii Irinei avea să slăbească. Și iată că închide ochii, iată că alunec în umbră, în spatele pernelor, al divanului, al vasului cu jăratic, acolo unde Valeriano și-a lăsat hainele împăturite în perfectă ordine, după obicei, alunec în umbra genelor coborâte ale Irinei, scotocesc în buzunare, în portofelul lui Valeriano, mă ascund în întunericul pleoapelor ei strânse, în întunericul strigătului ce iese din gâtul ei, găsesc foaia împăturită în patru cu numele meu scris cu penița sub formula condamnărilor la moarte pentru trădare, semnată, contrasemnată și cu timbrele reglementare.

5

În acest punct se deschide discuția. Întâmplări, personaje, ambianță, senzații sunt date la o parte pentru a face loc conceptelor generale.

— Dorința polimorfă-perversă...

— Legile economiei de piață...

— Omologiile structurilor semnificante...

— Devierea și instituțiile...

— Castrarea...

Numai tu ai rămas acolo absorbit, tu și Ludmila, în timp ce nimeni nu se mai gândește să reia lectura.

Te apropii de Lotaria, întinzi o mână spre hârtiile răsfirate în fața ei, întrebi:

— Îmi permiteți?

Și încerci să pui mâna pe roman. Dar nu e o carte, e un caiet hărtănit... Și restul?

— Iertați-mă, căutam celelalte pagini, urmarea, spui tu.

— Urmarea?... Oh, aici avem ce discuta vreme de o lună. Nu-ți ajunge?

— Nu pentru a discuta, pentru a citi... spui tu.

— Știi, există atâtea grupuri de studiu; biblioteca Institutului erulo-altaic avea doar un singur exemplar; atunci l-am împărțit, a fost o împărțire cam disputată, cartea a fost ruptă în bucăți, dar cred că m-am ales cu partea cea mai bună.

Așezați la măsuța unei cafenele, tu și Ludmila faceți bilanțul situației. Rezumând: *Fără a se teme de vânt și amețeală* nu este *Ițindu-se de pe coasta abruptă,* care, la rândul său, nu este *În afara localității Malbork,* care e cu totul altceva decât *Dacă într-o noapte de iarnă un călător.* Nu ne rămâne decât să ajungem la originile acestei confuzii.

— Da. Editura ne-a supus acestor frustrări, deci editura ne datorează o explicație. Trebuie să mergem să i-o cerem.

— Dar dacă Ahti și Viljandi sunt aceeași persoană?

— Mai întâi să întrebăm de *Dacă într-o noapte de iarnă un călător,* să le cerem un exemplar complet; la fel cu *În afara localității Malbork.* Vreau să spun: romanele pe care am început să le citim, crezând că aveau acel titlu; dacă e vorba de alte titluri și alți autori, să ne-o spună, și să ni se explice și misterul paginilor care trec de la un volum la altul.

— Și în felul acesta, adaugi tu, poate vom da de urma romanului *Ițindu-se de pe coasta abruptă,* neterminat sau terminat, cum o fi...

— Nu pot să neg, spune Ludmila, că aflând de regăsirea urmării mă lăsasem cuprinsă de iluzii.

—... și de *Fără a se teme de vânt și amețeală,* pe care sunt acum teribil de nerăbdător să-l continui...

— Da, și eu, deși trebuie să spun că nu e idealul meu de roman...

Iată, iar același lucru. De-abia ți se pare că ai apucat-o pe calea cea bună, că ești blocat imediat de o întrerupere sau de o cotitură: privind lecturile, vânătoarea după cartea pierdută, determinarea gusturilor Ludmilei.

— Romanul pe care aș dori cel mai mult să-l citesc în acest moment – explică Ludmila – ar trebui să aibă ca forță motrice numai dorința de a istorisi, de a acumula povestiri peste povestiri, fără pretenția de a impune o viziune asupra lumii, ci doar de a mă face să asist la creşterea lui ca de plantă, într-o învălmăşeală de ramuri şi frunze...

Cu asta eşti imediat de acord: lăsând la o parte paginile sfâşiate de analize intelectuale, visezi să regăseşti o condiţie a lecturii naturale, inocente, primitive...

— E nevoie să regăsim firul pierdut, spui tu. Hai să mergem la editură.

Iar ea:

— Nu e nevoie să ne prezentăm amândoi. Du-te tu şi-mi vei povesti.

Rămâi încremenit. Vânătoarea asta te pasionează pentru că o faci împreună cu ea, pentru că o puteţi trăi împreună şi comenta în timp ce o trăiţi. Tocmai acum, când ţi se părea că aţi ajuns la o înţelegere, la o intimitate, nu numai pentru că vă tutuiţi, ci pentru că vă simţiţi complici într-o acţiune pe care poate nimeni altul n-o poate pricepe.

— Dar de ce nu vrei să vii?

— Din principiu.

— Ce vrei să spui?

— Există o linie de demarcaţie: de o parte sunt cei care fac cărţile, de cealaltă, cei care le citesc. Eu vreau să rămân în zona celor ce le citesc, de aceea sunt atentă să mă menţin mereu în afara liniei. Dacă nu, plăcerea dezinteresată a cititorului se sfârşeşte, sau se transformă în altceva, ceva ce nu-mi doresc. E o linie de demarcaţie aproximativă, ce tinde să se şteargă: lumea celor care au de-a face cu cărţile la modul profesional e mereu mai populată şi tinde să se identifice cu lumea cititorilor. Desigur, şi cititorii devin mai numeroşi, dar s-ar spune că cei ce folosesc cărţile pentru a produce alte cărţi se înmulţesc mai mult decât cei ce se bucură pur şi simplu să le citească. Ştiu că dacă trec linia de demarcaţie, chiar şi ocazional, din întâmplare, risc să mă pierd în mareea ce înaintează; de aici refuzul meu de a pune piciorul într-o editură, chiar numai pentru câteva minute.

— Și eu? obiectezi tu.

— Tu, nu știu. Treaba ta. Fiecare dintre noi are un mod diferit de a reacționa.

Nu-i chip s-o faci pe femeia asta să-și schimbe părerea. Vei duce singur expediția la capăt și vă veți reîntâlni aici, în cafeneaua asta, la ora șase.

— Ați venit pentru manuscris? E la lectură, nu, greșesc, a fost citit cu interes, sigur că-mi amintesc! Remarcabilă confuzie lingvistică, denunț frământat, n-ați primit scrisoarea? Ne pare rău, însă, că trebuie să vă anunțăm, în scrisoare se explica totul, am trimis-o deja de ceva vreme, poșta e totdeauna în întârziere, o veți primi fără îndoială, programele editoriale sunt prea încărcate, conjunctura nu e favorabilă, vedeți că ați primit-o? Și ce mai spunea? Mulțumindu-vă de a ne fi dat manuscrisul la citit, vom avea grijă să vi-l restituim, ah, veneați să vă luați manuscrisul înapoi? Nu, nu l-am găsit încă, mai aveți puțină răbdare, o să apară, n-aveți teamă, aici nu se pierde niciodată nimic, tocmai acum am găsit niște manuscrise pe care le căutam de zece ani, oh, nu peste zece ani, pe al dumneavoastră îl vom găsi înainte, cel puțin sperăm, avem atâtea manuscrise, teancuri enorme, dacă doriți vi le putem arăta, sigur că-l vreți pe al dumneavoastră și nu altul, asta ar mai lipsi, voiam să spun că păstrăm aici atâtea manuscrise încât nu mai contează, doar n-o să-l aruncăm pe-al dumneavoastră, la care țineam doar, nu, nu pentru a-l publica, țineam atât să vi-l restituim.

Cel care vorbește astfel e un omuleț uscat și cocoșat ce pare că se usucă și se cocoșează tot mai mult, de câte ori cineva îl cheamă, îl trage de mânecă, îi supune atenției o problemă, îi încarcă brațele cu un teanc de corecturi.

„Domnule Cavedagna!“, „Ascultați, domnule Cavedagna!“, „Să-l întrebăm pe domnul Cavedagna!“, iar el se concentrează de fiecare dată asupra cererii ultimului interlocutor, cu ochii ficși, bărbia tremurând, gâtul răsucindu-se în efortul de a ține în suspensie și în evidență toate celelalte probleme nerezolvate, cu răbdarea dezolată a oamenilor prea nervoși și nervozitatea supersonică a oamenilor prea răbdători.

Când ai intrat în sediul editurii și le-ai expus portarilor problema volumelor greșit paginate, pe care ai dori să le schimbi, ți-au spus mai întâi să te adresezi Oficiului Comercial; apoi, fiindcă ai adăugat că nu te interesa numai schimbul volumelor, ci așteptai și o explicație a celor întâmplate, te-au îndreptat spre Oficiul Tehnic; iar când ai precizat că ceea ce te interesează e urmarea romanelor întrerupte: – Atunci, a fost concluzia lor, e mai bine să vorbiți cu domnul Cavedagna. Luați loc în anticameră; mai sunt și alții care așteaptă; va veni și rândul dumneavoastră.

Astfel, croindu-ți drum printre ceilalți vizitatori, l-ai auzit pe domnul Cavedagna reluând de mai multe ori discuția despre manuscrisul de negăsit, adresându-se de fiecare dată unor persoane diferite, inclusiv ție, de fiecare dată întrerupt înainte de a-și da seama de echivoc, de vizitatori sau de alți redactori și funcționari. Înțelegi imediat că domnul Cavedagna e acel personaj indispensabil în orice întreprindere, pe ai cărui umeri colegii tind instinctiv să descarce toate obligațiile mai complicate și spinoase. Nici n-ai început bine să-i vorbești, că cineva îi aduce planul de lucru pentru următorii cinci ani să-l aducă la zi, sau un indice de nume la care trebuie schimbate toate numerele paginilor, sau o ediție din Dostoievski de refăcut de la cap la coadă, pentru că de câte ori e scris „Maria“ acum trebuie scris „Mar'ja“, iar de câte ori e scris „Pjotr“

trebuie corectat în „Petr". El le dă dreptate tuturor, deși preocupat la gândul că a întrerupt la mijloc o conversație cu un alt petiționar, și abia reușește să-i îmbuneze pe cei mai nerăbdători, asigurându-i că nu i-a uitat, că le știe problema: – Am apreciat foarte mult atmosfera fantastică... (– Cum? – tresare un istoric al sciziunilor troțkiste din Noua Zeelandă). – Poate ar trebui să atenuați imaginile escatologice... (– Ce vorbă e asta! – protestează un cercetător al macroeconomiei marilor metropole.)

Pe neașteptate, domnul Cavedagna dispare. Coridoarele editurii sunt pline de capcane: se învârt pe acolo grupuri teatrale din spitale psihiatrice, grupuri dedicate psihanalizei în grup, comandouri de feministe. Domnul Cavedagna riscă la orice pas să fie capturat, asediat, înghițit.

Ai nimerit aici într-un moment în care în jurul editurilor nu mai gravitează, ca înainte, mai ales aspiranții poeți sau prozatori, candidatele poete sau scriitoare; acesta e momentul (în istoria culturii occidentale) în care a încerca propria realizare pe hârtie nu mai este apanajul indivizilor izolați, ci mai ales al colectivităților: seminarii de studiu, grupuri operative, echipe de cercetare, de parcă munca intelectuală ar fi prea dezolantă pentru a fi înfruntată în solitudine. Figura autorului a devenit plurală, deplasându-se întotdeauna în grup, căci nimeni nu poate fi delegat să reprezinte pe altcineva: patru foști pușcăriași, dintre care un evadat, trei foști internați cu infirmiera și manuscrisul infirmierei. Sau perechi, nu în mod necesar, dar ca tendință, soț și soție, de parcă singura mângâiere a vieții în doi ar fi producerea de manuscrise.

Fiecare dintre aceste personaje a cerut să discute cu șeful unui anume sector sau cu expertul unei secții, dar sfârșesc toți prin a fi primiți de domnul Cavedagna. Șuvoaie de discuții, în care abundă lexicul disciplinelor și școlilor de gândire celor mai specializate și exclusive, se revarsă asupra acestui bătrân redactor, pe care la prima vedere l-ai definit „omuleț uscat și cocoșat“, nu pentru că e un omuleț, mai uscat, mai cocoșat decât atâția alții, nici pentru că expresia „omuleț uscat și cocoșat“ face parte din modul lui de exprimare, ci pentru că pare venit dintr-o lume în care încă – nu: pare ieșit dintr-o carte în care se mai întâlnesc – da: pare venit dintr-o lume în care se mai citesc cărți cu „omuleți uscați și cocoșați“.

Fără a se dezorienta, lasă problematica să alunece pe lângă el, dă din cap și încearcă să delimiteze chestiunea în aspectele ei cele mai practice:

— Dar nu cumva ați putea, iertați-mă, notele din josul paginii să fie inserate în text, iar textul să fie puțin mai concentrat, și poate, știți, să-l plasați ca pe o notă în josul paginii?

— Eu sunt un cititor, doar un cititor, nu un autor – te grăbești să declari, ca și cum te-ai arunca în ajutorul cuiva care e gata să calce în gol.

— Ah, da? Vă felicit, sunt încântat!

Și privirea pe care ți-o aruncă e într-adevăr de simpatie și de gratitudine.

— Îmi face plăcere. Cititori, ca să spun drept, întâlnesc din ce în ce mai puțini...

Îl cuprinde o undă de familiaritate; se lasă purtat de ea; te cheamă la o parte:

— Lucrez de atâția ani la editură... Îmi trec prin mână atâtea cărți... dar pot spune, oare, că citesc? Eu nu numesc asta citit... În satul meu erau puține cărți, dar citeam, pe-atunci citeam cu-adevărat... Mă gândesc mereu că după ce mă voi pensiona mă voi întoarce în satul meu și mă voi apuca de citit ca înainte. Din când în când, pun deoparte o carte, asta o voi citi la pensie, îmi spun, dar apoi mă gândesc că nu va mai fi același lucru... Azi-noapte am visat că eram la mine în sat, în cotețul de găini de la mine de-acasă; căutam ceva în coteț, în coșul în care ouau găinile, și ce am găsit? O carte, una dintre cărțile citite când eram copil, o ediție populară, cu paginile zdrențăroase, desenele în alb-negru colorate de mine, cu creioane colorate... Știți, copil fiind, mă ascundeam în coteț ca să citesc...

Încerci să-i explici motivul vizitei tale. Înțelege din zbor, și nu te lasă nici măcar să continui:

— Și dumneavoastră, și dumneavoastră, șaisprezecimile amestecate, știm prea bine, cărțile care încep și nu continuă, întreagă ultima producție a editurii e compromisă; dumneavoastră pricepeți ceva? Noi nu înțelegem absolut nimic, domnule dragă.

Ține un teanc de corecturi în brațe; îl așază cu gesturi delicate, de parcă cea mai mică oscilație ar putea să amestece ordinea caracterelor tipografice.

— O editură e un organism fragil, domnule dragă – spune el – e suficient ca într-un punct oarecare ceva să meargă anapoda că dezordinea se extinde, haosul se deschide sub picioarele noastre. Mă iertați, dar când mă gândesc la asta, mă apucă amețeala.

Își acoperă ochii, urmărit parcă de viziunea unor miliarde de pagini, rânduri, cuvinte care se-nvălmășesc într-o pulbere fină.

— Curaj, domnule Cavedagna, nu o luați chiar așa!

Poftim, e rândul tău să-l consolezi.

— Era o simplă curiozitate de cititor... Dar dacă dumneavoastră nu-mi puteți spune nimic...

— Ceea ce știu, vă spun cu drag, zice redactorul. Ascultați. Totul a început când s-a prezentat la editură un tinerel care pretindea să fie traducătorul ăstuia, cum îl cheamă...

— Polonezul?

— Nu, care polonez! O limbă dificilă, pe care puţini o ştiu...

— Cimeriana?

— Nici vorbă de cimeriana, alta, cum îi zice? Se lăuda că e un poliglot extraordinar, că nu există limbă pe care să n-o cunoască, până şi asta, cimbrica, da, cimbrica. Ne aduce o carte scrisă în limba asta, un roman gros, dens, cum se cheamă, *Călătorul,* nu: *Călătorul* e de celălalt, *În afara localităţii...*

— De Tazio Bazakbal?

— Nu, nu Bazakbal, ăsta e cu *Coasta abruptă,* de...

— Ahti?

— Bravo, chiar el, Ukko Ahti.

— Dar, iertaţi-mă, Ukko Ahti nu e autor cimerian?

— Ei, se ştie că la început Ahti era cimerian; dar ştiţi ce s-a întâmplat, în timpul războiului, după război, modificarea graniţelor, cortina de fier, fapt e că unde era înainte Cimeria, acum e Cimbria şi Cimeria fost deplasată mai încolo. În acest fel, cimbrii şi-au însuşit şi literatura cimeriană, ca reparaţii de război...

— Asta e teza profesorului Galligani pe care profesorul Uzzi-Tuzii o dezminte...

— Cred şi eu, la Universitate, rivalităţile între institute, două catedre în concurenţă, doi profesori care nu au ochi să se vadă, bineînţeles că dacă Uzzi-Tuzii ar admite că singura capodoperă în limba lui trebuie citită în limba colegului...

— Rămâne faptul - insişti tu - că *Iţindu-se de pe coasta abruptă* e un roman neterminat, ba chiar abia început... Am văzut originalul...

— *Iţindu-se...* Nu mă zăpăciţi; e un titlu care-i seamănă, dar nu e ăsta, e ceva cu *Ameţeala,* da, este *Ameţeala* de Viljandi.

— *Fără a se teme de vânt și amețeală*? Spuneți-mi: a fost tradus? L-ați publicat?

— Așteptați. Traducătorul, un anume Ermes Marana, părea să aibă toate hârtiile în regulă: ia proba de traducător, noi punem titlul în plan, predă punctual paginile traducerii, câte o sută o dată, încasează avansul, noi, ca să nu pierdem timp, trimitem traducerea la tipografie să fie culeasă... Și iată că în corectură observăm greșeli de sens, ciudățenii... Îl chemăm pe Marana, îi punem textul original în față și-i cerem să traducă o bucată cu glas tare... Mărturisește că n-are habar de cimbrică!

— Și traducerea pe care o predase?

— Numele proprii le pusese în cimbrică, nu: în cimeriană, nu mai știu, dar textul îl tradusese dintr-un alt roman...

— Ce roman?

— Ce roman? l-am întrebat. Iar el: un roman polonez (aici intervine polonezul!) de Tazio Bazakbal...

— *În afara localității Malbork...*

— Bravo. Dar așteptați. Asta o spunea el, iar noi aproape că l-am crezut; cartea era deja la tipar. Oprim totul, schimbăm pagina de titlu, coperta: era o pagubă foarte mare pentru noi, dar în orice caz, cu un titlu sau altul, un autor sau altul, romanul exista, tradus, cules, tipărit... Nu ne-am închipuit că operația aceasta de scos și dat la tipar și la legat, de înlocuit primele șaisprezece pagini cu pagina de titlu greșită, ca să punem cele cu pagina de titlu nouă, va crea o confuzie extinsă la toate cărțile noi pe care le aveam în lucru, întregi tiraje de trimis la topit, volume deja trimise spre distribuție de retras din librării...

— N-am înțeles ceva: de care roman vorbiți acum? Cel cu gara, sau cel cu băiatul care pleacă de la moșie? Sau...

— Aveți răbdare. Ceea ce v-am povestit nu e încă nimic, între timp, firește, nu mai aveam nici o încredere în domnul ăsta, și voiam să ne lămurim, să confruntăm traducerea cu originalul. Ce descoperim? Nu era nici măcar Bazakbal, era un roman tradus din franceză, de un autor belgian puțin cunoscut, Bertrand Vandervelde, intitulat... Așteptați să vi-l arăt.

Cavedagna se îndepărtează și când reapare îți întinde un fascicul de fotocopii:

— Iată, se cheamă *Privește în jos unde umbrele se-ndesesc.* Avem aici textul francez al primelor pagini. Vedeți cu ochii dumneavoastră, judecați ce escrocherie! Ermes Marana traducea un roman de doi bani, cuvânt cu cuvânt, și ni-l prezenta ca cimerian, cimbric, polonez...

Răsfoiești fotocopiile și de la prima privire înțelegi că acest *Regarde en bas dans l'épaisseur des ombres* de Bertrand Vandervelde n-are nimic de-a face cu nici unul dintre cele patru romane pe care a trebuit să le întrerupi. Ai vrea să-l avertizezi imediat pe Cavedagna, dar el scoate o foaie anexată la fascicul, pe care vrea să ți-o arate:

— Vreți să vedeți ce a avut curajul să răspundă Marana când i-am reproșat falsurile? Aici e scrisoarea lui... Și ți-arată un paragraf ca tu să-l citești.

„Ce importă numele autorului de pe copertă? Să ne transportăm cu gândul peste trei mii de ani. Cine știe ce cărți din epoca noastră vor mai exista, cine știe ce nume de autori vor mai fi cunoscute? Vor exista cărți ce vor rămâne celebre, dar care vor fi considerate opere anonime, cum e pentru noi epopeea lui Ghilgameș; vor exista autori ale căror nume vor fi întotdeauna celebre, dar de la care nu va rămâne nici o operă, cum s-a întâmplat cu Socrate; sau, poate toate cărțile rămase vor fi atribuite unui unic autor misterios, ca Homer."

— Ați văzut ce raționament grozav? exclamă Cavedagna; și adaugă: Culmea e că ar putea chiar să aibă dreptate...

Dă din cap, cuprins parcă de un gând; surâde, suspină. Cititorule, poate poţi citi gândul acesta pe faţa lui. De ani de zile Cavedagna stă în spatele cărţilor în timp ce ele sunt create, bucată cu bucată; vede cărţi născându-se şi murind în fiecare zi; şi totuşi, pentru el, adevăratele cărţi sunt altele, cele de pe vremea când erau mesaje din altă lume. Aşa sunt şi autorii: el are de-a face cu ei în fiecare zi, le cunoaşte fixaţiile, nehotărârile, susceptibilităţile, egocentrismele, şi totuşi autorii adevăraţi rămân cei care pentru el erau doar un nume pe copertă, un cuvânt ce forma un tot cu titlul, autori la fel de reali ca şi personajele lor şi locurile numite în cărţi, existând şi neexistând în acelaşi timp, ca acele personaje şi acele ţări. Autorul era un punct invizibil de unde veneau cărţile, un gol parcurs de fantasme, un tunel subteran ce permitea comunicarea celorlalte lumi cu coteţul copilăriei lui...

Îl cheamă cineva. Ezită un moment dacă să ia fotocopiile sau să ţi le lase.

— Acesta este un document important, nu poate fi scos de aici, este corpul delict, poate provoca un proces de plagiat. Dacă doriţi să-l examinaţi, luaţi loc aici, la biroul acesta, şi amintiţi-vă să mi-l restituiţi, chiar dacă eu uit; Doamne fereşte să se piardă!...

Ai putea să-i spui că nu face nimic, că nu e romanul pe care-l căutai, dar fie pentru că nu-ţi displace începutul, fie pentru că domnul Cavedagna, tot mai preocupat, a fost înghiţit iarăşi de vârtejul activităţilor lui editoriale, nu-ţi rămâne decât să te apuci să citeşti *Priveşte în jos unde umbrele se-ndesesc.*

Privește în jos unde umbrele se-ndesesc

Degeaba trăgeam de deschizătura sacului de plastic: abia ajungea la gâtul lui Jojo, iar capul rămânea afară. Alt sistem era să-l bag în sac cu capul în jos, dar nu-mi rezolva problema, căci rămâneau afară picioarele. O soluție ar fi fost să-i îndoi genunchii, dar oricât am încercat lovindu-l, picioarele devenite rigide rezistau, iar când am reușit în fine să-i îndoi picioarele și sacul în același timp, era și mai greu de transportat, iar capul ieșea mai mult ca înainte.

— Când voi reuși să scap cu-adevărat de tine, Jojo? îi spuneam și, de câte ori îl răsuceam, vedeam părul fixat cu briantină, nodul cravatei ieșind din sac ca dintr-un pulover, un pulover de pe vremea când el era în pas cu moda. Poate Jojo ajunsese la moda acelor ani cu întârziere, când nu mai era la modă nicăieri; dar invidiind în tinerețe indivizii îmbrăcați și pieptănați așa, de la briantină la pantofii de lac negru cu vârful din antilopă, considerase acest aspect drept semnul reușitei, iar când a reușit, era prea îmbătat de succes ca să mai privească în jur și să-și dea seama că acum cei cărora voia să le semene aveau un aspect complet diferit.

Briantina ținea bine; chiar apăsându-i capul ca să-l bag în sac, calota părului rămânea sferică și se segmenta doar în șuvițe compacte, arcuite în sus. Nodul de la cravată se cam strâmbase; instinctiv, era să-l îndrept, de parcă un cadavru cu cravata strâmbă ar fi putut să sară în ochi mai mult decât un cadavru pus la punct.

— E nevoie de un al doilea sac, să i-l punem peste cap, a spus Bernadette, și încă o dată a trebuit să recunosc că inteligența fetei era superioară celei pe care o puteai aștepta de la condiția ei socială.

Nenorocirea era că nu reușeam să mai găsim un alt sac de plastic de măsură mare. Mai era doar unul de gunoi, un săculeț portocaliu, care putea servi foarte bine să-i ascundă capul, dar nu și faptul că era vorba de un trup de om, învelit într-un sac, cu capul într-un sac mai mic.

Fapt e că nu mai puteam rămâne în subsolul acela, trebuia să scăpăm de Jojo înainte de a se crăpa de ziuă; de câteva ore deja îl căram după noi de parcă era viu, un al treilea pasager în mașina mea decapotabilă, și săriseм în ochi la prea multă lume. Cum ar fi cei doi polițiști pe bicicletă, care se apropiaseră pâș-pâș și se opriseră să ne privească pe când ne pregăteam să-l aruncăm în râu (cu o clipă mai devreme, Podul Bercy ni se păruse pustiu), și imediat eu și Bernadette începuserăm sa-l batem cu palmele pe spinare pe Jojo, aplecat, cu capul și mâinile atârnând peste parapet, iar eu: – Varsă cât poftești, *mon vieux*, și ți se vor limpezi ideile! – am exclamat, și susținându-l, cu brațele lui pe spatele nostru, l-am transportat până la mașină. În acea clipă, gazele care se adună în stomacul cadavrelor au ieșit cu mare zgomot: cei doi polițiști se tăvăleau pe jos de atâta râs. M-am gândit că Jojo mort era cu totul diferit de Jojo cel viu, cu manierele lui delicate; și nici n-ar fi fost atât de generos, încât să vină în ajutorul celor doi prieteni care riscau ghilotina pentru asasinarea lui.

Atunci ne-am apucat să căutăm un sac de plastic și o canistră de benzină și nu ne mai rămânea decât să găsim locul potrivit. Pare imposibil într-o metropolă ca Parisul, dar poți pierde ore în șir căutând locul potrivit ca să arzi un cadavru. Parcă e o pădure la Fontainebleau? – îi spun eu, pornind mașina, lui Bernadette, care se așezase la loc lângă mine. Spune-mi pe unde s-o iau, tu care ai simț practic. Mă gândeam că poate când soarele avea să coloreze în cenușiu cerul vom fi înapoi în oraș, printre camioanele cu zarzavat, iar din Jojo nu avea să fi rămas decât o grămăjoară arsă și rău-mirositoare, într-o poiană printre carpeni, la fel cu trecutul meu; de data asta s-a terminat, îmi spun, ca să mă conving că toate trecuturile mele erau arse și uitate, de parcă n-ar fi existat niciodată.

De câte ori, când îmi dădeam seama că trecutul începea să mă apese, că prea mulți credeau că le datorez ceva, material și moral, de exemplu în Macao, părinții fetelor din „Grădina de Jad"; vorbesc despre ei pentru că nu există nimic mai rău decât părinții chinezi, contracte clare, cu ele și cu familiile lor, și plăteam cu bani peșin, numai să nu-i mai văd revenind mereu, mame și tați costelivi, în ciorapi albi, cu coșulețul de bambus mirosind a pește, cu aerul acela dezorientat, de parcă veneau de la țară, deși toți locuiau în cartierul portului; de câte ori, când trecutul mă apăsa prea tare, nu mă cuprinsese speranța unei schimbări totale: să schimb meseria, soția, orașul, continentul – un continent după altul, până când am înconjurat pământul – obiceiurile, prietenii, afacerile, clientela. Era o greșeală; când mi-am dat seama, era prea târziu.

În felul acesta, n-am făcut altceva decât să acumulez trecuturi peste trecuturi în urma mea, să multiplic aceste trecuturi, iar dacă o singură viață mi se părea prea densă, ramificată și încurcată ca s-o port cu mine, închipuiți-vă atâtea vieți, fiecare cu trecutul ei și trecuturile celorlalte vieți, care continuau să se înnoade unele de altele. Degeaba îmi spuneam de fiecare dată: Slavă Domnului, pun kilometrajul la zero, șterg cu buretele; a doua zi după ce ajungeam într-o țară nouă, acel zero devenise un număr cu atâtea cifre că nu mai încăpea pe bord, ocupa tabla de la un cap la altul, persoane, locuri, simpatii, antipatii, pași falși. Ca în noaptea când căutam locul potrivit să-l carbonizăm pe Jojo, cu farurile scotocind printre trunchiuri și bolovani, iar Bernadette arătând tabloul de bord: – Ascultă, să nu-mi spui că am rămas fără benzină. Era adevărat. Cu tot ce aveam pe cap, nu-mi amintisem să fac plinul și acum riscam să ne trezim departe de orice așezare omenească, cu mașina în pană, la ora când pompele de benzină sunt închise. Din fericire, încă nu-l azvârlisem pe Jojo în foc: nu vreau să mă gândesc cum am fi rămas blocați la mică distanță de rug, și nici măcar n-am fi putut fugi de acolo, abandonând o mașină ce putea fi recunoscută ca aparținându-mi mie. În fine, nu ne mai rămânea decât să turnăm în rezervor bidonul de benzină destinată să îmbibe costumul albastru al lui Jojo, cămașa de mătase cu inițialele lui, și să ne întoarcem în oraș cât mai repede, încercând să găsim o altă soluție ca să scăpăm de el. Degeaba îmi spuneam că scăpasem întotdeauna din toate buclucurile în care mă înfundasem, din încurcături, ca și din nenorociri. Trecutul e ca un limbric tot mai lung, pe care-l port în mine, răsucit; nu-și pierde inelele, oricâte eforturi aș face să-mi golesc intestinele în toate closetele europene sau turcești, în hârdaiele din pușcării, în oalele de la spitale sau în gropile de la marginea cantonamentelor, sau pur și simplu în tufișuri, uitându-mă atent înainte, să nu apară vreun șarpe, cum mi s-a întâmplat o dată în Venezuela. Trecutul nu ți-l poți schimba, cum nu-ți poți schimba numele; oricâte pașapoarte am avut, cu nume pe care nici măcar nu mi le mai amintesc, toți mi-au spus întotdeauna Ruedi Elvețianul: oriunde aș fi mers, și oricum m-aș fi prezentat, se găsea întotdeauna cineva care știa cine eram și ce făcusem, chiar dacă aspectul meu s-a schimbat cu trecerea anilor, mai ales când craniul meu a devenit chel și galben ca un grapefruit; asta s-a întâmplat în epidemia de febră tifoidă la bordul vasului *Stjärna*, când, din cauza încărcăturii pe care o aveam la bord, nu ne puteam apropia de mal și nici măcar cere ajutor prin radio.

Concluzia la care duc toate poveștile e că viața pe care o trăiești e una și numai una, uniformă și compactă ca o cuvertură întărită, la care nu se pot separa firele din care e țesută. Astfel, dacă din întâmplare îmi vine să mă opresc asupra unui amănunt oarecare al unei zile oarecare, de pildă vizita unui singalez care vrea să-mi vândă niște pui de crocodil nou-născuți, aflați într-o cadă de zinc, pot fi sigur că și în acest episod minor, nesemnificativ, se află implicit tot ceea ce am trăit, tot trecutul, trecuturile multiple pe care am încercat inutil să le las în urmă, viețile care în final se unesc într-o viață globală, viața mea, care continuă și în acest loc din care am hotărât să nu mă mai mișc, această căsuță cu grădină la periferia Parisului, unde am instalat crescătoria de pești tropicali, un comerț liniștit, care mă obligă la o viață mai stabilă decât altele, căci nu pot neglija peștii nici măcar o zi, iar cu femeile, la vârsta mea, am chiar dreptul să nu vreau să mă mai încurc.

Bernadette e o poveste cu totul diferită: cu ea puteam spune că acționasem fără nici cea mai mică eroare; de cum aflasem că Jojo se reîntorsese la Paris și era pe urmele mele, n-am pierdut nici o clipă, punându-mă eu pe urmele lui, și așa am descoperit-o pe Bernadette, am știut s-o câștig de partea mea, și am aranjat lovitura împreună, fără ca el să bănuiască nimic. La momentul potrivit, am ridicat perdeaua și primul lucru pe care l-am văzut din Jojo – după ani de zile în care ne pierduserăm din vedere – a fost mișcarea de piston a fundului său gras și păros, strâns între genunchii ei albi; apoi tâmpla bine pieptănată, pe pernă, lângă fața ei cam spălăcită, care se deplasa cu nouăzeci de grade pentru a mă lăsa să-l lovesc. Totul s-a întâmplat într-o manieră rapidă și curată, fără să-i dea timp să se întoarcă și să mă recunoască, să știe cine sosise să-i strice petrecerea, poate chiar fără să-și dea seama de trecerea frontierei dintre infernul celor vii și infernul celor morți.

A fost mai bine așa, să-l văd la față numai mort. – Jocurile s-au încheiat, bătrân nenorocit! mi-a venit să-i spun cu o voce aproape afectuoasă, în timp ce Bernadette îl îmbrăca de sus până jos, inclusiv pantofii de lac negru și antilopă, căci trebuia să-l ducem afară, prefăcându-ne că era așa de beat că nu se putea ține pe picioare. Mi-am adus aminte de prima noastră întâlnire, cu mulți ani în urmă, la Chicago, în camera din spatele magazinului bătrânei Mikonikos, plin de busturile lui Socrate, când mi-am dat seama că suma de la asigurarea împotriva incendiului premeditat o investisem în acele *slot-machines* ruginite ale lui, și că mă aveau la mână, el și bătrâna aia paralitică și nimfomană. Cu o zi înainte, privind de pe dune lacul înghețat, gustasem libertatea cum nu mi se-ntâmplase de ani de zile, dar în douăzeci și patru de ore spațiul din jurul meu se închisese iarăși, și totul se hotăra pe străzile cu case împuțite dintre cartierul grec și cartierul polonez. Asemenea întorsături au existat cu zecile în viața mea, într-un sens sau într-altul, dar socoteala pierderilor mele nu făcuse decât să se lungească. Acum, când mirosul de cadavru începea să se simtă, cu tot parfumul lui de apă de colonie proastă, îmi dădeam seama că meciul cu el nu era încheiat încă, că Jojo mort putea să mă distrugă încă o dată, cum mă distrusese de atâtea ori pe când trăia. Îmi amintesc prea multe episoade în același timp, căci ceea ce vreau e ca povestirea să fie înconjurată de multe altele, pe care le-aș putea spune și poate le voi spune, sau poate, cine știe, le-am spus deja cândva; un spațiu plin de istorisiri, poate chiar timpul vieții mele, în care mă pot mișca în toate direcțiile, ca în spațiu, găsind mereu povești noi, pe care, pentru a le povesti, ar fi nevoie să povestesc altele, așa că, plecând de la un moment sau loc oarecare, să întâlnesc aceeași densitate materială de povestit. Mai mult chiar, privind în perspectivă la tot ce las în afara narațiunii principale, văd o pădure extinsă în toate direcțiile, atât de deasă, încât nu lasă lumina să treacă; un material mult mai bogat decât cel ales de data asta ca figurând în prim-plan, din care pricină nu e exclus ca cine urmărește istorisirea mea să se simtă puțin frustrat, văzând că fluviul se risipește în atâtea pâraie, iar din faptele esențiale îi ajung numai ultimele ecouri și reverberații; dar nu e exclus ca tocmai acesta să fie efectul pe care mi-l propuneam când am început să povestesc, sau hai să spunem un expedient al artei de a povesti pe care încerc să-l adopt, o normă de discreție, constând din a mă menține cumva sub posibilitățile de a povesti de care dispun. Dacă stăm să ne gândim, e chiar semnul unei reale bogății, solide și întinse, în sensul că, dacă eu, în mod ipotetic, aș avea doar o poveste de istorisit, m-aș învârti excesiv în jurul ei și aș sfârși prin a o distruge, din dorința de a o pune cu-adevărat în valoare; având, însă, un depozit practic nelimitat de material de povestit sunt în măsură să-l manevrez cu detașare și fără grabă, lăsând să transpară chiar și o anume plictiseală și permițându-mi luxul să mă lungesc asupra unor episoade secundare și a unor detalii nesemnificative.

De câte ori scârțâie portița – eu stau în garajul plin de căzi din fundul grădinii – mă întreb din care din trecuturile mele sosește persoana care vine să mă caute chiar și aici: poate e doar trecutul de ieri și din acest cartier, măturătorul arab, scund de statură, care începe în octombrie turneul bacșișurilor, casă cu casă, cu felicitarea cu urări pentru

Anul Nou, căci spune că bacșișurile din decembrie sunt luate de colegii lui, iar el nu se alege cu nici un ban. Dar poate fi și din trecuturi mai îndepărtate, ce aleargă după bătrânul Ruedi și dau de urma portiței din acest Impasse: contrabandiști din Valais, mercenari din Katanga, crupieri de la cazinoul din Varadero, de pe vremea lui Fulgencio Batista... Bernadette nu avea nimic de-a face cu nici unul din trecuturile mele: nu știa nimic despre vechile povești dintre Jojo și mine, care mă obligaseră să-l fac să dispară de pe fața pământului; nu știa nimic, ba credea chiar că o făcusem pentru ea, pentru ceea ce-mi spusese despre viața pe care el o obliga s-o ducă. Și pentru bani, firește, care nu erau puțini, chiar dacă încă nu puteam spune că-i aveam în buzunar. Interesul comun ne lega: Bernardette e o fată care înțelege din zbor situațiile; din încurcătura asta sau reușeam să ne descurcăm împreună, sau aveam să pierdem totul amândoi. Dar, bineînțeles, Bernadette avea o altă idee în cap: o fată ca ea, ca să se descurce, trebuie să poată conta pe cineva care știe ce are de făcut; dacă mă chemase s-o scap de Jojo era ca să mă pună în locul lui. Povești din astea fuseseră prea multe în trecutul meu și nici una nu se încheiase cu bine; de aceea, mă retrăsesem din afaceri și nu voiam s-o mai iau de la capăt.

Prin urmare, când eram pe punctul de a începe acel du-te-vino nocturn, cu el îmbrăcat la patru ace și așezat frumos, în spate, în mașina decapotabilă, iar ea așezată în față, lângă mine, încât trebuia să întindă un braț ca să-l țină drept, pe când mă pregăteam să pornesc motorul, iată că ea își repede piciorul stâng peste schimbătorul de viteză și-l plasează peste piciorul meu drept.

— Bernadette! exclam eu. Ce faci? Ți se pare momentul potrivit? Iar ea îmi explică că atunci când am năvălit în cameră o întrerupsesem într-un moment în care nu putea fi întreruptă; nu importă dacă cu unul sau cu altul, dar ea trebuia să reia din acel punct precis și să meargă până la capăt, între timp, cu o mână îl susținea pe mort și cu cealaltă mă descheia, înghesuiți toți trei în mașina atât de mică, într-o parcare publică din Faubourg Saint-Antoine. Contorsionându-și picioarele – trebuie să spun – în chip armonios, se instalează călare peste genunchii mei și aproape mă sufocă apăsându-mă la pieptul ei, ca într-o avalanșă. Între timp, Jojo cădea peste noi, dar ea era atentă să-l îndepărteze, fața ei la câtiva centimetri de fața mortului, care o privea prin albul ochilor larg deschiși. Cât despre mine, luat prin surprindere, cu reacțiile fizice declanșate de capul lor, preferând evident să asculte de ea și nu de sufletul meu îngrozit, fără a avea nevoie să mă mișc, căci avea ea grijă de asta, ei bine, am înțeles în acea clipă că ceea ce făceam noi era o ceremonie căreia Bernadette îi dădea o semnificație specială, acolo, sub ochii mortului, și am simțit că o menghină moale și tenace se strângea în jurul meu și nu-i puteam scăpa.

„Te înșeli, fată dragă – aș fi vrut să-i spun – mortul acesta a murit pentru altă poveste, nu pentru tine, o poveste încă neîncheiată.“ Aș fi vrut să-i spun că era o altă femeie între mine și Jojo, în povestea aceea încă neîncheiată; continui să tot sar de la o poveste la alta, deoarece continui să mă învârt în jurul acelei povești și să fug de ea, de parcă ar fi prima zi a fugii mele, de cum aflasem că femeia aceea și Jojo se uniseră să mă distrugă. E o poveste pe care mai devreme sau mai târziu o voi spune, dar în mijlocul tuturor celorlalte, fără a-i da mai multă importanță, fără a pune în ea nici o pasiune specială în afară de plăcerea de a povesti și a aminti, căci și amintirea răului poate fi o plăcere, când răul e amestecat, nu spun cu binele, ci cu ceva diferit, schimbător, cu mișcarea, în fine cu ceea ce pot numi chiar bine și care e plăcerea de a vedea lucrurile de la distanță și de a le povesti ca pe ceva din trecut.

— O să fie grozav să povestim toate astea după ce vom ieși cu bine din încurcătură – îi spuneam lui Bernadette, urcând cu ascensorul, cu Jojo în sacul de plastic. Planul nostru era să-l aruncăm de pe terasa ultimului etaj într-o curte interioară îngustă, unde, a doua zi, cine avea să-l găsească avea să creadă că e o sinucidere, sau un pas greșit în timpul unei încercări de furt. Dar dacă cineva avea să se urce în ascensor de la un etaj intermediar și avea să ne vadă cu sacul? Aveam să spun că ascensorul mersese în sus, în timp ce duceam gunoiul jos. De fapt, în curând se iveau zorile.

— Tu știi să prevezi toate situațiile posibile, spune Bernadette. Cum era să mă descurc altfel, aș vrea să-i spun, când a trebuit să mă apăr ani de zile de banda lui Jojo, care are oameni în toate marile centre de trafic ilicit? Dar ar fi trebuit să-i explic toate dedesubturile despre Jojo și cealaltă, care n-au renunțat niciodată să-mi ceară să-i ajut să-și recupereze ceea ce pretind că au pierdut din cauza mea, să-mi atârne de gât lanțul de șantaje care mă obligă și acum să petrec noaptea căutând o soluție pentru un vechi prieten, aflat într-un sac de plastic.

Și cu singalezul m-am gândit că era ceva la mijloc. Nu cumpăr crocodili, *jeune homme* – i-am spus. Du-te la grădina zoologică, eu fac comerț cu alte mărfuri, aprovizionez magazinele din centru, acvarii de apartament, pești exotici, cel mult broaște țestoase. Mi se cer iguane din când în când, dar eu nu mă ocup de astea, sunt prea delicate.

Tânărul, să tot fi avut optsprezece ani, stătea acolo, cu mustața și sprâncenele ca niște pene negre pe obrajii portocalii.

— Iartă-mi curiozitatea, cine te-a trimis la mine? l-am întrebat, căci atunci când e vorba de cineva din sud-estul Asiei am întotdeauna îndoielile mele, serios motivate.

— *Mademoiselle* Sibylle, zice el.

— Ce legătură are fiica mea cu crocodilii? exclam, căci e drept că de o bucată de vreme locuiește singură, dar de fiecare dată când aflu vești despre ea sunt neliniștit. Nu știu de ce, gândul la copiii mei mi-a provocat totdeauna un sentiment de remușcare.

Aflu astfel că Sibylle execută un număr cu caimani într-o *boîte* din Place Clichy; treaba asta mi s-a părut atât de urâtă, încât nu i-am mai cerut alte amănunte. Știam că lucra în localuri de noapte, dar că se produce în public cu un crocodil mi se pare ultimul lucru pe care un tată îl poate dori să i se întâmple unicei lui fiice; cel puțin unul ca mine, care a primit o educație protestantă.

— Cum se cheamă localul ăsta grozav? spun, livid. Vreau să dau o raită pe-acolo.

Îmi întinde un anunț publicitar și imediat mă trece o sudoare rece pe șira spinării, căci numele acela, „Noul Titania“, îmi sună cunoscut, mult prea cunoscut, chiar dacă e vorba de amintiri dintr-o altă parte a globului.

— Și cine îl conduce? întreb. Da, directorul, patronul!

— Ah, Madame Tatarescu, vreți să spuneți... și saltă cada de zinc să plece cu puii.

Priveam fix agitația de solzi verzi, labe, cozi, boturi căscate și era ca și cum aș fi fost lovit cu măciuca în cap, urechile nu mai transmiteau decât un bâzâit profund, un vuiet, trâmbița de pe lumea cealaltă, de cum auzisem numele femeii de sub influența devastatoare a căreia reușisem s-o smulg pe Sibylle, pierzându-ne urmele peste două oceane, construind pentru fată și pentru mine o viață liniștită. Totul era inutil: Vlada își regăsise fiica, iar prin Sibylle mă avea din nou în mână, cu capacitatea proprie numai ei să trezească în mine aversiunea cea mai feroce și atracția cea mai obscură, îmi trimitea deja un mesaj prin care o puteam recunoaște: frenezia reptilelor îmi amintea că răul era singurul ei element vital, iar lumea era o cloacă cu crocodili din care nu puteam scăpa

Tot așa, aplecându-mă de pe terasă, priveam către fundul acelei curți interioare. Cerul se lumina, dar acolo jos era tot întuneric beznă și abia puteam distinge pata neregulată în care se transformase Jojo, după ce se răsucise în gol cu poalele hainei întoarse, ca niște aripi, și după ce-și rupsese toate oasele cu un zgomot ca de armă de foc.

Sacul de plastic îmi rămăsese în mână. Îl puteam lăsa acolo, dar Bernadette se temea că găsindu-l vor putea reconstrui cum se desfășuraseră faptele, deci era mai bine să-l luăm cu noi ca să-l facem dispărut.

Când s-a deschis ascensorul, la parter, în fața lui se aflau trei bărbați cu mâinile în buzunare.

— Ciao, Bernadette. Iar ea: Ciao.

Nu-mi păsa că ea îi cunoștea; cu atât mai mult cu cât prin modul de a se îmbrăca, deși mai în pas cu moda decât Jojo, le găseam un anumit aer de familie.

— Ce ai în sacul acela? Ia să vedem, spune cel mai gras dintre cei trei.

— Uită-te. E gol, spun eu, calm.

Își băgă mâna înăuntru.

— Și asta ce e?

Scoase un pantof de lac negru cu botul de antilopă.

6

Paginile fotocopiate se opresc aici, dar pe tine te interesează acum doar să poți continua lectura. Undeva trebuie să se afle volumul complet; cauți cu privirea de jur-împrejur, dar te descurajezi imediat; în biroul acesta cărțile apar sub formă de materiale grosolane, piese de schimb, angrenaje de demontat și remontat. Acum înțelegi refuzul Ludmilei de a te urma; te temi că ai trecut și tu „de partea cealaltă“ și că ai pierdut acea relație privilegiată cu cartea, ce aparține numai cititorului: a putea considera ceea ce e scris ca ceva finit și definitiv, la care nu e nimic de adăugat și nimic de omis. Dar te încurajează încrederea pe care Cavedagna continuă s-o nutrească în posibilitatea unei lecturi sincere, chiar și aici, în editură. Iată-l pe bătrânul redactor reapărând prin ușile de sticlă. Apucă-l de o mânecă, spune-i că vrei să citești mai departe *Privește în jos unde umbrele se-ndesesc.*

— Ah, cine știe unde e... toate hârtiile afacerii Marana au dispărut. Paginile lui dactilografiate, textele originale, cimbric, polonez, francez. Dispărut el, dispărut totul, de pe o zi pe alta.

— Și nu s-a mai aflat nimic?

— Ba da, ne-a scris... Am primit atâtea scrisori... Povești de pe altă lume... Nu vi le mai istorisesc, căci nu m-aș mai descurca. V-ar trebui ore întregi ca să citiți toată corespondența.

— Pot să arunc un ochi?

Văzându-te decis să mergi până la capăt, Cavedagna consimte să ți se aducă de la arhivă dosarul „Marana dl. Ermes".

— Aveți ceva timp disponibil? Bine, luați loc aici și citiți. Apoi îmi veți spune ce credeți. Cine știe, poate reușiți să înțelegeți ceva.

Marana are întotdeauna motive practice ca să-i scrie lui Cavedagna: justificând întârzierile în predarea traducerilor, solicitând plata în avans, semnalând noutăți editoriale străine ce nu trebuie scăpate din vedere. Dar între aceste subiecte normale de corespondență de serviciu se ivesc aluzii la intrigi, comploturi, mistere, iar pentru a explica aceste aluzii, sau pentru a explica de ce nu vrea să spună mai mult, Marana sfârșește prin a se lansa în fabulații mereu mai pătimașe și încurcate.

Scrisorile sunt datate din localități risipite pe cele cinci continente, dar par să nu fie încredințate niciodată poștei regulate, ci unor mesageri ocazionali, care le franchează altundeva, din care cauză timbrele de pe plicuri nu corespund țării de proveniență. Și cronologia e incertă: sunt scrisori ce fac referiri la misive precedente, care rezultă, însă, că au fost scrise mai târziu; scrisori ce promit precizări ulterioare, care se află, însă, în pagini datate cu o săptămână înainte.

„Cerro Negro", pe cât se pare numele unui sat pierdut din America de Sud, figurează cu data ultimelor scrisori; dar unde se află exact, agățat în Anzii Cordilieri sau în mijlocul pădurilor de pe Orinoco, nu se poate pricepe din creionarea peisajelor contradictorii evocate. Scrisoarea pe care o ai sub ochi are aerul unei scrisori de afaceri obișnuite: dar cum dracu' a nimerit acolo o ediție în limba cimeriană? Dacă aceste ediții se adresează pieței limitate a emigranţilor cimerieni din cele două Americi, cum poate publica editura traduceri în cimeriană, de *noutăţi absolute din cei mai bine cotaţi autori internaţionali, pentru care posedă exclusivitatea mondială* chiar şi în limba originală a autorului? Fapt este că Ermes Marana, care pare să fi devenit managerul lor, oferă lui Cavedagna o opţiune asupra noului şi mult-aşteptatului roman *Într-o reţea de linii ce se leagă* a celebrului scriitor irlandez Silas Flannery.

O altă scrisoare, tot din Cerro Negro, e scrisă, în schimb, pe tonul unei evocări inspirate: prezentând – se pare – o legendă locală, ce cuprinde povestea unui bătrân indian numit „Părintele Povestirilor", de vârstă imemorabilă, orb şi analfabet, care povesteşte neîntrerupt istorisiri care se petrec în ţări şi timpuri complet necunoscute lui. Fenomenul a atras la faţa locului expediţii de antropologi şi parapsihologi: s-a stabilit că multe romane publicate de autori celebri fuseseră recitate cuvânt cu cuvânt de vocea răguşită a „Părintelui Povestirilor" cu câţiva ani înainte de tipărirea lor. Unii spun că bătrânul indian ar fi izvorul universal al materiei narative, magma primordială din care se ramifică manifestările individuale ale fiecărui scriitor; alţii îl consideră un prezicător care, graţie consumului de ciuperci halucinogene, reuşeşte să comunice cu lumea interioară a celor mai puternice temperamente vizionare şi să le capteze undele psihice; iar alţii îl socotesc reîncarnarea lui Homer, a autorului celor *O mie şi una de nopţi,* a autorului lui *Popol Vuh,* ba chiar a lui Alexandre Dumas sau James Joyce; dar există obiecţia că Homer nu are nevoie de metempsihoză, dat fiind că nu a murit niciodată şi a continuat să trăiască şi să compună peste milenii. El este autorul, în afară de cele două poeme care i se atribuie de obicei, al unei mari părţi a celor mai cunoscute naraţiuni scrise. Ermes Marana, apropiind un magnetofon de deschizătura grotei unde se ascunde bătrânul...

Dar dintr-o scrisoare precedentă, din New York, originea ineditelor oferite de Marana pare să fie cu totul alta:

„Sediul OEPHLW, cum puteţi vedea din hârtia cu antet, e situat în vechiul cartier Wall Street. De când lumea afacerilor a pustiit aceste edificii solemne, aspectul lor bisericesc, derivat de la băncile englezeşti, a devenit mai sinistru. Sunt la un interfon. Sunt Ermes. Vă aduc începutul romanului lui Plannery. Mă aşteptau de o bucată de vreme, de când telegrafiasem din Elveţia că reuşisem să-l conving pe bătrânul autor de thrillere să-mi încredinţeze începutul romanului pe care nu reuşea să-l continue, dar pe care computerele noastre aveau să-l completeze cu uşurinţă, căci sunt programate pentru a dezvolta toate elementele unui text cu fidelitate perfectă faţă de modelele stilistice şi conceptuale ale autorului."

Aducerea acelor pagini la New York nu a fost uşoară, dacă e să credem ce scrie Marana dintr-o capitală din Africa neagră, lăsându-se copleşit de spiritul lui de aventură:

„...Zburăm cufundaţi, avionul într-o spumă de nori, eu în lectura romanului inedit al lui Silas Flannery, *Într-o reţea de linii ce se leagă,* manuscris preţios, dorit cu patimă de editurile internaţionale, sustras de mine autorului printr-un noroc. Şi iată că gura unei mitraliere scurte se aşază pe braţul ochelarilor mei.

Un comando de tineri înarmaţi a pus stăpânire pe avion; mirosul de transpiraţie e neplăcut; nu întârzii să-mi dau seama că obiectivul principal este captura manuscrisului meu. Sunt tineri de la APO, cu siguranţă; dar ultimii recrutaţi îmi sunt total necunoscuţi; chipuri grave şi păroase, o atitudine de suficienţă nu sunt elemente care să-mi permită să disting căreia dintre cele două facţiuni ale mişcării îi aparţin.

...Nu vă mai povestesc pe larg peregrinările perplexe ale avionului nostru, a cărui rută a continuat să sară de la un turn de control la altul, dat fiind că nici un aeroport nu era dispus să ne primească. În fine, președintele Butamatari, dictator cu pretenții de umanist, a permis aterizarea reactorului epuizat pe pistele aeroportului său, la marginea savanei, asumându-și rolul de mediator între comandoul de extremiști și cancelariile terorizate ale marilor puteri. Pentru noi, ostaticii, zilele se târăsc molatic, sub un acoperiș de zinc, în deșertul prăfos. Vulturi albăstrui ciugulesc terenul, scurmând după râme."

Că între Marana și pirații de la APO există o legătură e clar din felul în care îi apostrofează, de cum se află față-n față:

„Duceți-vă acasă, porumbeilor, și spuneți-i șefului vostru să trimită exploratori mai atenți, altă dată, dacă vrea să-și aducă bibliografia la zi... Mă privesc cu răceala adormită a călăului prins pe picior greșit. Această sectă dedicată cultului și căutării de cărți secrete a ajuns pe mâna unor băiețandri, care au doar o idee aproximativă despre misiunea lor. – Dar tu cine ești? – mă întreabă. Cum îmi aud numele, înțepenesc. Nou-veniți în organizație, nu putuseră să mă fi cunoscut personal, dar mă știau prin denigrările puse în circulație după expulzarea mea: agent dublu, triplu, sau cvadruplu, în serviciul cine știe cui sau ce. Nimeni nu știe că Organizația Puterii Apocrife, fondată de mine, a avut un sens atâta vreme cât ascendentul meu a împiedicat-o să cadă sub influența unor guru nedemni de luat în seamă... – Ne-ai luat drept membri ai organizației Wing of Light, spune drept... zic ei. – Să fie clar, noi aparținem grupului Wing of Shadow, și nu ne lăsăm prinși în capcanele întinse de tine! Era ceea ce voiam să aflu. Am dat doar din umeri și am surâs. Wing of Shadow sau Wing of Light, pentru oricare dintre ele eu sunt trădătorul ce trebuie eliminat, dar nici aici nu-mi pot face nimic, dat fiind că președintele Butamatari, care le garantează dreptul de azil, m-a luat sub protecția lui..."

Dar oare de ce voiau să pună mâna pe manuscris pirații de la APO? Parcurgi foile, căutând o explicație, dar găsești mai ales lăudăroșeniile lui Marana, care-și atribuie meritul de a fi reglat pe cale diplomatică acordul prin care Butamatari, dezarmând comandoul și punând stăpânire pe manuscrisul lui Flannery, garantează restituirea acestuia autorului, cerând în schimb ca el să scrie un roman dinastic, justificând încoronarea imperială a liderului și tendințele lui anexioniste asupra teritoriilor învecinate.

„Cel care a propus formula acordului și a condus tratativele am fost eu. Din momentul când m-am prezentat ca reprezentant al agenției «Mercur și Muzele», specializată în exploatarea publicitară a operelor literare și filosofice, situația a luat turnura potrivită. Odată cucerită încrederea dictatorului african, recâștigată încrederea scriitorului celtic (sustrăgând manuscrisul, îl pusesem la adăpost de planurile de captură pregătite de diversele organizații secrete), mi-a fost ușor să conving părțile să semneze un contract avantajos pentru fiecare..."

O scrisoare anterioară, datată din Liechtenstein, permite reconstituirea începuturilor relației dintre Flannery și Marana: „Nu trebuie să dați crezare zvonurilor care circulă, cum că acest principat din Alpi ar găzdui numai sediul administrativ și fiscal al societății anonime ce deține dreptul de *copyright* și semnează contractele fecundului autor de *bestseller*-uri, și că, în ce-l privește, nimeni n-ar avea habar unde locuiește, nici dacă există cu adevărat. Trebuie spus că primele mele întâlniri cu secretarii care mă trimiteau la funcționari, care mă trimiteau la agenți, păreau să confirme informațiile dumneavoastră... Societatea anonimă care profita de pe urma interminabilei producții verbale de emoții, crime și scene de dragoste ale bătrânului autor are structura unei bănci eficiente. Dar atmosfera ce domnea acolo era de indispoziție și de teamă, ca în ajunul unui crah financiar...

Nu mi-a lipsit mult să descopăr motivele: de câteva luni, Flannery a intrat în criză; nu mai scrie nici un rând; numeroasele romane începute, pentru care a primit avansuri de la edituri din lumea întreagă, implicând finanțarea de către bănci internaționale, romane în care soiurile de băuturi preferate de personajele sale, localitățile turistice frecventate, furnizorii modelelor de *haute-couture*, de mobilier, de gadgeturi au fost deja fixate prin contracte de agenții publicitare specializate, rămân neterminate, pradă unei crize spirituale inexplicabile și neprevăzute. O echipă de scriitori-umbre, experți în imitarea stilului maestrului în toate nuanțele și manierismele lui, e gata să intervină ca să astupe golurile, să finiseze și să completeze textele pe jumătate lucrate, în așa fel încât nici un cititor să nu poată distinge părțile scrise de o mână sau de alta... (Se pare că au avut o contribuție importantă în ultima operă a Maestrului). Dar acum, Flannery le spune tuturor să aștepte, amână scadențele, anunță schimbări de program, promite să se reapuce de lucru cât mai curând, refuză ofertele de ajutor. Conform părerii celor mai pesimiști, ar fi început să scrie un jurnal, un caiet de reflecții, în care nu se-ntâmplă niciodată nimic, doar stările lui de spirit și descrierea peisajului pe care-l contemplă ore în șir de la balcon, printr-un ochean..."

Mai euforic e mesajul trimis câteva zile mai târziu de Marana din Elveția: „Țineți cont de următoarele: unde toți eșuează, Ermes Marana reușește! Am reușit să vorbesc cu Flannery în persoană: stătea pe terasa vilei sale, udând cârciumăresele din ghivece. E un bătrânel ordonat și liniștit, chiar afabil, până ce nu-l apucă furiile... Aș putea să vă comunic multe lucruri despre el, prețioase în activitatea dumneavoastră editorială, și o voi face de îndată ce voi primi un semn de interes, prin telex, la Banca sus-numită, unde se află numărul contului meu curent..."

Motivele care l-au împins pe Marana să-l viziteze pe bătrânul romancier nu sunt clare din ansamblul corespondenței: fie că a pozat în reprezentantul OEPHLW-ului din New York („Organizația pentru Producerea Electronică de Opere Literare Omogenizate"), oferindu-i asistență tehnică pentru terminarea romanului („Flannery devenise palid, tremura, strângea la piept manuscrisul. – Nu, asta nu – spunea el – nu voi permite așa ceva niciodată..."), fie că s-a dus să apere interesele unui scriitor belgian plagiat fără rușine de Flannery, Bertrand Vandervelde... Dar, revenind la ceea ce-i scria Marana lui Cavedagna, cerându-i să-l pună în contact cu scriitorul inaccesibil, ar fi fost vorba să-i propună, ca fundal pentru episoadele culminante ale viitorului său roman, *Într-o rețea de linii ce se leagă,* o insulă în Oceanul Indian, „care se detașează cu plajele ei de culoarea argilei pe întinderea de cobalt". Propunerea era făcută în numele unei întreprinderi milaneze de investiții imobiliare, în vederea lansării unei oferte de parcelare a insulei, cu un sat de bungalouri de vânzare, în rate și prin corespondență. Obligațiile lui Marana în cadrul întreprinderii par să privească „relațiile publice pentru dezvoltarea Țărilor în Curs de Dezvoltare, cu atenție specială la mișcările revoluționare înainte și după venirea la putere, asigurându-se premisele necesare construcției, indiferent de schimbările de regim". În această calitate, prima lui misiune s-a desfășurat într-un sultanat din Golful Persic, unde trebuia să trateze construirea unui zgârie-nori. O întâmplare neașteptată, legată de munca lui de traducător, îi deschisese uși în mod normal închise europenilor... „Ultima soție a sultanului e o conațională a noastră, o femeie cu temperament sensibil și neliniștit; ea resimte izolarea la care o constrâng dislocarea geografică, obiceiurile locale și eticheta de la curte și rezistă grație pasiunii ei nestăpânite pentru lectură..."

Trebuind să întrerupă romanul *Privește în jos unde umbrele se-ndesesc* din cauza unui defect al exemplarului ei, tânăra sultană îi scrisese traducătorului, protestând. Marana s-a grăbit să plece în Arabia. „...o bătrână cu feregea pe obraz și ochi urduroși mi-a făcut semn s-o urmez. Într-o grădină acoperită, printre portocali, păsări-liră și fântâni, mi-a venit în întâmpinare, înveșmântată în liliachiu, pe obraz o mică mască de mătase cu stropi de aur alb, un lanț de acvamarine pe frunte..."

Ai vrea să afli mai multe despre sultana asta; ochii tăi parcurg cu neliniște foile de hârtie subțiri, așteptându-te parcă s-o vezi apărând dintr-o clipă în alta... Marana pare și el împins de aceeași dorință ca tine, când tot umple pagini după pagini, urmărind-o în vreme ce ea se ascunde... De la o scrisoare la alta, povestea devine mai complicată: scriindu-i lui Cavedagna dintr-o „somptuoasă reședință la marginea deșertului", Marana încerca să-și justifice dispariția neașteptată, povestind că a fost constrâns prin forță (sau convins cu un contract atrăgător) de emisarii sultanului să se transfere acolo, pentru a-și continua lucrul ca până atunci... Soției sultanului nu trebuie să-i lipsească niciodată cărțile care-i plac: la mijloc e o clauză din contractul de căsătorie, o condiție pusă de soție augustului ei pretendent, înainte de a accepta să se căsătorească... După o lună de miere placidă, în care tânăra suverană primea noutățile principalelor literaturi occidentale în limbile originale, pe care le citește în mod curent, situația a devenit spinoasă... Sultanul se teme, pe cât se pare pe bună dreptate, de un complot revoluționar. Serviciile sale secrete au descoperit că mesajele cifrate sunt primite de complotiști ascunse în paginile tipărite ale alfabetului nostru. Din acea clipă, a decretat embargo și confiscarea tuturor cărților occidentale de pe teritoriul său. Dotarea bibliotecii personale a consoartei sale a fost întreruptă. Neîncrederea ce-i stă în caracter – susținută, se pare, de indicii precise – îl împinge pe sultan să-și suspecteze propria soție de a fi în complicitate cu revoluționarii. Dar neîndeplinirea faimoasei clauze din contractul de căsătorie ar fi dus la o ruptură foarte gravă pentru dinastie, cum doamna nu s-a abținut să amenințe în focul furiei care a cuprins-o, când gărzile i-au smuls din mână un roman abia început, tocmai cel al lui Bertrand Vandervelde...

În acel moment, serviciile secrete ale sultanatului, aflând că Ermes Marana tocmai traducea romanul în limba maternă a doamnei, l-au constrâns, cu argumente convingătoare de diferite feluri, să se mute în Arabia. Sultana primește regulat în fiece seară cantitatea de roman hotărâtă, nu în ediții originale, ci în copia dactilografiată de mâna traducătorului. Dacă un mesaj codat ar fi ascuns în succesiunea originală de cuvinte sau litere n-ar mai putea fi recuperat...

„Sultanul m-a chemat să mă întrebe câte pagini îmi mai rămân de tradus ca să termin cartea. Am înțeles că în suspiciunile lui de infidelitate politico-conjugală momentul de care se teme cel mai mult este căderea tensiunii ce va urma sfârșitului romanului, când, înainte de a începe un altul, soția lui își va urî din nou situația. El știe că toți complotiștii așteaptă un semn de la sultană ca să tragă primul foc, dar ea a dat ordin să nu fie deranjată în timp ce citește, nici dacă palatul ar fi pe punctul de a sări în aer... Iar eu am motivele mele să mă tem de acel moment, care ar putea însemna pierderea privilegiilor la curte..."

De aceea, Marana îi propune sultanului o stratagemă inspirată din tradiția literară a Orientului: va întrerupe traducerea în punctul cel mai pasionant și va începe să traducă un alt roman, inserându-l în primul, printr-un expedient oarecare, de exemplu un personaj din primul volum deschide o carte și începe s-o citească... Și al doilea roman se va întrerupe și va face loc unui al treilea, care nu după mult se va deschide către un al patrulea, și așa mai departe...

Ești tulburat de tot felul de sentimente în timp ce răsfoiești scrisorile. Cartea a cărei continuare o gustai dinainte printr-un intermediar se-ntrerupe din nou... Ermes Marana îți apare ca un șarpe vărsându-și veninul în paradisul lecturii... În locul clarvăzătorului amerindian, care povestește toate romanele din lume, iată un roman-capcană, născocit de traducătorul infidel, cu începuturi de roman ce rămân suspendate... Așa cum rămâne suspendată revolta, în timp ce complotiștii așteaptă zadarnic să comunice cu ilustra lor complice, iar timpul imobil apasă asupra întinderilor netede ale Arabiei... Citești sau născocești toate astea? Atâta influență au asupra ta invențiile unui grafoman? Vizezi și tu la sultana petroliferă? Invidiezi soarta pritocitorului de romane din seraiurile arabe? Ai vrea să fii în locul lui, să stabilești o legătură exclusivă, în același timp de două persoane, cum ți s-a părut posibil cu Ludmila? Nu poți să nu-i dai cititoarei fără chip, evocată de Marana, trăsăturile Cititoarei pe care o cunoști; o și vezi pe Ludmila sub plasa de țânțari, întinsă pe pat, în sezonul epuizant al musonului, în timp ce complotiștii din palat își ascut săbiile în tăcere, iar ea se abandonează curentului lecturii, unicul act posibil, într-o lume în care nu există decât nisip arid, peste straturi de bitum uleios, și risc de moarte, pentru rațiuni de stat și pentru repartizarea izvoarelor de energie...

Parcurgi iarăși dosarul, căutând știrile cele mai recente despre sultană... Vezi apărând și dispărând alte figuri de femeie: în insula din Oceanul Indian, o femeie „cu ochelari negri de soare și, în loc de îmbrăcăminte, unsă cu un strat de ulei de nucă, plasează între persoana ei și razele soarelui canicular scutul subțire al unei reviste populare din New York." Numărul pe care-l citește publică în avanpremieră începutul noului thriller al lui Silas Flannery. Marana o lămurește că publicarea într-o revistă a primului capitol este semnalul că scriitorul irlandez e gata să accepte contracte cu firmele interesate să figureze în roman: mărci de whisky sau șampanie, modele de mașini, localități turistice. „Se pare că imaginația lui e cu atât mai stimulată, cu cât primește mai multe comenzi publicitare." Femeia e dezamăgită: este o cititoare pasionată a lui Silas Flannery. – Prefer romanele care comunică un sentiment de neliniște încă de la prima pagină – spune ea... De pe terasa vilei elvețiene, Silas Flannery privește, prin ocheanul montat pe un trepied, o femeie tânără pe un șezlong, cufundată în citirea unei cărți pe o altă terasă, două sute de metri mai jos. E acolo în fiecare zi – spune scriitorul – de câte ori vreau să mă așez la birou simt nevoia s-o privesc. Cine știe ce citește. Știu că nu e o carte de-a mea și sufăr instinctiv din cauza asta, simt gelozia cărților mele, care s-ar vrea citite așa cum citește ea. Nu mă satur privind-o: pare să locuiască într-o sferă suspendată într-un alt timp și într-un alt spațiu. Mă așez la birou, dar nici o poveste inventată de mine nu corespunde cu ceea ce aș vrea să redau. Marana îl întrebă dacă acesta este motivul pentru care nu mai reușește să lucreze. – Oh, nu, scriu acum, a răspuns el –, abia acum scriu, de când o privesc. Nu fac decât să urmăresc lectura acelei femei, văzute de aici, zi după zi, oră după oră. Citesc pe chipul ei ceea ce dorește ea să citească, și transcriu fidel... – Prea fidel, îl întrerupse Marana, înghețat. – Ca traducător și reprezentant al intereselor lui Bertrand Vandervelde, autorul romanului *Privește în jos unde umbrele se-ndesesc,* pe care îl citește femeia aceea, vă desfid să-l mai plagiați de acum înainte! Flannery devine palid: un singur gând pare să-i ocupe mintea. Atunci, după părerea dumneavoastră, cititoarea aceea, cărțile pe care le devorează cu atâta pasiune, ar fi romanele lui Vandervelde? Nu pot suporta ideea asta...

În aeroportul african, printre ostaticii răpiți care așteaptă tolăniți pe pământ, făcându-și vânt, sau ghemuiți sub pledurile distribuite de stewardese la scăderea bruscă a temperaturii nocturne, Marana admiră o tânără ghemuită mai la o parte, de un calm imperturbabil, cu brațele în jurul genunchilor ridicați ca un pupitru sub fusta lungă, părul curgându-i peste carte, ascunzându-i chipul, mâna relaxată întorcând paginile, de parcă tot ce-ar interesa-o s-ar decide acolo, în capitolul următor. „În degradarea pe care captivitatea îndelungată și promiscuă o impune aspectului și atitudinii fiecăruia dintre noi, femeia aceasta mi se pare apărată, izolată, învăluită ca într-o planetă îndepărtată..." Și atunci, Marana își spune: trebuie să-i conving pe pirații de la APO că volumul pentru care merită montată întreaga lor operație plină de riscuri nu e cel pe care mi l-au confiscat mie, ci cel pe care-l citește ea... New York, în sala de control, cititoarea e legată în fotoliu de încheieturile mâinilor, cu manometre de presiune și centură stetoscopică, tâmplele strânse într-o încâlcitură de fire de encefalograf, care semnalează intensitatea concentrării ei și frecvența stimulilor. „Munca noastră depinde de sensibilitatea subiectului de care dispunem pentru probele de control; în plus, trebuie să fie o persoană rezistentă ca vedere și nervi, ca s-o putem supune lecturii neîntrerupte de romane și variante de romane produse de sistemul electronic. Dacă atenția lecturii atinge anumite valori cu o anumită continuitate, produsul e valabil și poate fi lansat pe piață; dacă atenția, însă, slăbește și variază, combinația trebuie respinsă și elementele ei sunt descompuse și reutilizate în alte contexte. Bărbatul în cămașă albă smulge o encefalogramă după alta, de parcă ar fi foi de calendar. Din lac în puț, spune el. – Nu mai iese nici un roman care să stea în picioare. Sau programul trebuie revăzut, sau cititoarea nu mai poate fi folosită. Privesc la fața subțire, acoperită de ochelari și vizieră, impasibilă și din cauza tampoanelor din urechi și a suportului care-i imobilizează bărbia. Care va fi soarta ei?“

Nu găsesc nici un răspuns la întrebarea aruncată de Marana aproape cu indiferență. Cu răsuflarea tăiată ai urmărit de la o scrisoare la alta transformările cititoarei, de parcă ar fi fost vorba de aceeași persoană... Dar și dacă ar fi fost mai multe, tu le atribui tuturor aspectul Ludmilei... Nu susține ea că nu-i putem cere acum romanului decât să trezească un fond adânc de neliniște, ca ultimă condiție de adevăr care să-l răscumpere de la destinul de produs de serie de la care nu se poate sustrage? Imaginea ei, goală, sub soarele de la Ecuator, ți se pare mai credibilă decât în spatele vălului de sultană, dar ar putea fi vorba de aceeași Mata Hari, traversând absorbită revoluțiile extraeuropene, pentru a deschide calea buldozerelor unei întreprinderi de ciment... Alungi această imagine și te concentrezi asupra șezlongului, care-ți apare prin aerul limpede al munților, iată că ești gata să lași totul baltă, să pleci, să găsești ascunzătoarea lui Flannery, numai ca să poți privi prin ochean femeia care citește, sau să-i cauți urmele în jurnalul scriitorului aflat în criză... (Te tentează ideea de a putea relua lectura romanului *Privește în jos unde umbrele se-ndesesc,* chiar sub un alt titlu și o altă semnătură?) Acum, Marana transmite știri tot mai îngrijorătoare: ea e ba ostatică într-o deturnare de avion, ba prizonieră într-un *slum* din Manhattan: Cum a ajuns acolo, încătușată de un instrument de tortură? De ce e constrânsă să sufere ca pe un supliciu ceea ce este condiția ei naturală, lectura? Ce plan ascuns face ca drumurile acestor personaje să se încrucișeze în mod continuu: ea, Marana, secta misterioasă care fură manuscrisele?

Pe cât poți înțelege din aluziile risipite în aceste scrisori, Puterea Apocrifă, sfâșiată de lupte intestine și ieșită de sub controlul fondatorului său, Ermes Marana, s-a scindat în două grupări: o sectă de iluminați, discipoli ai Arhanghelului Luminii, și o sectă de nihiliști, discipoli ai Arhontelui Umbrei. Primii sunt convinși că în mijlocul cărților false care inundă lumea pot fi descoperite puținele cărți purtătoare de un adevăr, poate extrauman sau extraterestru. Cei din urmă consideră că doar contrafacerea, mistificarea, minciuna intenționată pot reprezenta într-o carte valoarea absolută, un adevăr necontaminat de pseudoadevărurile dominante.

„Credeam că sunt singur în ascensor – scrie Marana, tot de la New York – dar cineva apare lângă mine: un tânăr cu niște plete de salcie plângătoare stătea ghemuit într-un colț, îmbrăcat într-o haină lungă de pânză grosolană. Ascensorul semăna mai mult cu un lift de mărfuri, închis cu o ușă pliantă. La fiecare etaj pot fi zărite birouri pustii, ziduri decolorate cu urme de mobile dispărute și țevărie vizibilă, un pustiu de podele și tavane mucegăite. Agitându-și mâinile roșii cu încheieturi lungi, tânărul oprește ascensorul între două etaje. – Dă-mi manuscrisul! Nouă ni l-ai adus, nu celorlalți. Chiar dacă ți-ai închipuit contrariul. Asta e o carte *adevărată,* chiar dacă autorul ei a scris atâtea cărți false. În consecință, ne revine nouă.

Cu o mișcare de judo mă trântește pe podea și apucă manuscrisul. Înțeleg imediat că tânărul fanatic e convins că a pus mâna pe jurnalul crizei spirituale a lui Silas Flannery și nu pe ciorna unuia din obișnuitele lui thrillere. E extraordinar cum sectele secrete sunt gata să capteze orice știre, adevărată sau falsă, care corespunde așteptărilor lor. Criza lui Flannery crease agitație în rândurile celor două facțiuni rivale ale Puterii Apocrife care, cu speranțe contrare, își asmuțiseră informatorii în văile din jurul vilei romancierului. Cei din Aripa Umbrei, știind că marele fabricant de romane în serie nu mai reușea să creadă în propriile artificii, se convinseseră că viitorul lui roman avea să marcheze saltul de la necinstea de duzină la necinstea esențială și absolută, capodopera falsității ca mod de cunoaștere, deci cartea pe care o căutau de atâta vreme. Cei din Aripa Luminii, în schimb, credeau că din criza unui asemenea profesionist al minciunii nu se putea naște decât un cataclism de adevăr, și asta își închipuiau că era jurnalul scriitorului, de care se vorbea atâta... Zvonul, lansat de Flannery, era că eu furasem un manuscris important: și unii și alții îl identificară cu obiectul căutărilor lor și se puseră pe urmele mele. Aripa Umbrei provocând abaterea avionului, Aripa Luminii a ascensorului... Tânărul, ascunzând manuscrisul în palton, a țâșnit afară din ascensor, mi-a închis ușa în nas și acum apasă butoanele ca să mă facă să dispar în jos, după ce mi-a lansat o ultimă amenințare: N-am încheiat socotelile cu tine, Agent al Mistificării! Ne mai rămâne s-o eliberăm pe Sora noastră încătușată în mașina Falsificatorilor!

Râd, în timp ce cobor încet:

— Nu există nici o mașină, caraghiosule! «Părintele Povestirilor» ne dictează cărțile!

Tânărul cheamă ascensorul înapoi.

— «Părintele Povestirilor», ai spus?

A devenit palid. De ani de zile, discipolii sectei îl caută pe bătrânul orb pe toate continentele unde trăiește legenda lui cu nenumărate variante locale.

— Da, du-te și-i spune Arhanghelului Luminii! Spune-i că l-am găsit pe «Părintele Povestirilor»! E în mâna mea și lucrează pentru mine! Nici vorbă de mașină electronică!...

— Și de data asta eu apăs pe buton ca să cobor."

În acest punct, trei dorințe simultane se luptă în sufletul tău. Ai fi gata să pleci imediat, să traversezi oceanul, să explorezi continentul aflat sub Crucea Sudului, până ce vei găsi ultima ascunzătoare a lui Ermes Marana, ca să-i smulgi adevărul, sau măcar să obții de la el urmarea romanelor întrerupte. În același timp, ai vrea să-l întrebi pe Cavedagna dacă îți poate da să citești imediat *Într-o rețea de linii ce se leagă* de pseudo- (sau autenticul?) Flannery, care ar putea fi chiar același lucru cu *Privește în jos unde umbrele se îndesesc* al autenticului (sau pseudo?) Vandervelde. Abia aștepți să alergi la cafenea, unde ai întâlnire cu Ludmila, ca să-i povestești rezultatele confuze ale anchetei tale și ca să te convingi, văzând-o, că nu poate avea nimic în comun cu cititoarele întâlnite în lumea traducătorului mitoman.

Ultimele două dorințe sunt ușor de realizat și nu se exclud una pe alta. La cafenea, așteptând-o pe Ludmila, începi să citești cartea trimisă de Marana.

Într-o rețea de linii ce se leagă

Prima senzație pe care ar trebui s-o transmită această carte e ceea ce simt eu când aud telefonul sunând; spun ar trebui, căci mă îndoiesc că vorbele scrise pot da o asemenea idee, chiar și parțială. Nu e suficient nici să declar că e vorba de o reacție de refuz, de fugă de chemarea agresivă și amenințătoare; dar și de urgență insuportabilă, de constrângere, care mă-mpinge să ascult de ordinul acelui sunet, grăbindu-mă să răspund, deși sunt sigur că nu-mi va aduce decât amărăciune și supărare. Nici nu cred că o încercare de a descrie această stare de spirit ar merita o metaforă, de pildă arsura sfâșietoare a unei săgeți ce-mi pătrunde în carnea șoldului; nu pot recurge la o senzație imaginară pentru a reda o senzație cunoscută, căci, deși nimeni nu știe ce simți când ești lovit de o săgeată, toți ne închipuim că e ușor de imaginat: senzația de a fi lipsit de apărare, fără adăpost în fața a ceva venind spre noi din spații străine și necunoscute – asta se potrivește perfect și pentru țârâitul telefonului; în plus, senzația inexorabilă, peremptorie, ezitările existente în vocea cuiva pe care nu-l văd. Încă înainte ca vocea să spună ceva, pot prevedea nu ce va spune, dar măcar reacția pe care o va suscita în mine ceea ce se pregătește să spună. În mod ideal, cartea ar trebui să înceapă dând senzația unui spațiu ocupat în întregime de prezența mea, căci în jur nu se află decât obiecte inerte, inclusiv telefonul, un spațiu ce pare să nu mă poată conține decât pe mine, izolat în timpul meu interior; apoi, întreruperea continuității timpului, spațiul care nu mai e cel dinainte, deoarece e ocupat de țârâit, iar prezența mea, care nu mai e cea dinainte, condiționată fiind de voința obiectului care cheamă. Cartea ar trebui să înceapă redând toate acestea, nu o singură dată, ci ca o diseminare în spațiu și în timp a țârâiturilor, ce rup continuitatea spațiului, a timpului și a voinței.

Ar fi poate o eroare să afirm că inițial existăm eu și un telefon, într-un spațiu finit cum ar fi casa mea, când ceea ce trebuie să comunic este situația mea în raport cu atâtea telefoane care sună, telefoane care nici măcar nu mă cheamă pe mine, n-au nici o legătură cu mine; dar e suficient faptul că eu pot fi chemat la un telefon ca să fie posibil, sau măcar imaginabil, că pot fi chemat de toate telefoanele. De exemplu, când sună telefonul într-o casă vecină cu a mea, pentru o clipă mă întreb dacă nu cumva sună la mine, o bănuială ce se dovedește imediat nefondată, dar care lasă totuși o urmă de îndoială, căci s-ar putea ca apelul să fie de fapt chiar pentru mine, dar dintr-o greșeală de număr, sau dintr-un contact greșit a sunat la un vecin, cu atât mai mult cu cât în casa aceea nu răspunde nimeni, iar telefonul continuă să sune; atunci, conform logicii iraționale pe care mi-o provoacă întotdeauna acel țârâit, mă gândesc: poate e într-adevăr pentru mine, poate vecinul e acasă, dar nu răspunde, căci știe, poate chiar și cel care sună știe că a chemat un număr greșit, dar o face dinadins, ca să mă țină în starea asta, știind că nu pot răspunde, dar că știu că ar trebui să răspund.

Sau neliniștea în momentul când abia am ieșit din casă și aud sunând un telefon care ar putea fi la mine sau în alt apartament și mă reped înapoi, ajung gâfâind, pentru că am urcat scările în fugă, iar telefonul tace și nu voi ști niciodată dacă apelul era pentru mine.

Sau când sunt pe stradă, și aud sunând telefoanele în case necunoscute; chiar și atunci când sunt în orașe necunoscute, în orașe unde prezența mea e ignorată de toată lumea, chiar și atunci, auzind țârâitul, primul meu gând vreme de o fracțiune de secundă e că acel telefon mă cheamă pe mine, și în fracțiunea de secundă următoare simt ușurarea de a ști că pentru moment sunt exclus de la orice apel, de neatins, la adăpost; dar ușurarea durează numai o fracțiune de secundă, căci mă gândesc imediat că nu numai telefonul acela necunoscut sună, ci la multe sute și mii de kilometri se află telefonul din casa mea, care cu siguranță chiar în clipa aceea sună îndelung în camerele pustii, și din nou sunt sfâșiat între nevoia și imposibilitatea de a răspunde.

În fiecare dimineață, înainte de ora de curs, fac jogging timp de un ceas, adică îmi pun treningul și alerg, căci simt nevoia să mă mișc: doctorii mi-au recomandat mișcare ca să combat obezitatea care mă chinuie, și ca să-mi descarc nervii. Aici, în timpul zilei, dacă nu te duci în campus, la bibliotecă, să asculți cursurile colegilor, sau la cafeneaua Universității, n-ai unde să mergi; deci, singurul lucru de făcut e să te apuci de alergat în lung și în lat pe deal, printre paltini și sălcii, cum fac mulți studenți și chiar mulți colegi. Ne încrucișăm pe cărările foșnind de frunze și uneori ne salutăm: „*Hi*!“, alteori nu, căci trebuie să ne economisim suflul. Alt avantaj al alergatului față de alte sporturi: fiecare e singur și nu trebuie să dea socoteală altora. Întreaga colină e locuită și, alergând, trec pe lângă case de lemn cu două etaje, cu grădină, diferite și totuși la fel; din când în când aud sunând un telefon. Asta mă enervează; involuntar, încetinesc pasul; ciulesc urechea să aud dacă cineva răspunde și-mi pierd răbdarea dacă țârâitul continuă. Alergând mai departe trec prin fața altei case în care sună un telefon și mă gândesc: „E un apel care mă urmărește, cineva caută în cartea de telefon toate numerele din Chestnut Lane și cheamă o casă după alta, să vadă dacă mă găsește."

Uneori, toate casele sunt tăcute și pustii, pe trunchiurile copacilor aleargă veverițele, coțofenele coboară să ciugulească grăunțele puse pentru ele în vase de lemn. Alergând, simt o vagă senzație de alarmă, și, chiar înainte de a capta sunetul în ureche, mintea înregistrează posibilitatea țârâitului, aproape îl cheamă, îl aspiră din propria absență, iar în acea clipă, dintr-o casă ajunge, mai întâi atenuat, apoi mereu mai distinct, sunetul clopoțelului, ale cărui vibrații fuseseră culese deja de o antenă din străfundurile ființei mele, înainte ca auzul să le fi perceput, și iată că mă cuprinde o frenezie absurdă; sunt prizonier într-un cerc în centrul căruia e telefonul care sună în casa aceea, alerg fără să mă îndepărtez, zăbovesc fără să-mi reduc ritmul alergării.

„Dacă nimeni n-a răspuns până acum înseamnă că nu e nimeni acasă... Dar atunci de ce continuă să sune? Ce speră? Poate acolo locuiește un surd și cine sună speră ca, insistând, să fie auzit? Poate locuiește un paralitic, și trebuie să i se lase timp să se târască până la aparat... Poate locuiește un sinucigaș, și câtă vreme continuă să-l cheme mai rămâne o speranță că poate fi oprit de la gestul definitiv..." Poate ar trebui să-ncerc să mă fac util, să dau o mână de ajutor, să-l ajut pe surd, pe paralitic, pe sinucigaș... Și mă gândesc – conform logicii absurde ce operează în mine – că în modul acesta aș putea să mă conving dacă, din întâmplare, nu mă cheamă pe mine...

Fără a mă opri din alergat împing portița, intru în grădină, dau ocol casei, explorez terenul din spate, mă învârt în jurul garajului, al cămăruței cu unelte, pe lângă cușca câinelui. Totul pare pustiu, gol. Printr-o fereastră deschisă din spatele casei se vede o cameră în dezordine; telefonul, pe masă, continuă să sune. Oblonul se trântește; perdelele rupte se prind în ramele ferestrei.

M-am învârtit deja de trei ori în jurul casei; continui să fac mișcări de jogging, să ridic pumnii și călcâiele, să respir în ritmul alergării, ca să fie clar că intruziunea mea nu e cea a unui hoț; dacă cineva m-ar surprinde în această clipă, semnalul „câine care latră“ e mai puternic decât cel de „telefon care țârâie“ și asta ajunge ca să-mi deschidă o portiță din cercul care mă ținea prizonier: reiau alergatul pe lângă copacii de pe drum, lăsând țârâitul în urmă, mereu mai atenuat.

Alerg până unde nu mai sunt case. Mă opresc într-o poiană să-mi trag sufletul. Fac genuflexiuni, aplecări, îmi masez mușchii de la picioare ca să nu se răcească. Mă uit la ceas. Sunt în întârziere, trebuie să mă întorc dacă nu vreau să-i fac pe studenți să mă aștepte. Asta ar mai lipsi, să se răspândească vorba că alerg prin pădure la ora când trebuie să-mi țin cursul... O iau la goană înapoi fără să mai bag nimic în seamă, nici n-o să mai recunosc casa aceea, o voi depăși fără să-mi dau seama. De altfel, e o casă la fel cu toate celelalte, iar unicul mod de a o distinge ar fi dacă telefonul ar suna din nou, lucru imposibil... Cu cât învârt gândurile astea în minte, alergând pe pantă în jos, cu atât mi se pare că aud din nou țârâitul acela, mereu mai clar și distinct; sunt din nou în apropierea casei și telefonul tot sună. Intru în grădină, dau ocol casei, alerg la fereastră. E de ajuns să întind mâna și să ridic receptorul. Spun gâfâind: – Aici nu e... – și din receptor o voce, un pic nerăbdătoare, dar numai un pic, căci ce izbește mai mult în vocea asta e răceala, calmul. Spune:

— Fii atent. Marjorie e aici, în curând se trezește, dar e legată și nu poate scăpa. Ține minte adresa: 115, Hillside

Drive. Dacă vii s-o iei, bine; dacă nu, în pivniță e un bidon de cherosen și o bombă cu explozibil plastic conectată la un cronometru. În jumătate de oră casa va fi în flăcări.

— Dar eu nu... încep să spun. A închis telefonul.

Ce să fac acum? Sigur, aș putea chema poliția, pompierii, chiar de la telefonul ăsta, dar cum să le explic, cum să justific faptul că eu, în fine, cum să mă amestec, eu, care nu am nici o legătură cu asta? Reîncep să alerg, dau ocol casei, apoi îmi reiau drumul.

Îmi pare rău pentru Marjorie asta, dar dacă s-a băgat în asemenea încurcătură e probabil implicată în cine știe ce istorii, și dacă încerc s-o salvez, nimeni n-o să creadă că n-o cunosc, s-ar naște un adevărat scandal, eu sunt profesor la o altă universitate, aici sunt *visiting professor*, prestigiul ambelor universități ar avea de suferit...

Sigur, când o viață e în pericol aceste considerații ar trebui să treacă pe planul al doilea... Încetinesc cursa. Aș putea intra în oricare din aceste case, să cer să-mi permită să telefonez la poliție, să spun în primul rând foarte clar că eu nu o cunosc pe Marjorie asta, că nu cunosc nici o Marjorie...

La drept vorbind, aici, la Universitate, e o studentă care se numește Marjorie, Marjorie Stubbs: am remarcat-o imediat printre fetele care urmează cursurile mele. E o fată care, sincer vorbind, îmi plăcuse mult, păcat că atunci când am invitat-o acasă la mine ca să-i împrumut niște cărți s-a putut crea o situație jenantă. A fost o greșeală s-o invit: eram în primele zile de predare, aici nu se știa încă ce fel de om sunt, ea putea să-mi înțeleagă greșit intențiile; s-a creat o situație echivocă, neplăcută, desigur, foarte greu de risipit acum, căci ea are un mod ironic de a mă privi, iar eu nu pot să-i vorbesc fără să mă bâlbâi și celelalte fete mă privesc cu un surâs batjocoritor.

N-aș vrea acum ca jena trezită în mine de numele de Marjorie să mă împiedice să intervin în ajutorul altei Marjorie în pericol de moarte... Dacă nu cumva e aceeași Marjorie... Dacă nu cumva telefonul acela îmi era adresat chiar mie... O bandă de gangsteri mă ține sub observație, știu că în fiecare dimineață fac jogging în sus pe drumul acela, poate au un observator pe deal, cu un telescop, ca să mă urmărească; când mă apropii de casa aceea pustie mă cheamă la telefon, căci știu de figura pe care i-am făcut-o lui Marjorie atunci, la mine acasă și mă șantajează...

Mă trezesc, aproape fără să-mi dau seama, la intrarea în campus, tot alergând, în trening și tenișі; n-am trecut pe-acasă să mă schimb și să-mi iau cărțile, acum ce mă fac? Continui să alerg prin campus, întâlnesc fete care traversează pajiștea, sunt studentele care se-ndreaptă deja spre cursul meu, mă privesc cu acel surâs ironic pe care nu-l pot suferi.

O opresc pe Lorna Clifford și, alergând pe loc, o întreb:

— Stubbs e aici?

Clifford clipește:

— Marjorie? De două zile n-am văzut-o... De ce?

Plec alergând. Ies din campus. O iau pe Grosvenor Avenue, apoi pe Cedar Street, Maple Road. Sunt complet lipsit de suflu, alerg numai pentru că nu simt pământul sub picioare, nici plămânii în piept. Uite Hillside Drive. 11, 15, 27, 51; slavă Domnului că numărătoarea merge repede, sărind peste atâtea cifre. Uite numărul 115. Ușa e deschisă, urc scara, intru într-o cameră în penumbră. Legată pe un divan e Marjorie, cu un căluș în gură. O dezleg. Vomită. Mă privește cu dispreț.

— Ești un nenorocit, îmi spune.

7

Așezat la o măsuță, la cafenea, citești romanul lui Silas Flannery împrumutat de la domnul Cavedagna și o aştepţi pe Ludmila. Mintea ta e ocupată cu două aşteptări concomitente: cea interioară, a lecturii, și cea a Ludmilei, în întârziere față de ora întâlnirii. Te concentrezi asupra lecturii, încercând să transferi aşteptarea Ludmilei asupra cărții, sperând s-o vezi venind spre tine din paginile cărții. Dar nu reușești să mai citești, romanul rămâne blocat la pagina pe care o ai sub ochi, de parcă numai sosirea Ludmilei ar putea să repună în mișcare lanțul de evenimente.

Cineva te cheamă. Chelnerul repetă numele tău umblând printre măsuțe. Ridică-te, ești chemat la telefon. E Ludmila? Ea e.

— Îți spun mai târziu. Acum nu pot veni.

— Ascultă, am cartea! Nu, nu aceea, nici una dintre ele: una nouă. Ascultă... Doar nu vrei să-i povestești cartea la telefon? Așteaptă să auzi ce spune ea.

— Vino tu - spune Ludmila - da, acasă la mine. Acum nu sunt acasă, dar n-am să întârzii. Dacă ajungi înaintea mea, poți intra și mă poți aștepta. Cheia e sub preș.

Un mod de viață simplu și dezinvolt, cheia sub preș, încredere în aproapele ei, probabil mai nimic de furat. Alergi la adresa pe care ți-a dat-o. Suni. Inutil. Cum te anunțase, nu e acasă. Găsești cheia. Intri în penumbra creată de storurile trase.

O casă de fată tânără, singură, casa Ludmilei: locuiește singură. Asta vrei să verifici în primul rând? Dacă există semne ale prezenței unui bărbat? Sau preferi să eviți să afli asta pe cât posibil, să rămâi în necunoștință, în dubiu? Sigur, ceva te oprește să scotocești primprejur (ai ridicat puțin obloanele, dar numai puțin). Poate e scrupulul de a nu merita gestul ei de încredere, dacă profiți de el, făcând pe detectivul. Sau, poate, îți închipui că știi pe dinafară cum arată un apartament de fată singură, poți stabili inventarul a ceea ce conține înainte de a privi în jur. Trăim într-o civilizație uniformă, în modele culturale bine definite: mobilierul, elementele decorative, cuverturile, patefonul sunt alese dintr-un număr dat de posibilități. În fond, ce-ți vor putea dezvălui despre ea?

Cum ești oare, Cititoareo? A venit momentul ca această carte la persoana a doua să se adreseze nu numai unui „tu“ masculin generic, poate fratele sau sosia unui eu ipocrit, ci direct ție, care ai intrat încă din Capitolul al Doilea ca a Treia Persoană necesară pentru ca romanul să fie un roman, pentru ca între cea de a Doua Persoană masculină și a Treia feminină să se-ntâmple ceva, să se contureze sau să se altereze ceva, după fazele întâmplărilor omenești. Sau: urmând modele mentale prin care trăim întâmplările omenești. Sau: urmând modelele mentale prin care atribui întâmplărilor omenești semnificațiile ce ne permit să le trăim.

Cartea asta a încercat până acum să lase deschisă Cititorului care citește posibilitatea de a se identifica cu Cititorul care este citit: de aceea, nu i s-a dat un nume, prin care ar fi fost echivalat în mod automat cu o a Treia Persoană, cu un personaj (în timp ce ție, ca Persoana a Treia, a fost necesar să ți se atribuie un nume, Ludmila) și a fost menținut în condiția abstractă a prenumelor, disponibil pentru orice atribut și acțiune. Să vedem, Cititoareo, dacă romanul reușește să creioneze un adevărat portret al tău, începând de la ramă, cuprinzându-te pe toate laturile și stabilind contururile figurii tale.

I-ai apărut Cititorului pentru prima dată într-o librărie, ai căpătat formă desprinzându-te de lângă un perete plin cu rafturi, de parcă numărul cărților făcea necesară prezența unei Cititoare. Casa ta, fiind spațiul unde citești, ne poate spune care e locul pe care-l au cărțile în viața ta, dacă sunt o pavăză pe care ți-o pui înainte pentru a ține la distanță lumea din afară, un vis în care te cufunzi ca într-un drog, ori punțile aruncate spre exterior, spre lumea ce te interesează atât de mult, încât vrei s-o multiplici și să-i extinzi dimensiunile prin cărți. Pentru a înțelege asta, Cititorul știe că primul lucru de făcut e inspectarea bucătăriei.

Bucătăria e partea din casă ce ne poate spune cele mai multe lucruri despre tine: dacă gătești sau nu (s-ar părea că da, dacă nu în fiecare zi, destul de regulat); pentru tine singură sau și pentru alții (adesea numai pentru tine, dar cu multă grijă, de parcă ai face-o și pentru alții; uneori și pentru alții, dar cu multă dezinvoltură, de parcă ai face-o pentru tine singură); dacă tinzi spre un minimum indispensabil sau spre arta culinară (cumpărăturile și ustensilele tale sugerează rețete elaborate și neobișnuite, cel puțin în intenție; nu ești neapărat lacomă, dar ideea de a mânca seara două ouă la tigaie te-ar întrista); dacă statul pe lângă cuptor pentru tine e o necesitate penibilă sau o plăcere (bucătăria minusculă e dotată și organizată astfel încât să te poți mișca cu ușurință și fără prea mult efort, căutând să nu petreci prea mult timp acolo, dar nici să nu stai în silă). Aparatele electrice sunt la locul lor, animale utile ale căror merite nu pot fi uitate, dar cărora nu li se atribuie un cult special. Între ustensile se observă un element estetic (o panoplie de cuțite de bucătărie de mărimi descrescânde, când ar fi suficient unul), dar în general elementele decorative sunt în același timp și obiecte utile, cu puține concesii în favoarea plăcutului. Proviziile ne pot spune câte ceva despre tine: un asortiment de ierburi aromatice, unele desigur de uz curent, altele care par să fie acolo pentru a completa o colecție; același lucru se poate spune despre muștar; dar mai ales șirurile de căpățâni de usturoi atârnate la îndemână indică o anume legătură atentă și nu vagă cu alimentele. O privire în frigider îți permite să culegi și alte date prețioase: în suportul de ouă a mai rămas unul singur; mai ai doar o jumătate de lămâie, aproape uscată; în fine, în proviziile esențiale se observă oarecare delăsare. Ca o compensație, uite niște cremă de castane, măsline negre, un borcănel cu barba-caprei: e clar că atunci când cumperi te lași atrasă de mărfurile pe care le vezi expuse, fără să-ți amintești ce lipsește din casă.

Observându-ți bucătăria, deci, pot obține o imagine despre tine ca femeie extravertită și lucidă, senzuală și metodică, care pune simțul practic în slujba fanteziei. Cineva s-ar putea, oare, îndrăgosti de tine numai văzându-ți bucătăria? Cine știe: poate Cititorul, favorabil dispus încă dinainte.

Cititorul continuă cercetarea casei a cărei cheie i-ai dat-o. Ai acumulat în jurul tău o grămadă de lucruri: evantaie, cărți poștale, flacoane, coliere atârnate pe pereți. Dar fiecare obiect văzut de aproape se dovedește a fi special, într-un mod neașteptat. Relația ta cu obiectele e confidențială și selectivă: numai lucrurile pe care le simți ca fiind ale tale devin ale tale; e o relație cu latura fizică a lucrurilor, nu cu o idee intelectuală sau afectivă care se substituie actului de a le vedea și de a le atinge. Când devin ale tale, marcate de posesia ta, obiectele nu mai au aerul de a fi acolo din întâmplare, ci asumă o semnificație ca parte a unui discurs, ca memorie făcută din semnale și embleme. Ești posesivă? Poate nu există încă elemente suficiente pentru a spune așa ceva: deocamdată, se poate spune că ești posesivă cu tine însuți, ca să te legi de semne în care descoperi ceva din tine, temându-te să nu te pierzi o dată cu ele.

Într-un colț se află mai multe fotografii înrămate, atârnate pe un perete una lângă alta. Fotografiile cui? Ale tale. La diferite vârste, ale altora, bărbați și femei, chiar și fotografii foarte vechi, scoase parcă dintr-un album de familie, dar toate împreună par să constituie un montaj al stratificărilor existenței, mai degrabă decât să aibă funcția de a aminti persoane determinate. Ramele sunt diferite una de alta, forme florale din secolul trecut, din argint, aramă, email, baga, piele, lemn sculptat; ar putea corespunde intenției de a valorifica niște fragmente de viață trăită, dar ar putea să fie și o colecție de rame, iar fotografiile să se afle acolo numai ca să le umple, căci în unele rame se află figuri tăiate din ziare, una încadrează o scrisoare veche ilizibilă, alta e goală.

În rest, pe peretele acesta nu mai e nimic; nici o mobilă nu e plasată în această parte a camerei. Cam așa e toată casa: pereți goi într-o parte, supraîncărcați în alta, de parcă ai dori să concentrezi semnele într-un fel de scriere deasă, înconjurată de un gol unde să-ți găsești odihna și să-ți regăsești suflul.

Nici dispunerea mobilei și a bibelourilor nu e niciodată simetrică. Ordinea pe care tu cauți s-o obții (spațiul de care dispui e restrâns, dar se observă o anume intenție în exploatarea lui, pentru a-l face să pară mai mare) nu e suprapunerea unei scheme, ci o armonie între lucrurile aflate acolo.

În fine, ești ordonată sau dezordonată? La întrebările peremptorii, casa ta răspunde cu un da sau cu un nu. Dorești o anume ordine, firește, ești chiar exigentă, dar nu o aplici metodic în practică. E limpede că interesul tău pentru casă e interminent, urmând dificultatea zilelor și schimbările în starea ta de spirit.

Ești o fire depresivă sau euforică? Casa, înțeleaptă, pare să fi profitat de momentele tale de euforie pregătindu-se să te întâmpine în momentele de depresie.

Ești cu adevărat primitoare, sau faptul că lași cunoscuții să intre în casă e un semn de indiferență? Cititorul caută un loc comod să se așeze, pentru a citi fără a pătrunde în acele spații ce-ți sunt rezervate ție în mod clar: el simte că un oaspete se poate simți foarte bine în casa ta, dacă știe să se adapteze regulilor tale.

Și altceva? Plantele în ghiveci par să nu fi fost udate de câteva zile; dar poate că tu le-ai ales în mod special dintre cele ce nu aveau nevoie de prea multă grijă. De altfel, în camerele astea nu sunt urme de câini, pisici sau păsări: ești o femeie ce tinde să nu-și multiplice obligațiile; asta ar putea să însemne egoism, dar și concentrare în alte zone mai puțin superficiale, faptul că nu ai nevoie de substitute simbolice pentru pornirea naturală de a te ocupa de alții, de a participa la poveștile lor, în viața reală, dar și în cărți...

Să vedem cărțile. Primul lucru ce se remarcă, cel puțin privind cărțile pe care le ții la vedere, e că pentru tine rolul cărților e lectura imediată, nu cel de instrument de studiu sau de consultare, nici de element al unei biblioteci dispuse după o ordine oarecare. Poate, uneori, ai încercat să creezi o ordine aparentă în rafturile tale, dar orice tentativă de clasificare a fost dată peste cap de contribuții eterogene. Rațiunea principală a alăturării volumelor, în afară de dimensiune pentru cele de format mare sau mic, rămâne cronologia, faptul că au sosit aici unul după altul; oricum, tu știi să le găsești, mai ales că nu sunt foarte multe (ai lăsat poate alte biblioteci în alte case, în alte faze ale existenței tale), și nu ți se-ntâmplă probabil prea des să cauți o carte pe care ai citit-o deja.

În fine, nu pari o Cititoare Care Recitește. Îți amintești foarte bine tot ce ai citit (e unul dintre primele lucruri pe care mi le-ai împărtășit despre tine); poate fiecare carte se identifică pentru tine cu lectura pe care ai făcut-o într-un moment determinat, o dată pentru totdeauna. Așa cum le păstrezi în memorie, așa îți place să păstrezi cărțile ca obiecte, să le ții lângă tine.

Printre cărțile tale, în acest ansamblu care nu formează o bibliotecă, se poate totuși distinge o parte moartă sau inactivă, adică volumele puse deoparte, citite și rar recitite, sau pe care nu le-ai citit și nici nu le vei citi, dar păstrate oricum (și șterse de praf), și o parte vie, cărțile pe care le citești sau ai intenția să le citești, de care nu te-ai desprins încă, sau pe care îți place să le mânuiești, să le ai în preajmă. Spre deosebire de proviziile din bucătărie, asta e partea vie, de consum imediat, care spune mai multe despre tine. Niște volume sunt risipite împrejur, altele lăsate deschise. Altele cu semne de carte improvizate sau colțurile paginilor îndoite. Se vede că ai obiceiul să citești mai multe cărți în același timp. Că alegi lecturi diferite pentru diferite ore ale zilei, pentru diferitele colțuri ale micii tale locuințe: se află aici cărți destinate măsuței de noapte, cele ce-și găsesc locul lângă fotoliu, în bucătărie, în baie.

S-ar putea ca o trăsătură importantă să se adauge la portretul tău: mintea ta are pereți interiori care permit separarea unor momente diferite asupra cărora să se oprească, sau peste care să alunece, concentrându-se alternativ, asupra unor canale paralele. Înseamnă, oare, că ai vrea să trăiești mai multe vieți deodată? Sau că separi ceea ce trăiești cu o persoană sau într-un mediu, de ceea ce trăiești cu alții, altundeva? Că din orice experiență, rămâi cu o anume insatisfacție, compensată doar prin suma tuturor insatisfacțiilor?

Cititorule, ciulește urechea. O bănuială te cuprinde, alimentându-ți neliniștea de om gelos, care încă nu se recunoaște ca atare. Ludmila, cititoare de mai multe cărți în același timp, pentru a nu se lăsa surprinsă de deziluzia pe care i-o poate rezerva fiecare poveste, tinde să trăiască și alte povești...

(Nu-ți închipui că volumul te pierde din vedere, Cititorule. „Tu", care se referă la Cititoare, poate, de la o frază la alta, să se fixeze asupra ta. Ai rămas unul dintre posibilii „tu". Cine ar îndrăzni să te condamne la pierderea lui „tu", catastrofă nu mai puțin teribilă decât pierderea eului? Pentru ca un text la persoana a doua să devină un roman, sunt necesari cel puțin doi „tu", distincți și concomitenți, care să se desprindă din mulțimea de el, ea, ei.)

Totuși, văzând cărțile din casa Ludmilei, te simți încrezător. Lectura înseamnă solitudine. Ludmila pare apărată de valvele cărții deschise, ca stridia în cochilie. Umbra unui alt bărbat, probabilă, ba chiar certă, este, dacă nu ștearsă, împinsă la o parte. Citim singuri, chiar când suntem doi. Atunci ce cauți aici? Ai vrea să pătrunzi în cochilia ei, insinuându-te în paginile cărților pe care le citește? Sau, poate, relația dintre Cititor și Cititoare rămâne relația a două cochilii separate, ce pot comunica numai prin confruntările parțiale a două experiențe exclusive?

Ai cu tine cartea pe care o citeai la cafenea și ești nerăbdător s-o continui, pentru a i-o putea da ei, pentru a comunica cu ea prin canalul săpat de cuvintele altcuiva, care tocmai pentru că sunt pronunțate de o voce străină, de vocea acelui tăcut nimeni, făcut din cerneală și spații tipografice, pot deveni ale voastre, un limbaj, un cod al vostru, un mijloc de a schimba semnale și a vă recunoaște.

O cheie se învârte în broască. Tu taci, de parcă ai vrea să-i faci o surpriză, sau să-ți confirmi ție însuți și ei că e natural să te găsești aici. Dar nu sunt pașii ei. Încet, un bărbat se mișcă prin vestibul, îi vezi umbra pe perdele, o haină de piele, pași obișnuiți cu topografia casei, dar întârziind, căutând parcă ceva. Îl recunoști. E Irnerio.

Trebuie să hotărăști imediat ce atitudine să iei. Ești contrariat să-l vezi intrând în casa ei de parcă ar fi casa lui, dar ești și tare jenat că te ascunzi acolo. De altfel, știai prea bine că apartamentul Ludmilei e deschis prietenilor: cheia e sub preș. De când ai intrat, ți se pare că simți umbre fără chip. Măcar Irnerio e o fantomă cunoscută. Și tu îi ești cunoscut lui.

— Ah, tu erai!

Te-a băgat în seamă, dar nu se miră. Dezinvoltura pe care cu puțin înainte ai fi vrut s-o impui tu nu te mai bucură acum.

— Ludmila nu e acasă, spui, ca să stabilești precedența în informația dată, sau chiar în ocuparea teritoriului.

— Știu, zice el, indiferent.

Scotocește prin cameră, ia în mână câte o carte.

— Te pot ajuta cu ceva? continui tu, de parcă ai vrea să-l provoci.

— Căutam o carte, spuse Irnerio.

— Credeam că nu citești niciodată, obiectezi tu.

— Nu de citit. De făcut. Fac chestii cu cărțile. Obiecte. Da, opere: statui, tablouri, cum vrei să le numești. Am avut și o expoziție. Fixez cărțile cu rășini și gata: închise, sau deschise, sau le dau forme, le sculptez, fac găuri în ele. Cartea e o materie bună de prelucrat, se pot face atâtea lucruri din ea...

— Și Ludmila e de acord?

— Îi plac lucrările mele. Îmi dă sfaturi. Criticii spun că ceea ce fac e important. Acum îmi pun toate operele într-o carte. M-au pus să vorbesc cu domnul Cavedagna. O carte cu fotografii ale tuturor cărților mele. Când cartea va fi publicată, o voi folosi să creez o operă, multe opere. Apoi, le vor pune într-altă carte, și așa mai departe.

— Voiam să spun dacă Ludmila e de acord să-i iei cărțile...

— Are atâtea... Uneori chiar îmi dă cărți cu care nu mai face nimic, special ca să le lucrez. Dar nu e vorba de o carte oarecare. O operă îmi reușește numai dacă o simt. Există cărți care îmi dau imediat o idee despre ce aș putea face cu ele; altele nu, nimic. Uneori am ideea, dar n-o pot realiza până ce nu găsesc cartea potrivită.

Răvășește volumele dintr-o bibliotecă; cântărește una, se uită la ea pe față și pe dos, privește cotorul, o pune la loc. Există cărți care-mi sunt simpatice și cărți pe care nu le pot suferi, dar îmi cad mereu în mână.

Iată că Marele Zid al Cărților, care sperai să-l țină departe de Ludmila pe acest barbar invadator, se dezvăluie a fi o jucărie, pe care el o demontează cu o încredere absolută. Râzi mânzește.

— S-ar spune că tu cunoști biblioteca Ludmilei pe dinafară...

— Oh, cam toate cărțile ei sunt la fel... Dar e grozav să vezi atâtea cărți laolaltă. Eu iubesc cărțile...

— Explică-te.

— Da, îmi place să fie cărți în jur. De aceea e plăcut aici, la Ludmila. Nu ți se pare?

Îngrămădeala paginilor scrise învăluie atmosfera, așa cum desimea frunzelor învăluie o pădure; nu, ca stratificările de roci, dalele de ardezie, lamele de șisturi: încerci să vezi prin ochii lui Irnerio fundalul din care trebuie să se desprindă ființa vie a Ludmilei. Dacă poți câștiga încrederea lui, Irnerio îți va dezvălui secretul care te intrigă, relația dintre Non-Cititor și Cititoare. Repede, întreabă-l ceva despre asta, orice.

— Dar – iată singura întrebare care-ți vine în minte – în timp ce Ludmila citește, tu ce faci?

— Nu-mi displace s-o văd citind, spune Irnerio. Și apoi, cineva trebuie să le citească, nu? Măcar sunt liniștit că nu trebuie să le citesc eu.

Nu prea ai de ce să te bucuri, Cititorule. Secretul pe care ți-l dezvăluie intimitatea lor constă din complementaritatea ritmurilor lor vitale. Pentru Irnerio contează numai ceea ce trăiește clipă de clipă; arta pentru el e o cheltuială de energie vitală, nu o operă care va rămâne, nu acumularea de viață pe care Ludmila o caută în cărți. Dar acea energie acumulată într-un mod oarecare o recunoaște chiar și el, fără nevoia de a citi, și simte nevoia de a o reda circuitului, folosind cărțile Ludmilei ca suport material pentru opere în care el își poate investi propria energie, fie și pentru o clipă.

— Asta îmi convine, spune Irnerio și e gata să bage un volum în buzunarul hainei.

— Nu, las-o unde e. E cartea pe care o citesc. În plus, nu e a mea, trebuie s-o restitui lui Cavedagna. Alege-ți alta. Uite, asta de aici seamănă cu ea...

Ai luat în mână un volum cu banderolă roșie: „Ultimul succes al lui Silas Flannery“; asta explică asemănarea, dat fiind că seria de romane ale lui Flannery se prezintă într-o formă grafică specifică. Dar nu e numai forma grafică: titlul ce tronează pe supracopertă este *Într-o rețea de linii ce...* Sunt două exemplare ale aceleiași cărți! Nu te așteptai la asta.

— Asta e într-adevăr straniu! Nu mi-aș fi închipuit niciodată că Ludmila îl avea deja...

Irnerio nici n-o atinge.

— Asta nu e a Ludmilei. Cu cartea asta nu vreau să am de-a face. Credeam că nu mai există nici un exemplar.

— De ce? A cui e? Ce vrei să spui?

Irnerio apucă volumul cu două degete, se-ndreaptă spre o ușiță, o deschide, aruncă volumul acolo. L-ai urmat; bagi capul într-o debara întunecată; vezi o masă cu o mașină de scris, un magnetofon, dicționare, un dosar voluminos. Iei din dosar foaia de titlu, o aduci la lumină, citești: *Traducere de Ermes Marana.*

Rămâi trăznit. Citind scrisorile lui Marana ți s-a părut mereu c-o întâlnești pe Ludmila... Explicația ta era că nu reușeai să nu te gândești la ea, ca o dovadă că erai îndrăgostit. Acum, învârtindu-te prin casa Ludmilei, te lovești de urmele lui Marana. E o obsesie care te persecută? Nu, încă de la început ai avut o premoniție că între ei există o relație... Gelozia, care până acum era un fel de joc cu tine însuți, te cuprinde fără scăpare. Și nu e numai gelozie: e bănuială, neîncredere, căci intuiești că nu poți fi sigur de nimeni și de nimic... Urmărirea cărții întrerupte, care îți transmitea o stare specială de surescitare, căci o făceai împreună cu Cititoarea, devine de fapt urmărirea Ludmilei, care îți scapă în această multiplicare de mistere, înșelăciuni, travestiri...

— Dar... ce legătură are Marana? întrebi. Locuiește aici?

Irnerio dă din cap.

— A fost aici. A trecut ceva timp de atunci. N-ar mai fi trebuit să se întoarcă. Toate povestirile lui sunt atât de amestecate cu falsuri, încât orice s-ar spune despre el e fals. Asta este ce a reușit să facă. Volumele aduse de el aici par la fel cu celelalte, pe dinafară, dar eu le recunosc imediat, de la distanță. Și când te gândești că însemnări de-ale lui n-ar trebui să mai existe în afara acestei cămăruțe. Dar, din când în când, mai apare câte una. Uneori mă cuprinde bănuiala că el le pune acolo, că vine când nu e nimeni aici și continuă să facă obișnuitele schimbări, pe ascuns...

— Ce schimbări?

— Nu știu... Ludmila spune că tot ce atinge el, dacă nu e fals, devine fals. Eu știu că, dacă aș încerca să-mi fac lucrările cu cărțile care-i aparțineau lui, s-ar naște falsuri: chiar dacă mi-ar ieși la fel cu cele pe care le fac întotdeauna...

— Dar de ce ține Ludmila lucrurile lui în cămăruța asta? Așteaptă să revină?

— Ludmila era nefericită când era el aici... Nu mai citea... Apoi a fugit... Ea a fost prima care a plecat... Apoi a plecat el...

Umbra se-ndepărtează. Respiri. Trecutul e închis.

— Dar dacă el ar reapărea?

— Ea ar pleca din nou...

— Unde?

— Ei... În Elveția... Ce știu eu...

— Are pe altcineva în Elveția?

Instinctiv te-ai gândit la scriitorul cu ocheanul.

— Să zicem că e altcineva, dar e o poveste cu totul diferită... Bătrânul cu romanele polițiste...

— Silas Flannery?

— Ea spunea că, atunci când Marana o convinge că diferența între adevăr și fals e doar o prejudecată a noastră, simte nevoia să vadă pe cineva care face cărți, așa cum planta de dovleac face dovlecei, așa spunea ea...

Ușa se deschide pe neașteptate. Ludmila intră, aruncă pe un fotoliu paltonul, pachetele.

— Ah, grozav! Ce de lume! Iertați-mi întârzierea!

Luați ceaiul împreună. Ar trebui să fie și Irnerio pe-aici, dar fotoliul e gol.

— Era aici. Unde s-a dus?

— Oh, o fi plecat. Vine și pleacă fără să spună nimic.

— Așa se intră și se iese din casa ta?

— De ce nu? Tu cum ai intrat?

— Eu și atâția alții!

— Ce e asta? O scenă de gelozie?

— Și ce drept aș avea?

— Crezi că la un moment dat ai putea avea dreptul? Dacă e așa, mai bine nici să nu începem.

— Să începem ce?

Pui ceașca pe măsuță. Te muți de pe fotoliu pe divanul pe care stă ea.

(Să începem. Tu ai spus-o, Cititoareo. Dar cum să stabilești momentul precis în care începe o poveste? Totul a început întotdeauna încă dinainte, primul rând al primei pagini al oricărui roman trimite la ceva ce s-a întâmplat în afara cărții. Cu alte cuvinte, adevărata poveste începe cu zece sau o sută de pagini înainte, iar tot ce o precede e doar un prolog. Viețile indivizilor speciei umane formează o împletitură continuă, în care orice tentativă de a izola o felie trăită, care să aibă un sens separată de rest - ca, de exemplu, întâlnirea dintre două persoane ce va deveni decisivă pentru ambele - trebuie să țină cont de faptul că fiecare dintre cei doi poartă cu sine o țesătură de fapte, medii, alți oameni, și din întâlnirea lor vor izvorî alte povești, care se vor separa de povestea lor comună.)

Sunteți în pat, împreună, Cititor și Cititoare, prin urmare, a venit momentul să fiți numiți prin persoana a doua plural, operație plină de implicații, căci echivalează cu a vă considera un unic subiect. Spun voi, amestec cam greu de diferențiat sub cearșaful mototolit. Poate că după asta veți lua-o fiecare pe altă cale și povestirea va trebui să se chinuie iarăși să manevreze în mod alternativ schimbătorul de viteză al lui „tu“ feminin și „tu“ masculin; dar acum, dat fiind că pielea trupurilor voastre încearcă să găsească alipirea cea mai bogată în senzații, să transmită și să primească vibrații și mișcări unduioase, să pătrundă plinurile și golurile, dat fiind că activitatea mentală contribuie și ea la cea mai deplină înțelegere, ne putem adresa vouă incluzându-vă într-o unică persoană bicefală. În primul rând, trebuie stabilit câmpul de acțiune și modul de a fi al acestei entități duble pe care o constituiți voi. Unde duce identificarea voastră? Care e tema principală ce revine în variațiile și modulațiile voastre? O tensiune, concentrându-se să nu piardă nimic din propriul potențial, să prelungească o stare de reactivitate, să profite de acumularea dorinței celuilalt, precum multiplicarea propriei încurcături? Sau abandonul cel mai docil, explorarea imensității spațiilor ce pot fi mângâiate reciproc, disoluția ființei într-un lac cu suprafața infinit de tactilă? În ambele situații, desigur, nu existați decât unul în funcție de celălalt, dar, pentru ca respectivele voastre euri să fie posibile trebuie nu numai să se anuleze, ci să ocupe fără reziduuri tot golul spațiului mental, să se identifice la maximum sau să se cheltuiască până la ultima centimă. De fapt, ceea ce faceți e foarte frumos, dar gramatical nu schimbă nimic. În momentul în care apăreți ca un „voi“ unitar, sunteți doi „tu“ separați și izolați mai mult ca înainte.

(Chiar acum, când sunteți încă exclusiv ocupați unul cu prezența celuilalt. Să ne închipuim cum va fi mai târziu, atunci când fantasme neîntâlnite vă vor popula gândurile, însoțind întâlnirile trupurilor voastre, omologate de obișnuință.)

Cititoareo, acum ești citită. Trupul tău este supus unei lecturi sistematice, prin canale de informație tactile, vizuale, olfactive, ba chiar cu intervenția papilelor gustative.

Și auzul își are rolul său, atent la gâfâitul și trilurile tale. Nu numai trupul tău e obiect de lectură; el e o parte a unui ansamblu de elemente complicate, nu toate vizibile și imediate: înnorarea ochilor tăi, râsul, cuvintele pe care le spui, modul de a-ți strânge sau desface părul, felul în care iei inițiativa sau te retragi, și toate semnele ce se află la granița dintre tine și obiceiuri, memorie, preistorie și modă, toate codurile, toate sărmanele alfabete prin care o ființă omenească crede în anumite momente că citește o altă ființă omenească.

În același timp, și tu ești obiect de lectură, Cititorule: Cititoarea ba trece în revistă trupul tău, de parcă ar parcurge tabla de materii, ba îl consultă, cuprinsă de o curiozitate rapidă și precisă, ba întârzie, interogându-l și așteptând să primească un răspuns mut, de parcă fiecare constatare parțială ar interesa-o numai pentru o recunoaștere spațială mai vastă. Se oprește asupra unor detalii neglijabile, ușoare defecte stilistice, de exemplu mărul lui Adam proeminent, sau modul de a-ți înfunda capul în umeri, folosindu-le pentru a stabili o margine de detașare, de rezervă critică sau încredere jucăușă; apoi, amănuntul descoperit incidental e valorificat peste măsură, de pildă forma bărbiei tale sau un semn special pe umăr; și din acest început își ia avânt, parcurge (parcurgeți împreună) o pagină după alta de la cap la coadă, fără a sări o virgulă. Între timp, în satisfacția pe care o resimți din felul ei de a te citi, din citatele textuale ale obiectivității tale fizice, se strecoară un dubiu: ea nu te citește pe tine, unul și întreg așa cum ești, ci folosindu-te, folosind fragmentele tale desprinse din context, își construiește un partener născocit, cunoscut numai de ea, în penumbra subconștientului ei, iar ceea ce descifrează este acel vizitator apocrif al visurilor ei, și nu tu.

Lectura trupurilor făcută de amanți (acea combinație de gânduri și trup de care amanții se slujesc pentru a face dragoste) e diferită de lectura paginilor scrise, căci nu e liniară. Atacă dintr-un punct oarecare, sare, se repetă, revine, insistă, se ramifică în mesaje simultane și divergente, converge din nou, înfruntă momente de plictiseală, întoarce pagina, regăsește firul, se pierde. E posibil să se recunoască o direcție, drumul către o țintă, căci tinde spre un climax, iar în vederea acestei ținte dispune de faze ritmice, scandări metrice, recurențe de motive. Dar oare ținta este climaxul? Sau cursa spre acea țintă e concurată de un alt impuls ce se agită împotriva curentului, revenind asupra clipelor, impulsul recuperării timpului?

Dacă am vrea să reprezentăm grafic ansamblul, fiecare episod cu apogeul său ar presupune un model cu trei dimensiuni, poate patru, sau nici un model, căci fiecare experiență e de nerepetat. Actul sexual și lectura se aseamănă cel mai mult prin faptul că în ele se deschid timpuri și spații diferite de timpul și spațiul ce pot fi măsurate.

Din improvizația confuză a primei întâlniri se citește deja viitorul posibil al unei convingeri. Astăzi sunteți unul obiectul lecturii celuilalt, fiecare citește în celălalt povestea lui nescrisă. Mâine, Cititor și Cititoare, dacă veți fi împreună, dacă vă veți culca în același pat ca o pereche stabilă, fiecare își va aprinde lampa de la capul patului și se va cufunda în cartea lui; două lecturi paralele vor însoți apropierea somnului; mai întâi tu, și apoi tu veți stinge lumina; venind din universuri separate, vă veți regăsi superficial în întuneric, unde toate îndepărtările se șterg, înainte ca vise divergente să vă târască iarăși de o parte și de alta. Dar nu ironizați această perspectivă de armonie conjugală: ce imagine de pereche mai fericită i-ați putea opune?

Îi vorbești Ludmilei despre romanul pe care-l citeai așteptând-o.

— E o carte din cele care-ți plac ție: comunică o senzație de neliniște încă de la prima pagină...

O scânteie interogativă apare în ochii ei. Te cuprinde un dubiu: poate fraza asta cu neliniștea n-ai auzit-o de la ea, ai citit-o undeva... Sau poate că Ludmila a renunțat deja să mai creadă în anexietate ca o condiție a adevărului... Poate cineva i-a demonstrat că angoasa e un mecanism, că nu e nimic mai ușor de falsificat decât subconștientul...

— Mie, spune ea, îmi plac cărțile în care toate misterele și angoasele sunt trecute printr-o gândire exactă și rece, fără umbre, cum e cea a unui jucător de șah.

— Oricum, asta e povestea unuia care devine neliniștit când aude sunând telefonul. Într-o zi aleargă...

— Nu-mi povesti mai departe. Ia cartea și citește-mi-o.

— Nici eu n-am citit mai mult. Ți-o aduc imediat.

Te ridici din pat, te duci s-o cauți în camera unde turnura bruscă a relației tale cu Ludmila a întrerupt cursul normal al evenimentelor. N-o găsești.

(O vei regăsi într-o expoziție: ultima operă a sculptorului Irnerio. Pagina a cărui colț îl îndoiseși pentru a avea un semn se întinde pe una dintre bazele unui paralelipiped compact, lipit, lăcuit cu o rășină transparentă. O umbră ca de arsură, de flacără eliberată în interiorul cărții, ondulează suprafața paginii și deschide în ea o succesiune de straturi, ca în nodurile scoarței de copac.)

— N-o găsesc, dar n-are importanță, îi spui tu. Am văzut că ai un alt exemplar. Credeam chiar că o citiseși deja...

Fără ca ea să observe, ai intrat în cămăruță și ai căutat cartea lui Flannery cu banderolă roșie.

— Iat-o.

Ludmila o deschide. Înăuntru e o dedicație: „Ludmilei... Silas Flannery."

— Da, e exemplarul meu...

— Ah, îl cunoști pe Flannery? exclami tu, de parcă n-ai ști nimic.

— Da, îmi dăruise cartea lui... dar eram sigură că-mi fusese furată, înainte de a o fi putut citi...

— Furată de Irnerio?

— Ei...

E momentul să dai cărțile pe față.

— Nu a fost Irnerio, știi prea bine. Irnerio, când a văzut-o, a aruncat-o în camera întunecată, unde păstrezi...

— Cine ți-a dat voie să scotocești?

— Irnerio spune că cineva care-ți fura cărțile revine acum pe furiș să le substituie cu cărți false...

— Irnerio nu știe nimic.

— Dar eu știu: Cavedagna mi-a dat să citesc scrisorile lui Marana.

— Tot ce spune Ermes e o invenție.

— Un lucru e adevărat: bărbatul ăsta continuă să se gândească la tine, să te vadă în toate nălucirile lui, e obsedat de imaginea ta, citind...

— E ceea ce n-a putut suporta niciodată.

Încetul cu încetul vei reuși să pricepi ceva mai mult despre originile mașinațiilor traducătorului: resortul secret care le-a pus în mișcare a fost gelozia față de rivalul invizibil ce se interpunea continuu între el și Ludmila, vocea tăcută care vorbește prin cărți, acea fantasmă cu mii de chipuri, dar fără chip, cu atât mai echivocă cu cât pentru Ludmila autorii nu sunt niciodată indivizi în carne și oase, ci există numai în paginile publicate, cei vii, ca și cei morți, gata mereu să comunice cu ea, s-o uimească, s-o seducă; iar Ludmila e gata întotdeauna să-i urmeze cu ușurința nestatornică a unei relații cu persoane lipsite de trup. Cum să învingi nu pe autori, ci funcția autorului, ideea că în spatele fiecărei cărți e cineva care garantează un adevăr acelei lumi de fantasme și invenții, prin simplul fapt că și-a investit în ele propriul adevăr, că s-a identificat cu acea construcție de cuvinte? Dintotdeauna, pentru că gustul și talentul îl împingeau în acest sens, dar mai mult ca niciodată de când relația lui cu Ludmila intrase în criză, Ermes Marana voia o literatură compusă doar din cărți apocrife, false atribuiri, imitații, contrafaceri și pastișe. Dacă această idee ar fi reușit să se impună, dacă o nesiguranță sistematică asupra identității celui care scrie ar fi împiedicat cititorul să se abandoneze cu încredere – încredere nu atât în ce i se povestește, cât în vocea tăcută care povestește – poate în exteriorul edificiului literaturii nu s-ar fi schimbat nimic... dar, dedesubt, în fundațiile lui, acolo unde se stabilește raportul cititorului cu textul, ceva s-ar fi schimbat pentru totdeauna. Atunci Ermes Marana nu s-ar mai fi simțit abandonat de Ludmila, cufundată în lectură: între carte și ea s-ar fi insinuat mereu umbra mistificării, iar el, identificându-se cu orice mistificare, își va fi afirmat prezența.

Ochii tăi cad pe începutul cărții.

— Dar asta nu e cartea pe care o citeam... Titlul e același, coperta e aceeași, totul e același... Dar e o altă carte! Una din două e falsă.

— Sigur că e falsă, spune Ludmila în șoaptă.

— Spui că e falsă pentru că a trecut prin mâna lui Marana? Dar și cea pe care o citeam o trimisese tot el lui Cavedagna! Să fie false amândouă?

— Există numai o singură persoană care ne poate spune adevărul: autorul.

— Îl poți întreba, dat fiind că ești prietena lui...

— Eram.

— La el mergeai când fugeai de Marana?

— Câte lucruri știi! spune, cu un ton ironic care te calcă pe nervi mai mult decât orice.

Cititorule, ai hotărât: te vei duce să-l cauți pe scriitor. Între timp, întorcând spatele Ludmilei, ai început să citești noua carte cu coperta la fel.

(La fel, până la un anume punct. Banderola „Ultimul succes al lui Silas Flannery“ acoperă ultimul cuvânt al titlului. Ar fi de ajuns s-o ridici ca să-ți dai seama că acest volum nu se intitulează, ca celălalt, *Într-o rețea de linii ce se leagă,* ci *Într-o rețea de linii ce se intersectează.*)

Într-o rețea de linii ce se intersectează

Oglindire, reflectare: orice activitate mentală mă trimite la oglinzi. După Plotin, sufletul e o oglindă ce creează lucrurile materiale, reflectând ideile rațiunii superioare. Poate de aceea eu, pentru a gândi, am nevoie de oglinzi: nu mă pot concentra decât în prezența imaginilor reflectate, de parcă sufletul meu ar avea nevoie să imite un model ori de câte ori vrea să-și întrebuințeze capacitatea speculativă. (Cuvântul, aici, însumează toate semnificațiile sale: eu sunt în același timp un om care gândește și un om de afaceri, plus un colecționar de aparate optice.)

De cum îmi apropii ochiul de un caleidoscop simt că mintea mea, urmând adunarea și combinarea de fragmente eterogene de culori și linii în figuri regulate, găsește imediat procedeul de urmat: dezvăluirea peremptorie și labilă a unei construcții riguroase, care se desface la cea mai mică bătaie a unghiei pe pereții tubului, pentru a fi înlocuită de o alta, în care aceleași elemente converg într-un ansamblu diferit.

De când, adolescent încă, am băgat de seamă că privind grădinile smălțuite, învolburate în fundul tubului din oglinzi, capacitatea mea de a lua decizii practice și de a face previziuni riscante sporea, am început să colecționez caleidoscoape. Istoria acestui obiect, relativ recent (caleidoscopul a fost brevetat în 1817 de fizicianul scoțian Sir David Brewster, autor, între altele, al unui *Treatise on New Philosophical Instruments*), îmi încorseta colecția între limite cronologice înguste. Curând, însă, mi-am îndreptat cercetările spre obiecte mult mai ilustre și sugestive: mașinile catoptrice din secolul al XVII-lea, mici teatre de forme variate, în care o figură e văzută multiplicată prin modificarea unghiurilor dintre oglinzi. Intenția mea este să reconstruiesc muzeul creat de iezuitul Athanasius Kircher, autorul volumului *Ars magna lucis et umbrae* (1646) și inventator al „teatrului polidictic", în care vreo șaizeci de oglinzi, capitonând interiorul unei cutii mari, transformă o creangă într-o pădure, un soldățel de plumb într-o armată, o cărticică într-o bibliotecă.

Oamenii de afaceri cărora, înainte de ședințe, le arăt colecția mea aruncă priviri superficial curioase asupra acestor aparate bizare. Nu știu că mi-am construit imperiul financiar pe principiul caleidoscopului și al mașinilor catoptrice, multiplicând, ca într-un joc de oglinzi, societăți fără capitaluri, exagerând creditele, făcând să dispară pasive dezastruoase în unghiurile moarte ale unor perspective iluzorii. Secretul meu, secretul neîntreruptelor mele victorii financiare, într-o epocă cu atâtea crize, prăbușiri la bursă și falimente, a fost întotdeauna acesta: nu m-am gândit niciodată în mod direct la bani, la afaceri, la profituri, ci doar la unghiurile de refracție stabilite între planurile lucioase, diferit înclinate.

Ceea ce vreau să multiplic e imaginea mea, dar nu din narcisism sau megalomanie, cum s-ar putea crede: dimpotrivă, pentru a ascunde, în mijlocul atâtor fantasme iluzorii, adevăratul *eu* care le pune în mișcare. În acest scop, dacă nu m-aș teme să fiu greșit înțeles, n-aș avea nimic împotrivă să construiesc la mine acasă o cameră complet căptușită cu oglinzi, după proiectul lui Kircher, în interiorul căreia m-aș vedea umblând pe tavan cu capul în jos și zburând în sus din adâncimile podelei.

Paginile pe care le scriu ar trebui să comunice și ele o luminozitate rece, de galerie de oglinzi, unde un număr limitat de figuri se răsfrânge, se răstoarnă și se multiplică. Dacă figura mea pornește în toate direcțiile și se dublează pe toate muchiile e pentru a-i descuraja pe cei ce vor să mă urmărească. Am mulți dușmani și trebuie să-i evit tot timpul. Dacă își închipuie că mă ajung din urmă, se vor izbi doar de o suprafață de sticlă, unde apare și dispare o reflectare – una din atâtea altele – a prezenței mele. Dar îmi și urmăresc numeroșii dușmani, dominându-i, avansând asupra lor cu batalioane inexorabile și tăindu-le calea, în orice parte s-ar întoarce. Într-o lume catoptrică, dușmanii pot crede că mă înconjoară pe toate laturile, dar eu singur știu cum sunt dispuse oglinzile, putând să devin insesizabil, pe când ei sfârșesc prin a se lovi, înghesuindu-se unul într-altul.

Aș vrea ca povestirea mea să exprime toate acestea prin detalii de operații financiare, lovituri de teatru în reuniunile consiliilor de administrație, telefoane la agenții de bursă în panică, chiar și bucăți din cadastrul orașului, polițe de asigurări, gura Lornei când a aruncat fraza aceea, privirea Elfridei, cufundată parcă în presupuneri inexorabile, o imagine care se suprapune peste cealaltă, rețeaua de străzi a orașului, presărată cu cruciulițe și săgeți, motociclete care se îndepărtează și dispar în muchiile oglinzii, motociclete care converg asupra Mercedes-ului meu.

De când mi-a fost clar că sechestrarea persoanei mele ar fi fost lovitura mult râvnită nu numai de diferitele bande de criminali, dar și de cei mai importanți asociați ai mei și concurenți din lumea marii finanțe, am înțeles că numai multiplicându-mă, multiplicând persoana mea, prezența mea, ieșirile din casă și revenirile, în fine, ocaziile unei capcane, aș fi putut să reduc probabilitatea căderii mele în mâini dușmane. Am comandat atunci cinci Mercedes-uri identice cu al meu, care ies și intră pe porțile blindate ale vilei mele la orice oră, escortate de motocicliști ai gărzii mele personale, și la bord cu o umbră îmbrăcată în negru și înfofolită, care aș putea fi eu, sau orice dublură. Societățile al căror președinte sunt constau din sigle fără acoperire, iar sediile lor se află în saloane goale interșanjabile: întâlnirile mele de afaceri, prin urmare, pot avea loc mereu la alte adrese; pentru mai mare siguranță, dau ordin de fiecare dată să fie schimbate în ultimul moment. Probleme mai delicate comportă relația extraconjugală pe care o întrețin cu o doamnă divorțată, de douăzeci și nouă de ani, pe nume Lorna, dedicându-i două și uneori chiar trei întâlniri săptămânale de două ore și trei sferturi. Pentru a o ocroti pe Lorna nu trebuia decât să fac imposibilă localizarea ei, iar sistemul la care am recurs a fost de a afișa numeroase legături amoroase concomitente, așa încât să nu se poată pricepe care sunt amantele mele fictive și care e cea adevărată. În fiecare zi, atât eu, cât și sosiile mele ne oprim la ore diferite la diversele *pied-à-terre* risipite în tot orașul, locuite de femei cu aspect atrăgător. Rețeaua de amante fictive îmi permite să ascund întâlnirile mele reale cu Lorna chiar și soției mele, Elfrida, căreia i-am prezentat executarea acestei puneri în scenă ca pe o măsură de siguranță. Cât despre Elfrida, nu e dispusă să asculte de sfaturile mele de a da o maximă publicitate deplasărilor ei, pentru a dejuca eventuale planuri criminale; Elfrida tinde să se ascundă, așa cum evită oglinzile colecției mele, de parcă s-ar teme ca imaginea să nu-i fie zdrobită și distrusă: o atitudine ale cărei motivări profunde îmi scapă și mă contrariază foarte mult.

Aș dori ca toate detaliile pe care le notez să contribuie la comunicarea impresiei de mecanism de înaltă precizie, dar și de valuri de lumină orbitoare, trimițând la ceva ce rămâne în afara razei vizuale. De aceea, nu trebuie să uit să includ, din când în când, în punctele unde întâmplarea devine mai densă, câte un citat dintr-un text antic, de exemplu un pasaj din *De magia naturale* de Giovanni Battista della Porta, acolo unde spune că magul sau „Slujitorul naturii" (citez traducerea italiană a lui Pompeo Sarnelli, 1577) trebuie să știe „cauzele care înșală ochii, aspectele văzute sub apă, sau în oglinzile de forme diferite, care uneori trimit imaginile în afară, la oglinzi atârnate în aer, și cum se pot vedea clar acele lucruri ce se-ntâmplă în depărtare".

Curând mi-am dat seama că nesiguranța creată prin acel du-te-vino de automobile identice nu era suficientă pentru a zădărnici pericolul unor ambuscade; m-am gândit, atunci, să aplic puterea multiplicatoare a mecanismelor catoptrice chiar asupra bandiților, organizând capcane și răpiri fictive ale unor fictivi „eu", urmate de eliberări fictive, după plata răscumpărărilor fictive. În acest scop, a trebuit să creez o organizație criminală paralelă, stabilind legături mereu mai strânse cu lumea interlopă. Am ajuns astfel să dispun de numeroase informații privind pregătirea unor sechestrări reale, putând așadar să intervin la timp, fie pentru a mă apăra, fie pentru a profita de nenorocirile adversarilor mei.

În acest punct, povestirea ar putea aminti că între virtuțile oglinzilor despre care tratează cărțile din Antichitate e inclusă cea de a arăta lucruri îndepărtate și oculte. Geografii arabi din Evul Mediu, descriind portul Alexandria, amintesc de coloana care se-nălța pe insula Pharos, în vârful căreia se afla o oglindă de oțel; în ea se vedeau la distanță imensă navele avansând în largul Ciprului, Constantinopolului și al tuturor teritoriilor romane. Concentrând razele, oglinzile curbe pot capta o imagine a totului.

„Dumnezeu însuși, care nu poate fi văzut nici de trup, nici de suflet – scrie Porfir – poate fi contemplat într-o oglindă.“ Împreună cu iradierea centrifugă ce-mi protejează imaginea de-a lungul tuturor dimensiunilor spațiului, aș vrea ca aceste pagini să redea și mișcarea opusă, prin care, din oglinzi, îmi vin imagini pe care vederea directă nu le poate cuprinde. Iată ceea ce mi se-ntâmplă să visez: din oglindă în oglindă, totalitatea lucrurilor, întreg universul, înțelepciunea divină ar putea să-și concentreze razele lor luminoase într-o oglindă. Poate cunoașterea întregului e îngropată în suflet și un sistem de oglinzi care să-mi multiplice imaginea la infinit, redându-i esența într-o unică imagine, mi-ar dezvălui sufletul întregului, ascuns în imaginea mea. Aceasta ar fi puterea oglinzilor magice, despre care se vorbește atâta în tratatele de științe oculte și în anatemele inchizitorilor: să-l constrângă pe zeul tenebrelor să se manifeste și să-și combine imaginea cu cea reflectată de oglindă. Trebuia să-mi măresc colecția într-o nouă direcție: specialiștii în antichități și casele de licitație din lumea întreagă au fost avertizați să-mi țină la dispoziție exemplarele cele mai rare de oglinzi din Renaștere, care, prin formă, sau prin tradiție scrisă, pot fi clasificate drept magice.

Era o partidă dificilă, în care orice eroare putea fi scump plătită. Prima mișcare greșită a fost să-i conving pe rivalii mei să se asocieze cu mine pentru a crea o companie de asigurări împotriva răpirilor. Sigur de rețeaua mea de informații în lumea interlopă, credeam că pot ține sub control orice eventualitate. Nu mi-a trebuit mult să aflu că asociații mei întrețineau cu bandele de răpitori relații mai strânse decât ale mele. Răscumpărarea care avea să fie cerută la următoarea răpire avea să fie cât întregul capital al companiei de asigurări; apoi, suma ar fi fost împărțită. Între organizația de bandiți și acționarii companiei, complicii lor, totul, firește, în dauna răpitului. N-aveam nici un dubiu cine avea să fie victima: eram eu. Planul ambuscadei împotriva mea prevedea ca între motocicletele Honda din serviciul meu de escortă și mașina blindată în care călătoream eu să se strecoare trei motociclete Yamaha, conduse de falși polițiști care aveau să frâneze brusc înainte de curbă. Conform contraplanului meu, aveau să fie, în schimb, trei motociclete Suzuki, care să imobilizeze Mercedesul meu cu cinci sute de metri mai înainte, pentru o falsă răpire. Când m-am văzut blocat de trei motociclete Kawasaki la o întretăiere de străzi, aflată înainte de celelalte două puncte alese, am înțeles că acest contraplan al meu căzuse, în favoarea unui contra-contraplan ai cărui șefi îi ignoram.

Ca într-un caleidoscop se răsfrâng și deviază ipotezele pe care aș vrea să le înregistrez în aceste rânduri, așa cum se segmenta sub ochii mei planul orașului, descompus de mine bucată cu bucată, pentru a localiza întretăierile de străzi, unde, după informatorii mei, ar fi avut loc ambuscada împotriva mea, și pentru a stabili punctul în care aș fi putut să câștig timp asupra dușmanilor mei, încât să răstorn planul lor în avantajul meu. Totul mi se părea sigur acum, oglinda magică dirija toate puterile malefice, punându-le în slujba mea. Nu luasem în considerație un al treilea plan de răpire, pregătit de niște necunoscuți. De cine?

Spre surprinderea mea, în loc să fiu dus la o ascunzătoare secretă, sunt dus la mine acasă și închis în camera catoptrică reconstruită de mine cu atâta grijă după desenele lui Athanasius Kircher. Pereții de oglinzi trimit de infinite ori imaginea mea. Fusesem răpit de mine însumi? Oare una dintre imaginile mele, proiectată în afară, îmi luase locul şi-mi lăsase doar rolul de imagine reflectată? Îl evocasem, oare, pe Stăpânul Tenebrelor, iar el mi se prezenta sub chiar înfăţişarea mea?

Pe podeaua de oglindă zace un trup de femeie, legat. E Lorna. De cum se mişcă, trupul ei dezbrăcat se întinde pe toate oglinzile. Mă arunc asupra ei, s-o eliberez din lanţuri, să-i scot căluşul, s-o îmbrăţişez; dar ea se-ntoarce împotriva mea, furioasă.

— Crezi că mă ai la mână? Te înşeli! – şi-şi înfige unghiile în obrajii mei.

E prizonieră ca şi mine? E prizoniera mea? Ea e oare închisoarea mea?

Între timp s-a deschis o uşă. Apare Elfrida.

— Ştiam de pericolul care te pândea şi am reuşit să te salvez, spune ea. Poate sistemul a fost puţin brutal, dar nu aveam de ales. Acum, însă, nu mai găsesc uşa acestei cuşti cu oglinzi. Spune-mi, repede, cum pot să ies de aici?

Un ochi şi o sprânceană a Elfridei, un picior în cizmele lipite pe pulpă, colţul gurii ei cu buzele subţiri şi dinţii prea albi, o mână inelată ce strânge un revolver se repetă gigantice în oglinzi şi între aceste bucăţi strâmbe ale ei se interpune pielea Lornei în racursiuri, ca un peisaj de carne. Nu mai pot distinge ceea ce aparţine uneia sau alteia, mă pierd, mi se pare că m-am pierdut pe mine, nu-mi mai văd reflecţia, ci doar reflecţia lor. Într-un pasaj de Novalis, un iniţiat care a reuşit să ajungă la locuinţa secretă a lui Isis ridică vălul zeiţei... Acum, mi se pare că tot ceea ce mă înconjoară e o parte din mine, că, în sfârşit, am reuşit să devin întregul...

8

Din jurnalul lui Silas Flannery

Pe un șezlong, pe terasa unei vile în fundul văii, stă o tânără femeie care citește. În fiecare zi, înainte de a mă apuca de lucru, o privesc o bucată de vreme cu ocheanul. În aerul transparent și pur mi se pare că surprind pe chipul ei imobil semnele acelei mișcări invizibile care este lectura, alunecarea privirii și a răsuflării, dar parcă și mai mult trecerea cuvintelor prin ea, curgerea sau oprirea lor, elanurile, întârzierile, pauzele, atenția concentrându-se sau risipindu-se, revenirile, acel parcurs ce pare uniform, dar de fapt e mereu schimbător și accidentat.

Oare de câți ani nu-mi pot permite o lectură dezinteresată? De câți ani nu mai reușesc să mă las în voia unei cărți scrise de alții, fără nici o legătură cu ceea ce trebuie să scriu eu? Mă întorc și văd biroul care mă așteaptă, mașina de scris cu foaia pe rulou, capitolul ce trebuie început. De când am fost condamnat să scriu, plăcerea lecturii s-a sfârșit pentru mine. Ceea ce fac are ca scop starea de spirit a acestei femei de pe șezlong, încadrată de lentilele ocheanului meu, și o stare de spirit ce-mi este interzisă.

În fiecare zi, înainte de a mă apuca de lucru, o privesc pe femeia de pe șezlong: îmi spun că rezultatul efortului nenatural la care mă supun scriind trebuie să fie respirația acestei cititoare, operația cititului devenită un proces natural, curentul ce permite frazelor să atingă filtrul atenției ei, să se oprească pentru o clipă, înainte de a fi absorbite de circuitele minții ei, și să dispară transformându-se în nălucirile ei interioare, în ceea ce e mai personal și de necomunicat în ea.

Uneori îmi vine o poftă absurdă: aș vrea ca fraza pe care o scriu să fie cea pe care femeia o citește în clipa aceea. Ideea mă tulbură atât de mult, încât mă conving că e adevărat: scriu fraza în grabă, mă ridic, merg la fereastră, îndrept ocheanul ca să controlez efectul frazei mele în privirea ei, în cuta buzelor, în țigara pe care și-o aprinde, în mișcările corpului ei pe șezlong, în picioarele care se încrucișează sau se destind.

Alteori mi se pare că distanța dintre scrisul meu și cititul ei este imposibil de umplut, că orice aș scrie va purta pecetea artificialului și incongruității: dacă ceea ce scriu ar apărea pe suprafața netedă a paginii citite de ea, ar scârțâi ca unghia pe sticlă, iar ea ar arunca volumul cât colo, înfiorată.

Uneori, mă conving că femeia citește *adevărata* mea carte, cea pe care atâta vreme ar fi trebuit s-o scriu, cuvânt cu cuvânt, o văd în adâncul ocheanului meu, dar nu pot citi ce e scris acolo, nu pot ști ce a scris acel eu: n-am reușit și nici nu voi reuși să fiu acel eu. E inutil să mă înapoiez la birou, să mă forțez să ghicesc, să copiez adevărata mea carte, citită de ea: orice scriu va fi un fals în raport cu cartea mea adevărată, pe care nimeni, în afară de ea, n-o va citi vreodată.

Dar dacă, așa cum eu o privesc în timp ce citește, ea ar îndrepta un ochean spre mine în timp ce scriu? Stau așezat la birou, cu spatele la fereastră, dar simt în spatele meu un ochi ce aspiră fluxul frazelor, conduce povestirea în direcții ce-mi scapă. Cititorii sunt vampirii mei. Simt o mulțime de cititori uitându-se peste umărul meu și punând stăpânire pe cuvintele mele, pe măsură ce ele sunt așternute pe hârtie. Nu sunt capabil să scriu dacă cineva mă privește; simt că ceea ce scriu nu-mi mai aparține. Aș vrea să dispar, lăsând așteptării iminente din ochii lor foaia băgată în mașina de scris, și cel mult degetele mele, bătând clapele.

Ce bine aș putea scrie dacă n-aș exista! Dacă între foaia albă și fierberea cuvintelor și povestirilor ce iau formă și dispar, fără ca nimeni să le scrie, nu s-ar interpune acea diafragmă incomodă care e persoana mea! Stilul, gustul, filosofia personală, subiectivitatea, formația culturală, experiența trăită, psihologia, talentul, trucurile meseriei: toate elementele care fac ca ceea ce scriu să fie recunoscut ca aparținându-mi mie, mi se par o cușcă ce-mi limitează posibilitățile. Dar dacă aș fi doar o mână, o mână retezată care ia creionul și scrie... Cine ar mișca mâna aceasta? Mulțimea anonimă? Spiritul vremurilor? Subconștientul colectiv? Nu știu. N-aș vrea să mă anulez pe mine însumi pentru a deveni purtătorul de cuvânt a ceva definibil, ci doar pentru a transmite ceea ce poate fi scris și așteaptă să fie scris, narabilul pe care nimeni nu-l povestește.

Poate că femeia pe care o observ cu ocheanul *știe* ce ar trebui să scriu; sau *nu știe,* așteptând de la mine să scriu ceea ce *nu știe*; dar ceea ce știe cu siguranță este așteptarea, golul pe care cuvintele mele vor trebui să-l umple.

Uneori mă gândesc la materia cărții pe care o voi scrie ca ceva existent deja: gânduri deja gândite, dialoguri deja pronunțate, povești deja întâmplate, locuri și ambianțe văzute; cartea n-ar trebui să fie altceva decât echivalentul lumii nescrise, traduse în scriitură. Alteori, însă, mi se pare că între cartea ce trebuie scrisă și lucrurile existente se poate stabili numai un fel de complementaritate: cartea ar trebui să fie echivalentul scris al lumii nescrise;

materia ei ar trebui să fie ceva ce nu există și nici nu poate exista decât în clipa când va fi scris; ceea ce există simte în mod obscur golul propriei nedesăvârșiri.

Văd că într-un fel sau altul continui să mă învârt în jurul ideii unei interdependențe între lumea nescrisă și cartea pe care ar trebui s-o scriu. Acesta este motivul pentru care scrisul mi se prezintă ca o operație de o asemenea dificultate, încât rămân zdrobit. Privesc prin ochean și-l îndrept spre cititoare. Între ochii ei și pagina cărții zboară un fluture alb. Orice ar citi acum, e cert că fluturele i-a captat atenția. Lumea nescrisă își atinge apogeul în acel fluture. Rezultatul spre care trebuie să tind e ceva precis, adunat, ușor.

Privind femeia de pe șezlong, simțisem nevoia să scriu „după natură", s-o scriu, deci, nu pe ea, ci lectura ei, să scriu orice, dar gândindu-mă că trebuie să treacă prin lectura ei.

Acum, privind fluturele așezându-se pe cartea mea, aș vrea să scriu „după natură", ținând cont de fluture. Să scriu, de pildă, despre o crimă sălbatică, dar care, într-o oarecare măsură, „să semene" cu fluturele, să fie ușoară și subtilă ca fluturele.

Aș putea chiar să descriu fluturele, dar ținând cont de scena îngrozitoare a unei crime, încât fluturele să devină ceva înspăimântător.

Proiect de povestire. Doi scriitori, locuind în două vile pe versantele opuse ale văii, se observă unul pe altul. Unul dintre ei obișnuiește să scrie dimineața, celălalt după-amiaza. Dimineața și după-amiaza, scriitorul care nu scrie îndreaptă ocheanul asupra celui care scrie.

Unul dintre cei doi e un scriitor productiv, celălalt e un scriitor chinuit. Scriitorul chinuit îl privește pe scriitorul productiv umplând foile cu rânduri uniforme; manuscrisul crește într-un teanc de foi ordonate. În curând, cartea va fi terminată: un nou roman de succes, firește – se gândește scriitorul chinuit cu oarecare dispreț, dar și cu invidie. Îl consideră pe scriitorul productiv nimic mai mult decât un artizan abil, capabil să producă romane făcute în serie pentru a răspunde gustului publicului; dar nu-și poate reprima o puternică senzație de invidie față de omul care se exprimă pe sine cu o siguranță atât de metodică. Nu e numai invidie, e și admirație, da, admirație sinceră: modul în care scriitorul acela își pune toată energia în scris indică o anume generozitate, o încredere în a comunica, în a da altora ceea ce ei așteaptă de la el, fără a-și pune probleme introvertite. Scriitorul chinuit ar plăti orice numai să semene cu scriitorul productiv; ar vrea să-l ia drept model; cea mai profundă aspirație a sa, acum, este să devină ca el.

Scriitorul productiv îl observă pe scriitorul chinuit când se așază la biroul lui: își roade unghiile, se scarpină, rupe o pagină, se ridică și merge la bucătărie să-și facă o cafea, un ceai, niște mușețel, apoi citește o poezie de Holderlin (e clar că Holderlin nu are nici o legătură cu ceea ce scrie el), recopiază o pagină deja scrisă și apoi o șterge, rând cu rând, telefonează la curățătorie (deși era stabilit că pantalonii albaștri nu vor putea fi gata înainte de joi), scrie câteva note ce vor fi utile nu acum, ci poate mai târziu, se duce să consulte enciclopedia la cuvântul Tasmania (deși e clar că în ce scrie nu e nici o aluzie la Tasmania), rupe două pagini, pune un disc cu Ravel. Scriitorului productiv nu i-au plăcut niciodată operele scriitorului chinuit; citindu-le, i se pare întotdeauna că e pe cale de a ajunge la punctul decisiv, dar apoi acest punct îi scapă și rămâne doar cu o senzație de jenă. Dar acum, privindu-l în actul de a scrie, simte că acest om se luptă cu ceva obscur, confuz, un drum ce trebuie deschis, care nu se știe unde duce;

uneori i se pare că-l vede umblând pe o sârmă suspendată în gol, și se simte cuprins de un sentiment de admirație. Nu doar de admirație: și de invidie, căci simte cât de limitată și superficială e munca lui în comparație cu ceea ce caută scriitorul chinuit.

Pe terasa unei vile, în fundul văii, o tânără femeie face plajă citind o carte. Cei doi scriitori o privesc prin ochean. „Cât e de absorbită, cu răsuflarea tăiată! Cu ce gesturi febrile întoarce paginile!“ – se gândește scriitorul chinuit – „Sigur că citește un roman de mare efect, ca cele ale scriitorului productiv!“; „Cât e de absorbită, aproape transfigurată în meditație, de parcă ar vedea dezvăluindu-se un adevăr misterios!“ – se gândește scriitorul productiv – „citește în mod cert o carte plină de semnificații ascunse, ca cele ale scriitorului chinuit!“

Cea mai mare dorință a scriitorului chinuit este să fie citit așa cum citește tânăra femeie. Se apucă să scrie un roman, așa cum își închipuie că l-ar scrie scriitorul productiv. Între timp, cea mai mare dorință a scriitorului productiv este să fie citit așa cum citește tânăra femeie; se apucă să scrie un roman așa cum își închipuie că l-ar scrie scriitorul chinuit.

Tânăra femeie e abordată mai întâi de un scriitor, apoi de celălalt. Amândoi îi spun că vor să-i dea să citească romanele pe care abia le-au terminat de scris.

Tânăra femeie primește cele două manuscrise. După câteva zile îi invită pe autori la ea acasă, împreună, spre marea lor surprindere.

— Ce glumă mai e și asta? spune ea, mi-ați dat două exemplare ale aceluiași roman!

Sau:

Tânăra femeie încurcă manuscrisele. Îi înapoiază productivului romanul chinuitului, scris în maniera productivului, și chinuitului romanul productivului, scris în maniera chinuitului. Amândoi, văzând că au fost imitați, au o reacție violentă și-și regăsesc stilul propriu.

Sau:

O pală de vânt risipește paginile celor două manuscrise. Cititoarea încearcă să le pună în ordine. Se naște un roman unic, extrem de frumos, pe care criticii nu știu cui să-l atribuie. E un roman pe care atât scriitorul productiv, cât și cel chinuit visaseră întotdeauna să-l scrie.

Sau:

Tânăra femeie fusese întotdeauna o cititoare pasionată a scriitorului productiv și-l detestase pe scriitorul chinuit. Citind noul roman al scriitorului productiv îl găsește lipsit de valoare și înțelege că tot ce scrisese el era la fel; în schimb, amintindu-și operele scriitorului chinuit, le găsește acum extrem de frumoase și abia așteaptă să citească noul lui roman. Dar găsește ceva complet diferit de ceea ce se aștepta și-l dă naibii și pe el.

Sau:

Idem, înlocuind „productiv“ cu „chinuit“ și „chinuit“ cu „productiv“.

Sau:

Tânăra femeie era etc. etc. pasionată de scriitorul productiv și-l detesta pe cel chinuit. Citind noul roman al productivului nu-și dă seama că ceva s-a schimbat; îi place, fără să se entuziasmeze în mod special. Cât despre manuscrisul scriitorului chinuit, îl găsește insipid, ca tot restul operei acestui autor. Le răspunde celor doi scriitori cu fraze generale. Amândoi se conving că nu este o cititoare prea atentă și nu mai fac caz de ea.

Sau:

Idem, înlocuind etc.

Am citit într-o carte că obiectivitatea gândirii se poate exprima folosind verbul a gândi la persoana a treia, modul impersonal: spunând nu „eu gândesc“, ci „gândește“, așa cum se spune „plouă“. Există gândire în univers, asta e constatarea de la care trebuie să plecăm de fiecare dată.

Oare voi putea spune vreodată: „astăzi scrie“, la fel ca „astăzi plouă“, „astăzi ninge“? Numai când va fi normal să folosesc verbul a scrie la forma impersonală voi putea spera ca prin mine să exprim ceva mai puțin limitat decât individualitatea unui singur ins.

Și verbul a citi? Se va putea spune, oare, „astăzi citește“, așa cum se spune „astăzi plouă“? Dacă ne gândim bine, lectura, mai mult decât scrisul, e un act în mod necesar individual. Admițând că scrisul reușește să depășească limitele autorului, el va continua să aibă un sens numai când va fi citit de o persoană singură și-i va traversa circuitele mentale. Numai faptul de a putea fi citit de un individ determinat dovedește că ceea ce e scris e parte din puterea scrierii, o putere bazată pe ceva ce merge dincolo de individ. Universul se va exprima pe sine atâta vreme cât fiecare va putea spune: „Eu citesc, deci el scrie.“

Asta este fericirea specială pe care o văd înflorind pe chipul cititoarei, și care mie îmi este negată.

Pe peretele din fața mesei mele e atârnat un afiș pe care l-am primit cadou. Cățelușul Snoopy e așezat în fața mașinii de scris și textul spune: „Era o noapte întunecată și furtunoasă...“ De fiecare dată când mă așez aici, citesc „Era o noapte întunecată și furtunoasă...“ și impersonalitatea acelui incipit pare să deschidă trecerea dintr-o lume într-alta, de la timpul și spațiul de aici și acum la timpul și spațiul paginii scrise; simt entuziasmul unui început căruia i-ar putea urma evoluții multiple, inepuizabile; mă conving că nu e nimic mai bun decât un început convențional, un început de la care te poți aștepta la tot și la nimic; și-mi dau seama și că acel câine mitoman nu va reuși niciodată să adauge la primele șase cuvinte alte șase sau douăsprezece fără a le rupe farmecul. Ușurința intrării într-o altă lume e o iluzie: ne lansăm în scris, înainte de a avea bucuria unei lecturi viitoare și golul se deschide pe hârtia albă.

De când am afișul ăsta atârnat în fața ochilor, nu mai reușesc să termin nici o pagină. Trebuie să-l dau jos de pe perete cât mai repede pe blestematul ăsta de Snoopy; dar nu mă pot hotărî; paiața asta infantilă a devenit pentru mine o emblemă a condiției mele, un avertisment, o provocare.

Fascinația romantică dată stării pure din primele fraze ale primului capitol al multor romane nu întârzie să se piardă în narațiunea care urmează: e promisiunea unui timp de lectură ce se întinde dinaintea noastră, care poate conține toate evoluțiile posibile. Aș vrea să pot scrie o carte care să fie numai un incipit, menținând pe toată durata ei potențialitatea de la început, așteptarea încă fără obiect. Dar cum ar putea fi construită o asemenea carte? S-ar întrerupe, oare, după primul paragraf? Ar prelungi la infinit preliminariile? Ar interpola un început de narațiune în altul, ca în *O mie și una de nopți*?

Astăzi mă voi apuca să copiez primele fraze ale unui roman celebru, ca să văd dacă încărcătura de energie conținută în acel început trece asupra mâinii mele, care, după primirea impulsului corect, ar trebui să funcționeze singură.

Într-o zi extrem de caldă de la începutul lui iulie, către seară, un tânăr a coborât în stradă, din cămăruța pe care o subînchiriase pe ulița S. și, încet, nehotărât parcă, s-a îndreptat spre podul K.

Voi copia și al doilea paragraf, indispensabil ca să mă transporte în fluxul narațiunii:

Pe scară, a evitat la mustață întâlnirea cu proprietăreasa. Cămăruța lui era tocmai sub acoperișul unei clădiri înalte, de cinci etaje, și semăna mai mult cu un dulap decât cu o locuință. Și tot așa până la: *Îi datora o grămadă de bani proprietăresei și se temea s-o întâlnească.*

În acest punct, fraza următoare mă atrage așa de mult, încât nu mă pot împiedica s-o copiez: *Nu pentru că era fricos și umilit, dimpotrivă: de o bucată de vreme, însă, era într-o stare de iritabilitate asemănătoare cu ipohondria.* Dat fiind că tot am copiat atât, aș putea continua cu întreg paragraful, ba chiar cu alte câteva pagini, până când protagonistul se prezintă la bătrâna cămătăreasă. – *Raskolnikov, student, am fost la dumneavoastră acum o lună – s-a grăbit să murmure tânărul cu o ușoară înclinare, amintindu-și că trebuie să fie mai amabil.*

Mă opresc înainte de a mă cuprinde tentația să copiez tot romanul *Crimă și pedeapsă.* Pentru o clipă, mi se pare că pricep sensul și fascinația unei vocații de neconceput astăzi: cea de copist. Copistul trăia concomitent în două dimensiuni temporale, cea a lecturii și cea a scriiturii; putea să scrie fără angoasa golului ce se deschide dinaintea peniței și să citească fără angoasa că actul său nu se va concretiza în vreun obiect material.

A venit să mă caute un ins care spune că e traducătorul meu, ca să mă avertizeze de o escrocherie în dauna mea și a lui: publicarea unor traduceri neautorizate ale cărților mele. Mi-a arătat un volum pe care l-am răsfoit fără să aflu mare lucru: era scris în japoneză și singurele cuvinte în alfabet latin erau numele și prenumele meu pe pagina de titlu.

— Nu reușesc nici măcar să pricep de care dintre cărțile mele e vorba, i-am spus, restituindu-i volumul, din păcate nu știu japoneza.

— Chiar dacă ați cunoaște limba, n-ați recunoaște cartea, mi-a spus vizitatorul meu. E o carte pe care dumneavoastră n-ați scris-o niciodată.

Mi-a explicat că marea abilitate a japonezilor în a fabrica echivalente perfecte ale produselor occidentale s-a extins la literatură. O întreprindere din Osaka a reușit să-și însușească formula romanelor lui Silas Flannery și este capabilă să producă romane de-ale sale, absolut inedite și de prima mână, gata să invadeze piața mondială, retraduse în engleză (sau, mai bine-zis, traduse în engleza din care se pretinde că au fost traduse), nici un critic n-ar putea să le deosebească de adevăratele scrieri ale lui Flannery.

Știrea acestei escrocherii diabolice m-a cutremurat; nu e numai furia, ușor de înțeles, pentru dauna economică și morală: simt și o atracție trepidantă pentru aceste falsuri, pentru această ramificare a mea, germinată în pământul unei alte civilizații. Îmi imaginez un bătrân japonez în chimono, trecând peste un podeț arcuit: este eul meu nipon care născocește o poveste de-a mea și ajunge să se identifice cu mine, ca rezultat al unui itinerar spiritual ce-mi este complet străin. De aceea, falsele scrieri Flannery produse de întreprinderea de escroci din Osaka sunt într-adevăr niște contrafaceri vulgare, dar, în același timp, poartă în ele o înțelepciune rafinată și tainică, de care autenticele Flannery sunt complet lipsite.

Desigur, găsindu-mă față-n față cu un străin a trebuit să-mi ascund ambiguitatea reacțiilor și m-am arătat interesat numai să strâng toate datele necesare pentru a intenta un proces.

— Voi intenta proces falsificatorilor și oricui cooperează la difuzarea cărților contrafăcute! am spus, fixându-mi privirea cu subînțeles asupra traducătorului, pentru că fusesem cuprins de bănuiala că tânărul acesta nu era străin de afacerea suspectă. A spus că-l cheamă Ermes Marana, un nume pe care nu-l mai auzisem niciodată. Are un cap prelung, ca un zeppelin, și pare să ascundă multe taine în spatele frunții convexe.

L-am întrebat unde locuiește.

— Pentru moment, în Japonia, mi-a răspuns.

Se declară indignat că cineva poate face uz de numele meu în mod nepermis, și e gata să mă ajute să pun capăt escrocheriei, dar adaugă că, la urma urmei, nu trebuie să mă scandalizez, căci, după părerea lui, literatura are valoare prin puterea ei de mistificare; adevărul ei constă din mistificare; prin urmare, un fals, ca mistificare a unei mistificări, echivalează cu un adevăr la puterea a doua.

A continuat să-mi expună teoriile sale, conform cărora autorul fiecărei cărți este un personaj fictiv, pe care autorul îl inventează pentru a-l face autorul ficțiunilor sale. Cred că împărtășesc multe din afirmațiile sale, dar m-am ferit să-l las să înțeleagă asta. Spune că se interesează de mine mai ales din două motive: primul, pentru că sunt un autor falsificabil; al doilea, pentru că își închipuie că am însușirile necesare pentru a fi un mare falsificator, pentru a crea lucrări apocrife perfecte. În viziunea lui, aș putea fi incarnarea autorului ideal, adică a autorului care se dizolvă în norul gros de ficțiuni care acoperă lumea. Și cum pentru el artificiul este adevărata substanță a întregului, autorul care ar imagina un sistem de artificii perfect ar reuși să se identifice cu întregul.

Mă gândesc mereu la discuția mea de ieri cu acel Marana. Și eu aș vrea să mă anulez pe mine însumi și să găsesc pentru fiecare nouă carte un alt eu, o altă voce, un alt nume, să renasc; dar scopul meu este să captez în carte lumea indescifrabilă, fără centru, fără eu.

Dacă mă gândesc bine, scriitorul total ar putea fi o persoană foarte modernă: ceea ce se numește în America *ghost-writer*, scriitorul-fantomă, o profesie recunoscută ca utilă, deși lipsită de prestigiu, redactorul anonim care dă formă de carte celor povestite de alte persoane, care nu știu sau n-au timp să scrie, mâna scriindă care dă cuvânt unor existențe ocupate doar să existe pur și simplu. Poate asta era adevărata mea vocație și am ratat-o. Mi-aș fi putut multiplica eurile, anexându-mi eurile altora, creându-mi eurile cele mai diferite de mine și între ele.

Dacă un adevăr individual poate fi găsit numai închis într-o carte, trebuie să accept să-mi scriu adevărul meu. Cartea memoriei mele? Nu, memoria e adevărată atâta vreme cât nu e fixată, închisă într-o formă. Cartea dorințelor mele? Și ele sunt adevărate doar când impulsul lor acționează independent de voința mea conștientă. Singurul adevăr pe care-l pot scrie e cel al clipei pe care o trăiesc. Poate adevărata carte este acest jurnal zilnic, în care încerc să notez imaginea femeii de pe șezlong, la diferite ore ale zilei, așa cum o observ odată cu schimbarea luminii.

De ce să nu admit că insatisfacția mea dezvăluie o ambiție nemăsurată, poate o exaltare megalomană? Scriitorului care vrea să se auto-anuleze pentru a da glas lumii din afara lui i se deschid două căi: sau să scrie o carte ce poate fi o carte unică, epuizând totul în paginile ei, sau să scrie toate cărțile, urmărind totul prin imaginile sale parțiale. Cartea unică, ce conține totul, nu ar putea fi altceva decât textul sacru, cuvântul total revelat. Dar nu cred că totalitatea poate fi conținută în limbaj; problema mea e ceea ce rămâne în afară, nescrisul, non-scrisul. Nu-mi rămâne altă cale decât să scriu toate cărțile, să scriu cărțile tuturor autorilor posibili.

Dacă-mi închipui că trebuie să scriu o carte, toate problemele privind cum trebuie și cum nu trebuie să fie cartea asta mă blochează și mă împiedică să merg înainte.

Dacă, însă, mă gândesc că scriu o întreagă bibliotecă, mă simt pe neașteptate ușurat: știu că orice aș scrie va fi integrat, contrazis, cântărit, amplificat, îngropat sub sutele de volume ce-mi mai rămân de scris.

Coranul este cartea sacră despre care se știu cele mai multe amănunte privind condițiile în care a fost scrisă. Medierile între totalitate și carte erau cel puțin două: Mahomed asculta cuvântul lui Allah și-l dicta la rândul lui scribilor săi. Odată – povestesc biografii Profetului – dictându-i scribului Abdullah, Mahomed a lăsat o frază la jumătate. Scribul, instinctiv, i-a sugerat concluzia. Distrat, Profetul a acceptat drept cuvânt divin ceea ce-i spusese Abdullah. Acest fapt l-a scandalizat pe scrib, care l-a părăsit pe Profet și și-a pierdut credința.

Greșea. Organizarea frazei, în definitiv, era responsabilitatea lui; el trebuia să se îngrijească de coerența internă a limbii scrise, de gramatică și sintaxă, pentru a transmite fluiditatea unei gândiri extinse în afara oricărei limbi, înainte de a deveni cuvânt, și un cuvânt deosebit de fluid, ca cel al unui profet. Colaborarea scribului îi era necesară lui Allah, din clipa când se hotărâse să se exprime într-un text scris. Mahomed o știa și i-a lăsat scribului privilegiul cu care era investit. Și-a pierdut credința în Allah, pentru că îi lipsea credința în scris și în sine însuși ca mânuitor al scrisului.

Dacă unui necredincios i-ar fi permis să născocească variante la legendele Profetului, aș propune-o pe următoarea: Abdullah își pierde credința pentru că, scriind după dictare, îi scapă o eroare și Mahomed, deși a observat-o, decide să n-o corecteze, considerând preferabilă forma greșită. Și în acest caz Abdullah ar greși dacă s-ar scandaliza. Cuvântul, chiar și într-un *raptus* profetic, devine definitiv, adică scriere, numai pe hârtie, și nu înainte. Numai prin limitarea în cadrul actului de a scrie imensitatea non-scrisului devine lizibilă, adică prin nesiguranțele ortografiei, prin inadvertențe, lapsusuri, salturi necontrolate ale cuvântului și peniței. Altfel, ceea ce e în afara noastră nu pretinde să comunice prin cuvânt, vorbit sau scris: își trimite mesajele pe alte căi.

Iată, fluturele alb a traversat întreaga vale și, de pe cartea cititoarei, a zburat să se așeze pe hârtia pe care tocmai scriu.

Prin valea asta circulă oameni ciudați: agenți literari, așteptând noul meu roman, pentru care au încasat deja avansurile de la editori din lumea întreagă; agenți publicitari, care vor ca personajele mele să poarte diferite obiecte de îmbrăcăminte și să bea anumite sucuri de fructe; programatori electronici, care pretind că pot termina la computer romanele mele neterminate. Încerc să ies cât mai puțin posibil; evit satul; dacă vreau să mă plimb, o iau pe cărările muntelui.

Astăzi am întâlnit un grup de copii cu aer de *boy-scouts* pe jumătate exaltați și pe jumătate meticuloși, care întindeau niște bucăți de pânză pe o pajiște, formând figuri geometrice.

— Semnale pentru avioane? am întrebat.

— Pentru farfuriile zburătoare, mi-au răspuns. Suntem observatori de obiecte neidentificate. Asta e o localitate de trecere, un fel de canal aerian foarte frecventat în ultima vreme. Se crede că se datorează faptului că prin aceste părți locuiește un scriitor, iar cei de pe alte planete vor să se folosească de el pentru a comunica.

— Ce vă face să credeți asta? am întrebat.

— Faptul că de ceva vreme acest scriitor e în criză și nu mai reușește să scrie. Ziarele se întreabă care ar fi motivul. După calculele noastre, s-ar putea ca locuitorii altor lumi să-l țină în inactivitate, ca el să se dezbare de condiționările terestre și să devină receptiv.

— Dar de ce tocmai el?

— Extratereştrii nu pot spune lucrurile direct. Au nevoie să se exprime în mod indirect, figurat, de pildă prin povestiri ce provoacă emoţii insolite. Acest scriitor pare să aibă o tehnică bună şi o anume adaptabilitate la ideile noi.

— Dar i-aţi citit cărţile?

— Ceea ce a scris până acum nu interesează, în cartea pe care o va scrie când va fi ieşit din criză s-ar putea să se afle mesajul cosmic.

— Transmis cum?

— Pe cale mentală. El nici nu şi-ar da seama. Ar crede că scrie datorită talentului său; dar mesajul care vine din spaţiu, pe unde captate de creierul lui, s-ar infiltra în ceea ce scrie el.

— Şi voi aţi reuşi să decodaţi mesajul?

Nu mi-au răspuns.

Mă gândesc că aşteptarea interplanetară a acestor tineri va fi înşelată şi simt un anume regret. În fond, aş putea foarte bine să strecor în viitoarea mea carte ceva care să le poată părea revelarea unui adevăr cosmic. Deocamdată n-am nici o idee ce aş putea inventa, dar dacă mă apuc de scris o idee tot o să-mi vină.

Dar dacă e cum spun ei? Dacă, în vreme ce eu cred că mă prefac, ceea ce scriu îmi este dictat într-adevăr de extratereştri?

Degeaba aştept o revelaţie de la spaţiile siderale: romanul meu nu înaintează. Dacă dintr-o clipă într-alta aş reîncepe să umplu o pagină după alta, ar fi un semn că galaxia îmi trimite mesajele sale.

Singurul lucru pe care reuşesc să-l scriu, însă, este acest jurnal, contemplarea unei tinere femei citind o carte, care nu ştiu ce este. Oare mesajul extratereştrilor e conţinut în jurnalul meu? Sau în cartea ei?

A venit să mă vadă o fată care scrie o lucrare despre romanele mele pentru un seminar de studii universitare foarte important. Văd că opera mea îi slujește perfect să-și demonstreze teoriile, fapt pozitiv, desigur, pentru romane, sau pentru teorii, nu știu. Din felul ei foarte circumspect de a vorbi mi-am imaginat o muncă extrem de serioasă: dar cărțile mele văzute prin ochii ei mi se par de nerecunoscut. Nu mă îndoiesc că Lotaria asta (așa o cheamă) le-a citit conștiincios, dar cred că le-a citit numai ca să găsească în ele propriile ei convingeri dintotdeauna.

Am încercat să i-o spun. A replicat, puțin jignită:

— De ce? Dumneavoastră ați vrea ca eu să citesc în cărțile dumneavoastră numai convingerile dumneavoastră?

I-am răspuns:

— Nu e așa. Mă aștept ca în cărțile mele cititorii să citească ceva ce eu nu știam; dar pot să aștept asta numai de la cei care așteptau să citească ceva ce nu știau încă.

(Din fericire, o pot privi prin ochean pe cealaltă femeie care citește și mă pot convinge că nu toți cititorii sunt ca Lotaria.)

— Ceea ce vreți dumneavoastră ar fi un mod de a citi pasiv, evaziv și regresiv, a spus Lotaria. Sora mea citește așa. Văzând-o devorând un roman de Silas Flannery după altul, fără a-și pune nici o întrebare, mi-a venit ideea să iau aceste romane drept subiect al lucrării mele. Dacă vreți să știți, domnule Flannery, am citit operele dumneavoastră ca să-i demonstrez surorii mele Ludmila cum trebuie citit un autor. Fie chiar și Silas Flannery.

— Mulțumesc pentru „fie și". Dar de ce nu ați venit cu sora dumneavoastră?

— Ludmila susține că e mai bine să nu-i cunoști pe autori în persoană, căci persoana reală nu corespunde niciodată imaginii dobândite prin citirea cărților.

Aş spune că această Ludmila ar putea fi cititoarea mea ideală.

Ieri seară, intrând în birou, am văzut umbra unui necunoscut fugind pe fereastră. Am încercat să-l urmăresc, dar nu l-am mai găsit. Adesea mi se pare că aud oameni ascunşi în tufişurile din jurul casei, mai ales noaptea.

Deşi ies din casă cât mai rar cu putinţă, am impresia că cineva îmi umblă prin hârtii. De mai multe ori am descoperit că îmi dispăruseră pagini din manuscrise. Câteva zile mai târziu regăseam paginile la locul lor. Dar mi se întâmplă adesea să nu-mi mai recunosc manuscrisele, de parcă aş uita ce am scris, sau m-aş fi schimbat de la o zi la alta, neputând să mă mai recunosc în cel de ieri.

Am întrebat-o pe Lotaria dacă citise deja unele dintre cărţile mele pe care i le împrumutasem. Mi-a spus că nu, pentru că aici nu are la dispoziţie un sistem electronic de prelucrare.

Mi-a explicat că un sistem electronic programat cum se cuvine poate citi un roman în câteva minute şi poate înregistra lista tuturor cuvintelor conţinute în text, în ordinea frecvenţei.

— În acest fel, pot dispune imediat de o lectură încheiată – spune Lotaria – cu o economie de timp inestimabilă. Ce anume e lectura unui text dacă nu înregistrarea anumitor recurenţe tematice, a repetării unor forme şi semnificaţii? Lectura electronică îmi furnizează o listă a frecvenţelor; e suficient s-o parcurg pentru a-mi face o idee despre problemele oferite de carte studiului meu critic. Desigur, frecvenţele cele mai înalte sunt înregistrate de serii de articole, pronume, particule, dar nu mă opresc asupra lor. Mă fixez imediat asupra cuvintelor celor mai bogate în semnificaţii, care-mi pot da o imagine destul de precisă asupra cărţii.

Lotaria mi-a adus niște romane transcrise electronic sub formă de liste de cuvinte în ordinea frecvenței.

— Într-un roman între cincizeci de mii și o sută de mii de cuvinte - mi-a spus - vă sugerez să observați cuvintele ce revin de vreo douăzeci de ori. Priviți. Cuvinte care apar de nouăsprezece ori: centiron, comandant, dinți, faci, au, împreună, păianjen, răspunde, sânge, santinelă, tragi, imediat, te, (a) ta, văzut, viață...

— Cuvinte care apar de optsprezece ori: gata, frumos, beretă, până ce, francez, (a) mânca, mort, nou, trece, cartofi, punct, aceia, băieți, seara, merg, vine...

— Nu aveți deja o idee clară despre ce e vorba? spune Lotaria. Nu încape îndoială că e un roman de război, plin de acțiune, într-un stil sec, cu o anume încărcătură de violență. O narațiune ce rămâne la suprafață, s-ar spune; dar, ca să fim siguri, e bine întotdeauna să facem câte un sondaj în lista de cuvinte ce apar o singură dată, care își au și ele importanța lor. Iată, de pildă: fustă, (a-l) îngropa, subterane, subteran, (a o) îngropa, îngropat, subțiri, desiș, (pe sub) mână, subproletari, (sub) scară, (sub) pământ, furou...

Nu, nu e o carte numai la suprafață, cum părea. Trebuie să fie ceva ascuns; aș putea să-mi îndrept cercetările în această direcție.

Lotaria îmi arătă o altă serie de liste.

— Acesta este un roman total diferit. Se vede numaidecât. Priviți cuvintele care apar de cincizeci de ori: avut, soț, puțin, Ricardo, (al) său (51), lucru, dinainte, are, răspunse, fostă, gară (48), abia, cameră, Mario, niște, toți, dați (47), aibă, merse, (al) cui, dimineața, părea (46), trebuia (45), până, mână, auzi (43), ani, Cecina, care, Delia, mâini, fată, șase, seara (42), fereastră, putea, aproape, singură, (se) întoarse, bărbat (41), mă, voia (40), viața (39)...

Cum vi se pare? Narațiune intimistă, sentimente subtile, abia schițate, un mediu modest, viață de zi cu zi în provincie... Ca dovadă, să luăm un eșantion de cuvinte care apar o singură dată: înfrigurat, înșelată, închipuit, inginer, (a deveni) gelos, ingenuu, înghiți, înghițită, înghițea, (a) îngenunchea, jos, nedreptate, marea, îngrașă... Astfel, am recunoscut atmosfera, stările de spirit, fundalul social... Putem trece la o a treia carte: (mă) dusei, păr, cont, corp, Dumnezeu, după, bani, (mai) ales, dați (39), făină, ploaie, provizii, cineva, rațiune, seara, (a) sta, Vincenzo, vin (38), dulce, deci, picioare, moarte, (ale) sale, ouă, verde (36), (vom) avea, copii, ei, alb, cap, fac, zi, mașină, negri, chiar (și), piept, rămăsei, stă, stofe (35)...

Aici aș spune că este vorba despre o acțiune densă, sangvină, solidă, puțin bruscă, cu o senzualitate directă, fără rafinamente, de un erotism popular. Să trecem și aici la lista cuvintelor cu frecvența unu. Iată, de exemplu: verdețuri, fecioare, rușinai, rușinându-se, (a se) rușina, (să te) rușinezi, (să se) rușineze, rușinată, rușina, rușini, (ne vom) rușina, rușinezi, (mă) rușinez, (a se) verifica, vermut...[1]

Ați văzut? E vorba de un sentiment clar de vinovăție! Un indiciu prețios: cercetarea critică poate pleca de aici, propunându-și ipoteze de lucru... Ce vă spuneam? Nu e un sistem rapid și eficace?

Ideea că Lotaria îmi citește cărțile în acest fel îmi creează probleme. Acum, văd fiecare cuvânt pe care-l scriu izolat de creierul electronic, dispus în șirul frecvențelor lângă alte cuvinte, nu știu care, și mă întreb de câte ori l-am folosit; simt responsabilitatea scrierii apăsând pe

[1] Listele de cuvinte sunt luate din volumele de *Spogli elettronici dell'Italiano contemporaneo,* îngrijite de Mario Alinei, 11 Mulino, Bologna, 1973, efectuate asupra unui număr de trei romane italiene.

acele silabe izolate, încerc să-mi închipui ce concluzii pot fi trase din faptul că am folosit o dată sau de cincizeci de ori acel cuvânt. Poate ar fi mai bine să-l șterg... Dar oricare alt cuvânt cu care încerc să-l înlocuiesc mi se pare că nu rezistă probei... Poate că în loc de o carte aș putea scrie liste de cuvinte, în ordine alfabetică, o avalanșă de cuvinte izolate, în care să se exprime acel adevăr neștiut încă, și din care sistemul electronic, inversând propriul program, va scoate cartea, cartea mea.

A apărut sora acelei Lotaria care scrie o lucrare despre mine. A venit fără a-și anunța sosirea ca și cum ar fi trecut pe aici din întâmplare. A spus: – Sunt Ludmila. Am citit toate romanele dumneavoastră.

Știind că nu voia să-i cunoască personal pe autori, m-am mirat s-o văd. A spus că sora ei avea întotdeauna o viziune parțială asupra lucrurilor; din acest motiv, după ce Lotaria îi vorbise despre întâlnirile noastre, dorise să verifice personal, ca pentru a confirma existența mea, dat fiind că eu corespund modelului ei ideal de scriitor. Acest model ideal este – pentru a folosi cuvintele ei – autorul care face cărți „așa cum planta de dovleac face dovlecei“. A folosit și alte metafore din lumea proceselor naturale, care-și urmează imperturbabile cursul: vântul modelând munții, sedimentele mareelor, cercurile anuale în lemnul trunchiului; dar erau metafore ale creației literare în general, în timp ce imaginea dovleacului se referea direct la mine.

— Ești supărată pe sora dumitale? am întrebat-o, simțind în vorbele ei o intonație polemică, de persoană obișnuită să-și susțină propriile păreri în opoziție cu alții.

— Nu, pe altcineva pe care-l cunoașteți, a spus ea.

Fără prea mult efort, am reușit să arunc lumină asupra motivului real al vizitei sale. Ludmila e prietena, sau fosta prietenă a acelui traducător, Marana, pentru care literatura valorează cu atât mai mult cu cât constă din mecanisme complicate, dintr-un ansamblu de angrenaje, de artificii, de capcane.

— După dumneata, eu fac ceva diferit?

— M-am gândit întotdeauna că dumneavoastră scrieți așa cum unele animale își sapă vizuini, își construiesc furnicare sau stupi.

— Nu sunt sigur că ceea ce spui dumneata e foarte măgulitor pentru mine, am replicat, în orice caz, iată, acum mă vezi la față, sper că nu ești dezamăgită. Corespund imaginii pe care ți-o făcuseși despre Silas Flannery?

— Nu sunt dezamăgită, dimpotrivă. Dar nu pentru că dumneavoastră corespundeți unei imagini, ci pentru că sunteți o persoană absolut oarecare, cum de fapt mă așteptam.

— Romanele mele îți dau impresia unei persoane oarecare?

— Nu, vedeți... Romanele lui Silas Flannery sunt ceva atât de bine definit... par să fi existat dintotdeauna, dinainte ca dumneavoastră să le fi scris, în toate detaliile lor... Par că trec prin dumneavoastră, slujindu-se de dumneavoastră, care știți să scrieți, pentru că trebuie totuși să existe cineva care să le scrie... Aș dori să vă pot observa în timp ce scrieți, pentru a verifica dacă e chiar așa...

Simt un junghi dureros. Pentru femeia asta nu sunt altceva decât o energie grafică impersonală, gata să transporte din inexprimat în scriitură o lume imaginară, care există independent de mine. Doamne ferește să afle că nu-mi mai rămâne nimic din ce crede ea: nici energia expresivă, nici ceva de exprimat.

— Ce crezi că poți vedea? Nu pot să scriu dacă cineva se uită la mine, obiectez eu.

Îmi explică ce crede: a înțeles că adevărul literaturii constă numai din latura fizică a actului de a scrie.

„Latura fizică a actului...“ aceste cuvinte încep să se învârtească în mintea mea, asociindu-se unor imagini pe care în zadar încerc să le îndepărtez. Latura fizică a existenței - bolborosesc eu - iată, vezi, eu sunt aici, sunt un om care există, în fața dumitale, a prezenței dumitale fizice... Și o gelozie dureroasă mă cuprinde, nu față de alte persoane, ci de acel eu făcut din cerneală, puncte și virgule, care a scris romanele pe care eu nu le voi mai scrie, autorul care continuă să intre în intimitatea acestei tinere femei, în vreme ce eu, eu, aici și acum, cu energia mea fizică pe care o simt răzvrătindu-se, mult mai inepuizabilă decât elanul creator, sunt separat de ea prin imensa distanță a unei claviaturi și a unei hârtii albe pe rulou.

— Comunicarea se poate stabili la diverse nivele..., încep să-i explic, apropiindu-mă de ea cu mișcări cam precipitate, dar în mintea mea se învârtesc imagini vizuale și tactile care mă fac să elimin orice distanță și orice întârziere.

Ludmila se agită, se eliberează:

— Dar ce faceți, *mister* Flannery? Nu despre așa ceva e vorba! Vă înșelați!

Firește, aș fi putut pune mai mult stil în mișcările mele, dar acum era prea târziu ca să mai repar greșeala: nu-mi rămâne decât să joc totul pe o carte; continui să alerg după ea, în jurul biroului, proferând fraze a căror tâmpenie o recunosc, ca:

— Poate crezi că sunt prea bătrân, dar...

— E o neînțelegere, *mister* Flannery, spune Ludmila și se oprește, punând între noi dicționarul universal Webster; eu aș putea foarte bine să fac dragoste cu dumneavoastră; sunteți un domn civilizat și cu aspect plăcut. Dar asta nu ar avea nici o relevanță în problema pe care o discutam... N-ar avea nimic de-a face cu autorul Silas Flannery, ale cărui romane le citesc... Cum am mai explicat, sunteți două persoane distincte, ale căror relații se interferează... Nu mă-ndoiesc că dumneavoastră sunteți în mod concret această persoană și nu alta, oricât mi-ați părea de asemănător cu atâția bărbați pe care i-am cunoscut, dar ceea ce mă interesa era celălalt, Silas Flannery care există în operele lui Silas Flannery, independent de dumneavoastră care vă aflați aici...

Îmi șterg sudoarea de pe frunte. Mă așez. În mine a murit ceva: poate eu; poate conținutul eului. Dar, oare, nu asta voiam? Nu încercam să-mi pierd personalitatea?

Poate Marana și Ludmila au venit să-mi spună același lucru: dar nu știu dacă e o eliberare sau o condamnare. De ce vin să mă caute tocmai pe mine, în clipa când mă simt înlănțuit de mine însumi, ca într-o închisoare?

De cum a plecat Ludmila, am alergat la ochean să mă consolez uitându-mă la femeia de pe șezlong. Nu era acolo. M-a cuprins o bănuială: dacă e aceeași cu cea care a venit la mine? Poate ea e la originea tuturor problemelor mele. Poate e un complot ca să mă împiedice să scriu, din care fac parte atât Ludmila, cât și sora ei și traducătorul.

— Romanele care mă atrag cel mai mult, a spus Ludmila, sunt cele care creează o iluzie de transparență în jurul unui nod de relații umane, extrem de întunecat, crud și pervers.

Nu înțeleg dacă a spus-o pentru a explica ce o atrage la romanele mele, sau ceea ce ar vrea să găsească în romanele mele și nu găsește.

Nemulțumirea mi se pare trăsătura caracteristică a Ludmilei: de la o zi la alta, preferințele ei se schimbă, iar astăzi corespund doar propriei ei neliniști. (Revenind să mă vadă, însă, poate pare să fi uitat tot ce se întâmplase ieri.)

— Pot observa prin ochean o femeie care citește pe o terasă în fundul văii, i-am povestit. Mă întreb dacă volumele pe care le citește sunt liniștitoare sau alarmante.

— Cum vă pare femeia? Liniștită sau alarmată?

— Liniștită.

— Atunci citește cărți alarmante.

I-am povestit Ludmilei ideile stranii pe care le am despre manuscrisele mele: că dispar, reapar, nu mai sunt la fel ca înainte. Mi-a spus să fiu foarte atent: există un complot al apocrifilor care-și întinde pretutindeni ramificațiile. Am întrebat-o dacă în fruntea complotului se află fostul ei prieten.

— Comploturile scapă întotdeauna din mâna șefilor lor, a răspuns, evazivă.

Apocrif (din grecește *apokryphos,* ascuns, secret): 1. la origine despre „cărțile secrete" ale sectelor religioase; mai târziu, despre textele nerecunoscute drept canonice, în religiile care au stabilit un canon al scripturilor revelate; 2. despre un text în mod fals atribuit unei epoci sau unui autor.

Asta spun dicționarele. Poate vocația mea adevărată era de autor de apocrife, în diferitele sensuri ale termenului: a scrie înseamnă întotdeauna a ascunde ceva ce va fi descoperit mai târziu. Adevărul, ce poate ieși de sub pana mea, e ca o așchie sărită dintr-o stâncă, aruncată printr-o izbire violentă și proiectată departe, căci nu există certitudine în afara falsificării.

Aș vrea să-l găsesc pe Ermes Marana și să-i propun să ne unim și să inundăm lumea cu lucrări apocrife. Oare unde este Marana acum? S-a întors în Japonia? Încerc s-o fac pe Ludmila să vorbească despre el, sperând să-mi spună ceva precis. După părerea ei, pentru a-și desfășura activitatea, falsificatorul trebuie să se ascundă în locuri unde romancierii sunt numeroși și fecunzi, încât să-și poată camufla manipulațiile, combinându-le cu o producție riguroasă de materie primă autentică.

— Atunci s-a întors în Japonia?

Dar Ludmila pare să ignore orice conexiune între Japonia și insula acela. Ea situează baza secretă a mașinațiilor infidelului traducător în cu totul altă parte a globului. Conform ultimelor lui mesaje, Ermes și-ar fi pierdut urma în apropierea Anzilor Cordilieri. Pe Ludmila, însă, o interesează un singur lucru: ca el să fie departe. Se refugiase în munții aceștia pentru a fugi de el; fiind sigură acum că nu-l poate întâlni, se va întoarce acasă.

— Vrei să spui că te pregătești de plecare? o întreb.

— Mâine dimineață, mă anunță ea.

Vestea mă întristează foarte mult. Pe neașteptate, mă simt singur.

Am vorbit din nou cu observatorii de farfurii zburătoare. De data asta au venit ei să mă caute, ca să controleze dacă nu cumva scrisesem cartea dictată de extratereștri.

— Nu, dar știu unde poate fi găsită cartea asta, am spus, apropiindu-mă de ochean. De la o vreme îmi venise ideea că volumul interplanetar ar putea fi cel citit de femeia de pe șezlong.

Femeia nu se afla pe terasă. Dezamăgit, am orientat ocheanul în jurul văii, când am văzut, așezat pe un colț de stâncă, un bărbat în haine de oraș, cufundat în citirea unei cărți. Coincidența se petrecea la un moment atât de potrivit, încât nu era greu să cred într-o intervenție extraterestră.

— Iată cartea pe care o căutați, le-am spus tinerilor, oferindu-le ocheanul îndreptat asupra necunoscutului.

Unul câte unul și-au apropiat ochiul de lentilă, apoi s-au privit unii pe alții, mi-au mulțumit și au plecat.

A venit să mă vadă un Cititor, ca să-mi supună o problemă ce-l preocupă: a găsit două exemplare din cartea mea, *Într-o rețea de linii ce* etc., cu coperte identice, dar conținând două romane diferite. Unul e povestea unui profesor care nu suportă țârâitul telefonului, celălalt e povestea unui miliardar care colecționează caleidoscoape. Din păcate, nu-mi putea povesti mai mult, nici nu-mi putea arăta volumele, căci înainte de a le putea sfârși îi fuseseră furate amândouă, al doilea la mai puțin de un kilometru de aici.

Era încă tulburat de acest episod straniu; mi-a povestit că, înainte de a se prezenta la domiciliul meu, voia să fie sigur să eram acasă și, în același timp, voia să continue lectura cărții, pentru a putea vorbi despre ea în cunoștință de cauză; se așezase, prin urmare, cu cartea în mână, pe marginea unei stânci, ca să-mi poată observa vila. La un moment dat se trezise înconjurat de o trupă de dementi care se aruncaseră asupra cărții lui. În jurul cărții, nebunii improvizaseră un fel de ritual, unul dintre ei ținând-o ridicată și ceilalți contemplând-o cu o profundă devoțiune. Nepăsători la protestele lui, se îndepărtaseră în pădure în fugă, ducând volumul cu ei.

— Văile astea mișună de indivizi ciudați, i-am spus, încercând să-l liniștesc. Nu vă mai gândiți la cartea aceea, domnul meu; nu ați pierdut nimic important: era un fals, produs în Japonia. Pentru a profita de succesul romanelor mele în lumea întreagă, o întreprindere japoneză lipsită de scrupule difuzează cărți cu numele meu pe copertă: în realitate, sunt plagiate după autori japonezi puțin cunoscuți care, neavând succes, au sfârșit la coșul de gunoi. După multe cercetări am reușit să demasc această escrocherie, ale cărei victime suntem atât eu, cât și autorii plagiați.

— Romanul pe care-l citeam nu mi-a displăcut deloc, mărturisește Cititorul, și regret că nu pot urmări povestea până la sfârșit.

— Dacă asta e totul, vă pot dezvălui sursa: e vorba de un roman japonez, sumar adaptat, cu numele de personaje și locuri occidentalizate: *Pe covorul de frunze luminate de lună* de Takakumi Ikoka, autor de altfel mai mult decât respectabil. Vă pot da o traducere engleză, pentru a vă despăgubi pentru pierderea suferită.

Am luat volumul care se afla pe masă și i l-am dat, după ce l-am pus într-un plic, ca să nu fie tentat să-l răsfoiască și să-și dea imediat seama că nu avea nimic comun cu *Într-o rețea de linii ce se intersectează* și nici cu vreun alt roman al meu, apocrif sau autentic.

— Știam că circulă false scrieri Flannery, a spus Cititorul, și eram convins că măcar unul din cele două era fals. Dar ce-mi puteți spune despre celălalt?

Poate nu era prudent să-l pun la curent cu problemele mele; am căutat să scap cu o formulă:

— Singurele cărți pe care le recunosc ca fiind ale mele sunt cele pe care le voi scrie de acum înainte.

Cititorul s-a limitat să schițeze un fel de surâs condescendent, apoi a redevenit serios și a spus:

— Mister Flannery, știu cine e în spatele poveștii: nu sunt japonezii; e un anume Ermes Marana, care a instigat totul din gelozie față de o tânără pe care dumneavoastră o cunoașteți, Ludmila Vipiteno.

— Atunci de ce ați venit la mine? am replicat. Mergeți la domnul acela și întrebați-l pe el cum stau lucrurile.

M-a cuprins bănuiala că între Cititor și Ludmila ar exista o legătură, și asta a fost suficient ca vocea mea să aibă un ton ostil.

— Nu-mi mai rămâne altceva de făcut, a fost de acord Cititorul. Tocmai s-a ivit ocazia să fac o călătorie de serviciu prin părțile unde se află el, în America de Sud, și voi profita să-l caut.

Nu aveam de ce să-l informez că, după câte știu, Ermes Marana lucrează pentru japonezi și are centrala apocrifelor sale în Japonia. Important pentru mine e ca acest inoportun să se îndepărteze cât mai repede cu putință de Ludmila: l-am încurajat, așadar, să întreprindă călătoria și să facă cercetări minuțioase până ce-l va găsi pe traducătorul fantomă.

Pe Cititor îl sâcâie niște coincidențe misterioase. Mi-a povestit că, de o bucată de vreme, din cele mai variate motive, i se-ntâmplă să întrerupă lectura romanelor după câteva pagini.

— Poate vă plictisesc, i-am spus eu, înclinat ca de obicei spre pesimism.

— Dimpotrivă, sunt constrâns să întrerup lectura tocmai când devine mai pasionantă. Abia aștept s-o reiau, dar când deschid cartea pe care cred că am început-o, mă trezesc în fața cu o carte complet diferită.

— ...care în schimb e extrem de plicticoasă..., insinuez eu.

— Nu, și mai pasionantă. Dar nici pe asta nu reușesc s-o termin. Și așa mai departe.

— Cazul dumneavoastră îmi dă încă speranțe, i-am spus eu. Mie mi se-ntâmplă tot mai des să iau în mână un roman abia apărut și să mă trezesc citind aceeași carte pe care am citit-o de o sută de ori.

Am reflectat asupra ultimei mele întâlniri cu acel Cititor. Poate intensitatea lecturii sale e atât de mare încât aspiră toată substanța romanului la început, nemairămânând nimic pentru cele ce urmează. Mie mi se-ntâmplă asta când scriu: de la o vreme, orice roman pe care încep să-l scriu se epuizează puțin după început, de parcă aș fi spus deja tot ce aveam de spus.

Mi-a venit ideea să scriu un roman făcut doar din începuturi de romane. Protagonistul ar putea fi un Cititor întrerupt mereu în lectura sa. Cititorul cumpără noul roman *A* al autorului Z. Dar e un exemplar defect, și nu reușește să treacă de început... Se întoarce la librărie ca să-și schimbe volumul...

L-aș putea scrie la persoana a doua: tu, Cititorul... Aș putea să introduc și o Cititoare, un traducător falsificator, un bătrân scriitor care are un jurnal ca jurnalul acesta...

Dar n-aș vrea ca, pentru a scăpa de Falsificator, Cititoarea să sfârșească în brațele Cititorului, îl voi face pe Cititor să plece pe urmele Falsificatorului, ascuns într-o țară oarecare, foarte îndepărtată, astfel încât Scriitorul să poată rămâne singur cu Cititoarea.

Sigur, fără un personaj feminin, călătoria Cititorului și-ar pierde vioiciunea: trebuie să întâlnească altă femeie în drumul său. Cititoarea ar putea avea o soră...

Într-adevăr, se pare că Cititorul e gata de plecare. Va duce cu sine *Pe covorul de frunze luminate de lună* de Takakumi Ikoka, ca să-l citească în timpul călătoriei.

Pe covorul de frunze luminate de lună

Frunzele de ginkgo-biloba cădeau ca o ploaie măruntă de pe crengi și punctau cu galben pajiștea. Eu mă plimbam cu domnul Okeda pe cărarea de pietre netede. Am spus că aș fi vrut să separ perceperea fiecărei frunze de ginkgo de perceperea tuturor celorlalte, dar mă întrebam dacă ar fi fost cu putință. Domnul Okeda a spus că era posibil. Premisele de la care plecam, pe care domnul Okeda le găsea bine întemeiate, erau următoarele. Dacă din copacul de ginkgo-biloba cade o singură frunzuliță galbenă și se așază pe pajiște, privind-o percepi o singură frunzuliță galbenă. Dacă două frunzulițe cad din copac, ochiul urmărește rotirea lor în aer, apropiindu-se și îndepărtându-se pe iarbă, una aici, una mai departe. La fel cu trei, patru și chiar cinci frunze; crescând numărul frunzelor ce se rotesc în aer, efectele corespunzătoare fiecăreia dintre ele se însumează, creând o percepere complexă, de ploaie liniștită, și – dacă o boare de vânt le întârzie coborârea – de aripi suspendate în aer; apoi, când privirea coboară pe pajiște, de mici pete luminoase risipite ici și colo. Acum, eu, fără a pierde nimic din aceste percepții complexe plăcute, aș fi dorit să mențin distinctă, neconfundată cu celelalte, imaginea individuală a fiecărei frunze, din momentul când intră în câmpul meu vizual și să-i urmăresc dansul aerian și așezarea pe firele de iarbă. Aprobarea domnului Okeda mă încuraja să perseverez în această intenție. Poate – am adăugat, contemplând forma frunzelor de ginkgo, ca un mic evantai galben cu marginea festonată – aş reuşi să menţin distinctă în perceperea fiecărei frunze perceperea fiecărui lob al frunzei. Domnul Okeda nu şi-a spus părerea; şi altădată tăcerea lui îmi slujise drept avertisment să nu mă las pradă unor conjuncturi pripite, omiţând o serie de etape încă nesupuse verificării. Păstrând ca pe o comoară această lecţie, am început să-mi concentrez atenţia, pentru a culege senzaţiile cele mai mărunte în clipa conturării lor, când sunt încă precise şi necombinate într-un mănunchi de impresii difuze.

Makiko, fiica cea mai mică a domnului Okeda, a venit să servească ceaiul, cu mişcările ei plăcute şi graţia ei copilărească. Când s-a aplecat, am văzut pe ceafă, sub părul strâns în vârful capului, un puf negru, ce părea să continue de-a lungul şirei spinării. Eram concentrat s-o privesc, când am simţit pupila imobilă a domnului Okeda scrutându-mă. Înţelesese, fără îndoială, că-mi exercitam capacitatea de a izola percepţiile asupra pufului de pe ceafa fiicei lui. Nu mi-am desprins privirea, fie pentru că impresia pufului moale pe pielea albă pusese total stăpânire pe mine, fie pentru că domnului Okeda i-ar fi fost uşor să-mi atragă atenţia spre altceva, printr-o frază oarecare, dar n-a făcut-o. De altfel, Makiko a terminat repede de servit ceaiul şi s-a ridicat. M-am uitat fix la aluniţa pe care o avea pe buză, în partea stângă; mi-a produs o senzaţie asemănătoare cu cea dinainte, dar mai atenuată. Makiko m-a privit tulburată, apoi a lăsat ochii în jos. După-masă a fost o clipă pe care nu o voi uita prea uşor, deşi îmi dau seama că, povestind-o, pare ceva neimportant. Ne plimbam pe malul micului lac dinspre nord, cu doamna Miyagi şi Makiko. Domnul Okeda umbla înainte, singur, sprijinindu-se într-un baston lung de lemn de paltin. În mijlocul lacului se deschiseseră două flori cărnoase de nufăr, din cele care înfloresc toamna, iar doamna Miyagi și-a exprimat dorința să le culeagă, una pentru ea, una pentru fiica ei. Doamna Miyagi avea obișnuita ei expresie supărată și puțin obosită, pe un fond de încăpățânare gravă, care mă făcea să bănuiesc că în lunga istorie a proastelor relații cu soțul ei, despre care se șopteau atâtea, ea nu era numai victima; într-adevăr, între detașarea înghețată a domnului Okeda și hotărârea ei încăpățânată nu știu cine era câștigătorul. Cât despre Makiko, avea tot aerul vesel și distrat pe care unii copii, crescuți în mijlocul neînțelegerilor dintre părinți, îl opun mediului, ca o pavăză; ea și-l purtase cu sine, crescând, iar acum îl opunea lumii străinilor, ascunzându-se parcă în spatele unei voioșii nematurizate și trecătoare.

Îngenunchind pe un bolovan de pe mal, m-am întins să apuc creanga cea mai apropiată de nufărul plutitor și l-am tras ușor, atent să nu-l rup, ca întreaga plantă să alunece spre mal. Doamna Miyagi și fiica ei au îngenuncheat și ele și au întins mâinile spre apă, gata să apuce florile, când aveau să ajungă la distanța potrivită. Malul lacului era jos și în pantă; pentru a se întinde fără prea multe riscuri, cele două femei stăteau în spatele meu, întinzând brațele, una de o parte, alta de alta. La un moment dat, am simțit un contact într-un punct precis, între braț și spinare, la înălțimea primelor coaste; ba chiar două contacte diferite, la stânga și la dreapta. De partea domnișoarei Makiko era o extremitate întinsă și pulsând parcă, în vreme ce în partea doamnei Miyagi o presiune insinuantă, alunecoasă. Am înțeles că printr-un rar concurs de împrejurări mă atinsese în aceeași clipă sfârcul stâng al fiicei și cel drept al mamei, și trebuia să-mi adun toate puterile să nu pierd contactul minunat și să apreciez cele două senzații simultane, distingându-le și comparându-le.

— Îndepărtaţi frunzele, spuse domnul Okeda, şi tulpina florilor se va apleca spre mâinile voastre.

Era în picioare, în spatele grupului nostru de trei, întinşi deasupra nuferilor. Avea în mână bastonul lung cu care i-ar fi fost uşor să aducă la mal planta acvatică; în schimb, le-a sfătuit pe cele două femei să continue acea mişcare ce prelungea presiunea trupurilor lor asupra trupului meu.

Cei doi nuferi aproape atinseseră mâinile lui Miyagi şi Makiko. Mi-am făcut rapid socoteala că în clipa când aveam să smulg floarea aş fi putut, ridicând cotul drept şi apropiindu-l imediat de şold, să strâng sub braţ sânul mic şi tare al lui Makiko. Dar triumful capturii nuferilor a tulburat ordinea mişcărilor noastre, astfel încât braţul meu drept s-a închis în gol, în timp ce mâna mea stângă, dând drumul crengii, a căzut în jos şi a nimerit în poala doamnei Miyagi, care părea dispusă s-o primească şi chiar s-o ţină acolo, cu o tresărire comunicată întregii mele fiinţe. În clipa asta s-a întâmplat ceva ce avea să aibă consecinţe incalculabile în viitor, cum voi spune mai departe.

Trecând din nou pe sub ginkgo, i-am spus domnului Okeda că, în contemplarea ploii de frunze, fundamentală nu era atât perceperea fiecărei frunze, cât distanţa dintre ele, aerul gol ce le separă. Credeam că am înţeles că absenţa senzaţiilor pe o mare porţiune a câmpului perceptiv e condiţia necesară ca sensibilitatea să se concentreze şi temporal, aşa cum în muzică tăcerea din fundal e necesară, ca din ea să se desprindă notele.

Domnul Okeda a spus că în senzaţiile tactile asta era fără îndoială adevărat: am rămas extrem de uimit de răspunsul său, căci mă gândeam într-adevăr la contactul trupurilor fiicei şi soţiei sale, atunci când îi comunicam observaţiile mele despre frunze. Domnul Okeda a continuat să vorbească despre senzaţii tactile cu perfectă naturaleţe, de parcă era subînţeles că spusele mele n-ar fi avut alt subiect.

Pentru a îndrepta conversația spre alt teren, am încercat să fac o comparație cu lectura unui roman, în care curgerea liniștită a narațiunii, pe un ton egal, slujește la scoaterea în evidență a senzațiilor subtile și precise asupra cărora vrem să atragem atenția cititorului; dar, în cazul romanului, trebuie ținut seama de faptul că în succesiunea frazelor apare de fiecare dată o singură senzație, fie individuală, fie complexă, în timp ce amplitudinea câmpului vizual și a celui auditiv permit înregistrarea simultană a unui ansamblu mult mai bogat și complex. Receptivitatea cititorului față de ansamblul de senzații pe care romanul vrea să le comunice e foarte redusă, în primul rând din cauză că lectura, adesea grăbită și neatentă, nu surprinde sau trece cu vederea un număr de semnale și intenții efectiv conținute în text, în al doilea rând din cauză că întotdeauna ceva esențial rămâne în afara frazei scrise; de fapt, lucrurile nespuse în roman sunt în mod necesar mai numeroase decât cele spuse și doar o anume reverberație a ceea ce este scris poate da iluzia că citim ceea ce nu este scris. Auzind speculațiile mele, domnul Okeda a rămas tăcut, cum face întotdeauna când mi se-ntâmplă să vorbesc prea mult și nu mai știu cum să ies dintr-un raționament încurcat.

În zilele următoare, mi s-a întâmplat să mă aflu foarte des singur acasă cu cele două femei, căci domnul Okeda se hotărâse să întreprindă personal la bibliotecă cercetările care până acum fuseseră obligația mea principală, preferând ca eu să fac ordine în fișierul monumental din biroul lui. Mi-era frică, pe bună dreptate, că domnul Okeda aflase de întrevederile mele cu profesorul Kawasaki și intuise intenția mea de a mă desprinde de școala lui, pentru a mă apropia de medii academice care să-mi fi garantat o perspectivă de viitor. Firește, a rămâne prea mult timp sub tutela intelectuală a domnului Okeda îmi dăuna: o simţeam din comentariile sarcastice ale asistenţilor profesorului Kawasaki la adresa mea, căci lor nu li se interziceau relaţiile cu alte şcoli de gândire, cum se-ntâmpla cu colegii mei de curs. Nu încăpea îndoială că domnul Okeda voia să mă ţină toată ziua acasă pentru a mă împiedica să-mi iau zborul şi pentru a-mi controla independenţa de gândire, cum făcuse cu alţi elevi ai săi, obligaţi acum să se supravegheze şi să se denunţe reciproc la cea mai mică deviere de la supunerea absolută faţă de autoritatea maestrului. Era necesar să mă decid cât mai curând să plec de la domnul Okeda; dacă amânam, era numai pentru că dimineţile la el acasă, în timp ce el nu era acolo, îmi provocau o stare de exaltare plăcută, deşi prea puţin profitabilă lucrului.

De fapt, la lucru eram adesea distrat; căutam orice pretext să merg în celelalte camere, unde aş fi putut s-o întâlnesc pe Makiko, s-o surprind în intimitatea ei în diferitele momente ale zilei. Dar mai adesea o întâlneam pe doamna Miyagi şi discutam cu ea, poate şi pentru că ocaziile de a conversa cu mama – chiar de a glumi, deşi cu o doză de amărăciune – se prezentau mai uşor decât cu fiica.

Seara, la cină, în jurul mâncării aburinde de *sukiyaki*, domnul Okeda ne scruta chipurile, de parcă acolo ar fi fost scrise tainele zilei, reţeaua de dorinţe distincte, dar legate între ele, în care mă simţeam învăluit şi de care n-aş fi vrut să mă eliberez fără a mi le fi satisfăcut una câte una. Amânam, astfel, de la o săptămână la alta, hotărârea de a pleca de la el, de a renunţa la munca prost plătită şi fără perspective de carieră; dar înţelesesem că domnul Okeda strângea tot mai mult plasa în care mă aflam.

Era o toamnă senină; apropiindu-se luna plină de noiembrie, discutam într-o după-amiază cu Makiko despre locul cel mai potrivit pentru a observa luna printre ramurile copacilor. Eu susţineam că în stratul de flori de lângă ginkgo, pe covorul de frunze căzute, luna ar fi aruncat o luminozitate deosebită. Spusele mele urmăreau o intenţie precisă: să-i propun lui Makiko să ne întâlnim sub ginkgo în noaptea aceea. Fata a replicat că era de preferat micul lac, căci toamna, când e rece şi uscat, luna se oglindeşte în apă cu contururi mai clare decât vara, când este învăluită adesea într-un abur.

— De acord, m-am grăbit să spun, abia aştept să fiu cu tine pe mal la răsăritul lunii. Cu atât mai mult, am adăugat, cu cât lacul îmi trezeşte senzaţii plăcute.

Poate că pronunţând fraza aceea, contactul sânului lui Makiko mi s-a prezentat prea viu în memorie, iar vocea mea a trădat o tulburare şi a alarmat-o. Fapt e că Makiko şi-a încruntat sprâncenele şi a rămas o clipă tăcută. Pentru a risipi această jenă, care nu voiam să-mi întrerupă visele de iubire, mi-a scăpat o mişcare nepotrivită a gurii: am strâns din dinţi, de parcă aş fi muşcat ceva. Instinctiv, Makiko s-a tras îndărăt, cu o expresie îndurerată, de parcă cineva ar fi muşcat-o cu adevărat într-un loc sensibil. Şi-a revenit imediat şi a ieşit din cameră. M-am luat după ea.

Doamna Miyagi era în camera alăturată, aşezată pe jos pe o rogojină, ocupată să aranjeze flori şi crengi de toamnă într-un vas. Avansând ca un somnabul, am ajuns fără să-mi dau seama lângă ea, ghemuită la picioarele mele şi m-am oprit la timp ca să n-o calc şi să nu răstorn crengile, lovindu-le cu picioarele. Plecarea lui Makiko trezise dintr-odată în mine o agitaţie care nu-i scăpase, probabil, doamnei Miyagi, dat fiind că paşii mei neatenţi mă purtaseră astfel până lângă ea. Oricum, fără a ridica privirea, doamna m-a ameninţat cu floarea de camelie pe care o aşeza în vas, de parcă ar fi vrut să mă lovească, sau să respingă partea din mine aplecată asupra ei, sau chiar să mă îmboldească cu o biciuire-mângâiere jucăușă, provocatoare. Mi-am lăsat mâinile în jos, încercând să feresc aranjamentul frunzelor și al florilor; între timp, și ea mânuia crengile, întinsă înainte; s-a întâmplat că în aceeași clipă mâna mea a nimerit între chimono și pielea doamnei Miyagi, strângând un sân neted și călduț, de formă alungită, în timp ce mâna doamnei, dintre crengile de *keiaki*, îmi apucase mădularul și-l ținea cu îndrăzneală, scoțându-l din haine, de parcă ar fi întreprins o operație de desfrunzire. Ceea ce-mi suscita interesul, în sânul doamnei Miyagi, era coroana de papile în relief, cu granulație densă sau măruntă, răspândită pe o arie destul de mare, mai dese pe margini, dar ajungând până la sfârc. Papilele controlau probabil senzații mai mult sau mai puțin acute în receptivitatea doamnei Miyagi, fenomen pe care l-am putut verifica foarte ușor, supunându-le la ușoare presiuni cât mai localizate, la intervale de circa o secundă, și confruntându-le reacțiile directe în sfârc și indirecte în comportamentul general al doamnei, ca și în reacțiile mele, dat fiind că o anume reciprocitate se stabilise în mod evident între sensibilitatea ei și a mea. Întreprindeam delicata recunoaștere tactilă cu buricul degetelor, dar și planând mădularul meu peste sânul ei, într-o mângâiere razantă și rotită, dat fiind că poziția în care ajunseserăm să ne aflăm favoriza întâlnirea acestor zone diverse, iar ea părea să accepte, să ajute și să ghideze, autoritară, aceste mișcări. S-ar putea ca și pielea mea să prezinte, de-a lungul mădularului, mai ales pe partea protuberantă de la vârf, puncte și zone mai sensibile: de la extrem de plăcut, la agreabil, la provocator de mâncărimi, la dureros, ca și puncte și zone obosite și surde. Întâlnirea fortuită sau calculată a diferitelor terminații sensibile sau hipersensibile, ale mele și ale ei, producea o gamă de reacții diferite, a căror inventariere se anunța laborioasă pentru amândoi.

Eram ocupați cu aceste exerciții când, prin deschiderea ușii glisante, a apărut figura lui Makiko. Fata, evident, așteptase s-o urmez, iar acum venea să vadă ce obstacol mă reținuse. Și-a dat seama imediat și a dispărut, dar nu destul de repede încât să nu observ că era ceva schimbat în îmbrăcămintea ei: își înlocuise tricoul lipit pe trup cu un halat de mătase, care părea făcut anume ca să nu se închidă, să se desfacă sub presiunea ce înflorea înăuntrul său, să alunece pe pielea ei netedă la primul asalt al dorinței de contact, pe care tocmai pielea ei netedă nu se putea să n-o provoace.

— Makiko! am strigat, căci voiam să-i explic (dar de fapt nu aș fi știut de unde să încep) că poziția în care mă surprinsese cu mama ei se datora numai unui concurs de împrejurări care mă abătuse pe căi contrare dorinței mele, dorință îndreptată fără echivoc spre ea, Makiko. Dorință agravată acum de haina de mătase desfăcută sau așteptând să fie desfăcută, ca o ofrandă explicită; așa încât, apariția lui Makiko în fața mea și atingerea doamnei Miyagi pe piele m-au făcut să fiu aproape copleșit de voluptate.

Doamna Miyagi trebuie că-și dăduse seama, căci agățându-se de umerii mei m-a târât cu ea pe rogojină și, cu tresăriri iuți ale întregii ei ființe, și-a strecurat sexul ei umed și primitor sub al meu, care a fost înghițit fără greutate ca de o ventuză, în timp ce picioarele ei slabe și goale îmi încingeau șoldurile. Doamna Miyagi era de o agilitate extraordinară: picioarele ei, în șosete albe de bumbac, se încrucișau pe osul meu sacral, strângându-mă ca într-o chingă.

Apelul meu către Makiko nu rămăsese neascultat, în spatele panoului de hârtie al ușii glisante se desena silueta fetei, îngenuncheată pe rogojină, întinzând capul prin ușă, gâfâind, deschizând buzele, căscând ochii, în timp ce urmărea tresăririle mamei sale și ale mele cu interes și dezgust. Dar nu era singură: de dincolo de coridor, în deschizătura altei uși, o siluetă de bărbat stătea imobilă. Nu știu de câtă vreme era domnul Okeda acolo. Privea fix, nu la soția lui și la mine, ci la fiica lui care ne privea. În pupila lui rece, în cuta fermă a buzelor sale se oglindea spasmul doamnei Miyagi, reflectat în privirea fiicei sale.

A văzut că-l priveam. Nu s-a mișcat. Am înțeles în clipa aceea că nu avea să mă întrerupă, nici nu avea să mă gonească din casă, că nu avea să amintească niciodată de acest episod, nici de altele care s-ar fi putut întâmpla și repeta; am înțeles că această conivență nu avea să-mi dea nici o putere asupra lui și nici nu avea să-mi ușureze supunerea față de el. Era un secret care mă lega de el, dar nu-l lega pe el de mine: nu aș fi putut dezvălui nimănui ceea ce privea el, fără să admit o complicitate necuviincioasă.

Ce mai puteam face? Eram sortit să mă afund mereu mai mult într-un ghem de echivocuri, căci acum Makiko mă considera unul dintre numeroșii amanți ai mamei ei, iar Miyagi știa că n-aveam ochi decât pentru fiica ei; amândouă aveau să mă facă să plătesc scump, în timp ce bârfele mediului academic, răspândite rapid, alimentate de răutatea colegilor mei, gata să servească și în acest fel calculelor maestrului, ar fi aruncat o lumină calomnioasă asupra rămânerii mele în casa Okeda, discreditându-mă în ochii profesorilor universitari pe care contam ca să-mi schimb situația.

Oricât de îngrijorat eram de aceste circumstanțe, reușeam să mă concentrez și să separ senzația generică a sexului meu strâns de sexul doamnei Miyagi în senzațiile parțiale ale punctelor individuale, supuse când presiunii mișcării mele alunecătoare, când contracțiilor ei convulsive. Această concentrare mă ajuta mai ales să prelungesc starea necesară observației înseși, întârziind precipitarea crizei finale, prin scoaterea în evidență a unor momente de insensibilitate sau sensibilitate parțială, care la rândul lor puneau în valoare ivirea bruscă de insistențe senzuale, distribuite în manieră imprevizibilă în spațiu și timp. – Makiko! Makiko! – gemeam eu în urechea doamnei Miyagi, asociind spasmodic acele clipe de hipersensibilitate cu imaginea fiicei sale și gama de senzații incomparabil diferite pe care îmi imaginam că ea le putea trezi în mine. Pentru a menține un control asupra reacțiilor mele, mă gândeam la descrierea pe care aveam s-o fac în aceeași seară domnului Okeda: ploaia de frunze de ginkgo se caracterizează prin faptul că, în orice moment, fiecare frunză căzând se află la o înălțime diferită de celelalte, așa încât spațiul gol și insensibil în care se situează senzațiile vizuale poate fi subîmpărțit într-o succesiune de nivele; în fiecare dintre ele se află plutind o frunză și numai una.

9

Îți prinzi centura de siguranță. Avionul aterizează. Zborul e contrariul călătoriei: traversezi o discontinuitate a spațiului, dispari în gol, accepți să nu fii în nici un loc pentru o durată care e un fel de gol în timp; apoi reapari, într-un loc și într-un moment fără legătură cu „unde“ și „când“ al momentului în care ai dispărut. Ce faci între timp? Cum îți ocupi absența din lume și a lumii din tine? Citești; nu-ți desprinzi ochii de pe carte, de la un aeroport la altul, căci dincolo de pagină e golul, anonimatul escalelor aeriene, al uterului metalic care te conține și te hrănește, al mulțimii trecătoare, mereu alta și mereu la fel. Mai bine concentrează-te asupra celeilalte atracții a parcursului, îndeplinită prin uniformitatea anonimă a caracterelor tipografice: puterea de evocare a cuvintelor te convinge, și aici, că survolezi ceva și nu neantul. Îți dai seama că e necesară o doză bună de inconștiență când te încrezi în mecanisme nesigure, aproximativ dirijate; sau poate asta dovedește o tendință nestăpânită de pasivitate, regres, dependență infantilă. (Te gândești, oare, la călătoria aeriană sau la lectură?)

Aparatul aterizează: n-ai reușit să termini romanul *Pe covorul de frunze luminate de lună* de Takakumi Ikoka. Continui să citești coborând scara avionului, în autobuzul care traversează pista de zbor, stând la coadă la controlul pașapoartelor și la vamă. Avansezi ținând cartea deschisă în fața ochilor, când cineva ți-o smulge din mână și, ca la o ridicare de cortină, vezi înșirați în fața ta polițiști împopoțonați cu banduliere de piele, zdrăngănindu-și armele automate, poleiți cu vulturi și epoleți.

— Dar cartea mea..., scâncești, întinzând cu un gest de copil o mână neînarmată spre bariera autoritară de nasturi strălucitori și guri de foc.

— Confiscată, domnule. Cartea asta nu poate intra în Ataguitania. E o carte interzisă.

— Cum se poate...? O carte despre frunzele de toamnă...? Dar cu ce drept...?

— E pe lista cărților care trebuie confiscate. Asta este legea noastră. Vreți să ne învățați pe noi?

Rapid, de la un cuvânt la altul, de la o silabă la alta. Tonul devine din sec brusc, din brusc intimidant, din intimidant amenințător.

— Dar eu... Mai aveam foarte puțin ca s-o termin...

— Las-o baltă, șoptește o voce în spatele tău. Nu te pune cu ăștia. Nu-ți face griji pentru carte, am și eu un exemplar, vorbim mai târziu...

E o călătoare sigură pe ea, o lungană în pantaloni, cu ochelari, încărcată cu pachete, care trece prin toate controalele cu aerul cuiva obișnuit cu asta. O cunoști? Chiar dacă ți se pare cunoscută, prefă-te că nu știi nimic: sigur că nu vrea să fie văzută vorbind cu tine. Ți-a făcut semn s-o urmezi: n-o pierde din vedere. Ieșind din aeroport, se urcă într-un taxi și-ți face semn să iei taxiul următor. În câmp deschis, taxiul ei se oprește, ea coboară cu toate pachetele și se urcă în taxiul tău. Dacă n-ar avea părul foarte scurt și ochelari enormi ai spune că seamănă cu Lotaria. Încerci să spui:

— Dar tu ești...?

— Corinna, spune-mi Corinna.

După ce a scotocit prin genţile ei, Corinna scoate un volum și ți-l dă.

— Dar nu e asta, spui tu, văzând pe copertă un titlu și un nume de autor necunoscute. *În jurul unei gropi goale* de Calixto Bandera. Cartea pe care mi-au sechestrat-o e de Ikoka!

— Asta ți-am și dat. În Ataguitania, cărțile pot circula numai cu coperte false.

În timp ce taxiul pătrunde cu toată viteza într-o periferie prăfuită, nu poți rezista tentației de a deschide cartea ca să verifici dacă fata ți-a spus adevărul. Da' de unde. E o carte pe care o vezi pentru prima oară și nu are deloc aerul unui roman japonez: începe cu un bărbat care călărește pe un platou, printre agave, și vede zburând păsări de pradă numite *zopilotes*.

— Dacă e falsă coperta, observi tu, și textul o fi fals.

— La ce te aștepți? spune Corinna. Odată început, procesul de falsificare nu mai poate fi oprit. Ne aflăm într-o țară în care tot ce poate fi falsificat a fost falsificat: tablourile din muzee, lingourile de aur, biletele de autobuz. Contrarevoluția și revoluția se luptă între ele, falsificând totul; rezultatul e că nimeni nu mai poate fi sigur de ceea ce e adevărat și de ceea ce e fals, poliția politică simulează acțiuni revoluționare, iar revoluționarii se costumează în polițiști.

— Și până la urmă cine câștigă?

— E prea devreme să știm. Trebuie să vedem cine știe mai bine să se slujească de falsurile proprii și de falsurile altora: poliția sau organizația noastră.

Șoferul de taxi ciulește urechea. Îi faci un semn Corinnei, ca pentru a o împiedica să spună fraze imprudente.

Dar ea:

— Nu-ți fie frică. Ăsta e un fals taxi. Ce mă alarmează mai mult e taxiul care ne urmărește.

— Fals sau adevărat?

— Cu siguranță fals, dar nu știu dacă e al poliției, sau al nostru.

Arunci un ochi înapoi, pe șosea:

— Dar, exclami tu, mai e un al treilea taxi care-l urmărește pe al doilea...

— S-ar putea să fie ai noștri, care controlează mișcările poliției, dar s-ar putea să fie și poliția pe urmele alor noștri...

Al doilea taxi vă depășește, se oprește, sar din el bărbați înarmați, care vă dau jos din taxiul vostru.

— Poliția! Sunteți arestați!

Vă pun cătușe la mâini și vă urcă pe toți trei în al doilea taxi: tu, Corinna și șoferul vostru.

Corinna, liniștită și surâzătoare, îi salută pe agenți:

— Sunt Gertrude. El este un prieten. Duceți-ne la comandant.

Ai rămas cu gura căscată? Corinna-Gertrude îți șoptește, în limba ta:

— Nu-ți fie teamă. Sunt falși polițiști: în realitate sunt de-ai noștri.

Abia ați pornit, când al treilea taxi îl blochează pe al doilea. Sar din el alți oameni înarmați, cu fețele acoperite: îi dezarmează pe polițiști, îți scot cătușele ție și Corinnei-Gertrude, pun cătușe polițiștilor, vă împing pe toți în taxiul lor. Corinna-Gertrude pare indiferentă:

— Mulțumesc, prieteni, spune ea. Sunt Ingrid și el este dintre ai noștri. Ne duceți la cartierul general?

— Ține-ți gura! spune unul care pare șeful. Nu faceți pe deștepții! Trebuie să vă legăm la ochi. Sunteți ostaticii noștri.

Nu mai știi ce să crezi, mai ales că Corinna-Gertrude-Ingrid a fost luată în celălalt taxi. Când îți este permis să-ți refolosești membrele și ochii, te afli într-un birou al unui comisariat de poliție sau al unei cazărmi. Gradați în uniforme te fotografiază din față și din profil, îți iau amprentele digitale. Un ofițer strigă: – Alfonsina!

O vezi intrând pe Gertrude-Ingrid-Corinna, în uniformă și ea, care-i întinde ofițerului un dosar cu documente de semnat. Între timp, tu îți continui periplul de la un birou la altul: un agent îți ia în păstrare documentele, un altul banii, un al treilea hainele, înlocuite cu o salopetă de pușcăriaș.

— Ce capcană mai e și asta? reușești s-o întrebi pe Ingrid-Gertrude-Alfonsina, care se apropie de tine când gărzile îți întorc spatele.

— Printre revoluționari există contrarevoluționari infiltrați, care ne-au făcut să cădem într-o ambuscadă a poliției. Dar, din fericire, în poliție există mulți revoluționari infiltrați, care s-au prefăcut că mă recunosc drept o funcționară a acestui comandament. Cât despre tine, te vor trimite la o falsă închisoare, sau într-o închisoare de stat adevărată, controlată, însă, nu de ei, ci de noi.

Nu pot să nu mă gândesc la Marana. Cine, dacă nu el, ar fi putut inventa o mașinație asemănătoare?

— Mi se pare că recunosc stilul șefului vostru, îi spui Alfonsinei.

— Cine e șeful nu contează. Ar putea fi un șef fals, care se preface că lucrează pentru revoluție, cu unicul scop de a favoriza contrarevoluția, sau care lucrează pe față pentru contrarevoluție, convins că astfel va deschide calea revoluției.

— Și tu colaborezi cu el?

— Cazul meu e diferit. Eu sunt o infiltrată, o revoluționară adevărată infiltrată în mijlocul revoluționarilor falși. Dar pentru a nu fi descoperită, trebuie să mă prefac că sunt o contrarevoluționară infiltrată printre revoluționarii adevărați. Și de fapt sunt: căci sunt la ordinele poliției, dar nu a celei adevărate, pentru că depind de revoluționarii infiltrați între infiltrații contrarevoluționari.

— Dacă înțeleg bine, aici toți sunt infiltrați: în poliție și în revoluție. Dar cum faceți să vă deosebiți unii de alții?

— Pentru fiecare persoană trebuie văzut cine sunt infiltrații care au infiltrat-o. Și, mai înainte de toate, trebuie știut cine i-a infiltrat pe infiltrați.

— Și continuați să vă luptați până la ultimul strop de sânge, deși știți că nimeni nu este ce pretinde că este?

— Ce importanță are? Fiecare trebuie să-și joace rolul până la capăt.

— Și eu ce rol trebuie să joc?

— Stai liniștit și așteaptă. Continuă să citești cartea.

— Drace! Am pierdut-o când m-au eliberat, nu, arestat...

— Nu contează. Acolo unde te vor duce e o închisoare model, cu o bibliotecă dotată cu ultimele noutăți.

— Chiar și cărțile interzise?

— Unde vrei să găsești cărțile interzise, dacă nu la închisoare?

(Ai venit până aici în Ataguitania, ca să vânezi un falsificator de romane și te găsești prizonier al unui sistem în care orice act e un fals. Sau: erai hotărât să pătrunzi în păduri, prerii, platouri, cordiliere, pe urmele exploratorului Marana, pierdut în căutarea izvorului romanelor-fluviu, dar te izbești de zăbrelele societății-închisoare, extinsă pe întreaga planetă, limitând aventura între coridoarele sale meschine și mereu aceleași... Mai e, oare, vorba de povestea ta, Cititorule? Călătoria întreprinsă de dragul Ludmilei te-a dus atât de departe de ea, încât ai pierdut-o din vedere: dacă ea nu te mai îndrumă, nu-ți mai rămâne decât să te încredințezi imaginii ei răsturnate în oglindă, Lotaria...

Dar e, oare, într-adevăr Lotaria?

— Nu știu pe cine nu poți suferi. Rostești nume pe care nu le cunosc – ți-a răspuns de câte ori ai încercat să te referi la episoade din trecut. Să fie regula clandestinității care îi impune asta? La drept vorbind, nu ești deloc sigur de identificarea asta... Să fie o falsă Corinna, sau o falsă Lotaria? Sigur e doar faptul că rolul ei în povestea ta e asemănător cu cel al Lotariei, deci numele ce-i corespunde este Lotaria și n-ai putea-o numi altfel.

— Negi că ai o soră?

— Am o soră, dar nu văd ce legătură are.

— O soră căreia îi plac romanele cu personaje psihologic neliniștite și complicate?

— Sora mea spune întotdeauna că-i plac romanele în care se simte o forță elementară, primordială, telurică. Spune chiar așa: telurică.

— Dumneavoastră ați făcut o reclamație la biblioteca închisorii privind o carte incompletă, spune înaltul ofițer așezat îndărătul unui birou.

Scoți un suspin de ușurare. De când a venit un gardian, să te cheme din celula ta și te-a pus să traversezi coridoare, să cobori scări, să parcurgi încăperi subterane, să urci trepte, să traversezi anticamere și birouri, o senzație de anxietate te umplea de fiori și frisoane. De fapt, voiau pur și simplu să răspundă reclamației tale în legătură cu *În jurul unei gropi goale* de Calixto Bandera! În locul angoasei, simți trezindu-se în tine dezamăgirea avută când ai luat în mână o copertă dezlipită, înăuntru cu niște foi destrămate și uzate.

— Sigur că am făcut o reclamație! răspunzi tu. Vă lăudați atât cu biblioteca-model a închisorii-model, dar când cer un volum cu fișa reglementară în catalog, mă trezesc cu câteva foi rupte! Mă întreb cum vă puteți propune reeducarea deținuților cu un asemenea sistem!

Bărbatul de la birou își scoate încet ochelarii. Dă din cap cu un aer trist:

— Nu discut substanța reclamației dumneavoastră. Nu e de competența mea. Oficiul nostru, deși cu legături strânse atât cu închisorile, cât și cu bibliotecile, se ocupă de probleme mai vaste. Am trimis să vă cheme, știindu-vă cititor de romane, pentru că vom avea nevoie de o consultație. Forțele de ordine - armată, poliție, magistratură - au avut întotdeauna dificultăți în a decide dacă un roman trebuie interzis sau nu: lipsa de timp pentru lecturi extinse, nesiguranța criteriilor estetice și filosofice pe care să fie bazată hotărârea... Nu, nu vă temeți, nu vă obligăm să ne asistați în munca noastră de cenzură. Tehnologia modernă ne va permite curând să realizăm aceste obligații în mod rapid și eficient.

Avem mașini în stare să citească, să analizeze, să judece orice text scris. Dar controlul trebuie executat pentru a verifica garanția funcționării instrumentelor. Dumneavoastră figurați în fișierul nostru drept cititorul mediu, și rezultă că ați citit, cel puțin în parte, *În jurul unei gropi goale* de Calixto Bandera. Ni se pare oportun să confruntăm impresiile dumneavoastră de lectură cu rezultatele mașinii de citit.

Te duce în sala aparatelor.

— V-o prezint pe programatoarea noastră, Sheila.

În fața ta, într-un halat alb cu nasturi închiși până la gât, o vezi pe Corinna-Gertrude-Alfonsina, care supraveghează o serie de mobile metalice netede, asemănătoare unei mașini de spălat vasele. Acestea sunt unitățile de memorie care au înmagazinat tot textul cărții *În jurul unei gropi goale.*

— Terminalul e partea care tipărește, după cum vedeți, reproducând romanul cuvânt cu cuvânt, de la început până la sfârşit, spune ofiţerul. O hârtie lungă se derulează de pe un fel de maşină de scris, care, cu viteza unei mitraliere, o acoperă cu majuscule reci.

— Atunci, dacă îmi permiteţi, voi profita să iau capitolele ce-mi mai rămân de citit, spui tu, atingând cu o mângâiere tremurată fluviul dens al scriiturii, în care recunoşti proza care ţi-a însoţit orele tale de deţinut.

— Cum doriţi, spune ofiţerul, vă las cu Sheila, care va insera programul de care avem nevoie.

Cititorule, ai regăsit cartea pe care o căutai; acum vei putea relua firul întrerupt; surâsul revine pe buzele tale. Dar ţi se pare că povestea asta poate continua aşa? Nu, nu cea cu romanul: povestea ta! Până când te vei lăsa târât în mod pasiv de evenimente? Te-ai aruncat în acţiune plin de elan: şi apoi? Funcţia ta s-a redus curând la înregistrarea situaţiilor decise de alţii, supunându-te autorităţii altora, aflându-te implicat în evenimente ce scapă controlului tău. Atunci la ce-ţi slujeşte rolul tău de protagonist? Dacă continui să te pretezi la jocul ăsta, înseamnă că şi tu eşti complice la escrocheria generală.

O apuci pe fată de încheietura mâinii.

— De-ajuns cu deghizările, Lotaria! Până când vei continua să te laşi manipulată de un regim poliţienesc?

De data asta Sheila-Ingrid-Corinna nu reuşeşte să-şi ascundă o anume tulburare. Îşi eliberează încheietura mâinii din strânsoarea ta:

— Nu înţeleg pe cine acuzi, nu ştiu nimic din poveştile tale. Eu urmez o strategie foarte clară. Contra-puterea trebuie să se infiltreze în mecanismele puterii, pentru a o putea răsturna.

— Şi pentru a o reproduce exact la fel! Dacă-ţi deschei nasturii uniformei, dedesubt se află o altă uniformă!

Sheila te priveşte cu un aer de sfidare.

— Să-mi deschei nasturii...? Încearcă...

Ai hotărât să te angajezi în luptă, nu mai poți da înapoi. Cu mișcări convulsive deschei nasturii halatului alb al programatoarei Sheila și descoperi uniforma agentei de poliție Alfonsina, smulgi nasturii auriți ai Alfonsinei și găsești hanoracul Corinnei, tragi fermoarul Corinnei și vezi petlițele lui Ingrid...

Restul de haine și le smulge singură: apar doi sâni tari, în formă de pepene galben, un stomac ușor concav, un buric adâncit, o burtă ușor convexă, două șolduri pline de femeie aparent slabă, un pubis mândru, două coapse solide și lungi.

— Și asta? E tot o uniformă? spune Sheila.

Ai rămas tulburat.

— Nu, asta nu... murmuri tu.

— Ba da! strigă Sheila. Trupul este o uniformă! Trupul este miliția armată! Trupul este acțiune violentă! Trupul este revendicarea puterii! Trupul este în război! Trupul se afirmă ca subiect! Trupul este un scop și nu un mijloc! Trupul semnifică! Comunică! Strigă! Contestă! Subminează!

Spunând asta, Sheila-Alfonsina-Gertrude s-a aruncat asupra ta, ți-a smuls hainele de deținut de pe tine, membrele voastre goale se amestecă sub dulapurile memoriilor electronice.

Cititorule, ce faci? Nu reziști? Nu încerci să scapi? Ah, participi... Ah, te arunci și tu... Ești protagonistul absolut al acestei cărți, de acord, dar crezi că asta îți dă dreptul să ai relații trupești cu toate personajele feminine? Așa, fără nici o pregătire... Nu era suficientă povestea cu Ludmila ca să dea intrigii căldura și grația unui roman de dragoste? Ce nevoie ai să te încurci și cu sora ei (sau cu cineva pe care tu o identifici cu sora ei), cu această Lotaria-Corinna-Sheila care, dacă te gândești bine, nici nu ți-a fost vreodată simpatică...? E natural să vrei să-ți iei revanșa, după ce pagini la rând ai urmărit evenimentele cu resemnare pasivă, dar ți se pare că asta e modalitatea? Sau vrei să spui că te afli implicat în această situație fără voia ta? Știi bine că fata asta face totul la rece, ceea ce gândește în teorie pune în practică până la ultimele consecințe... Voia să-ți ofere o demonstrație ideologică, nimic altceva... Cum de te lași convins de data asta, imediat, de argumentele ei? Fii atent, Cititorule, aici totul este diferit de ceea ce pare, totul are două fețe...

O lumină de *flash* și țăcănitul repetat al unui aparat de fotografiat devorează albul nudurilor voastre convulsionate și suprapuse.

— Încă o dată, căpitan Alexandra, te lași surprinsă goală în brațele unui ocnaș! o mustră fotograful invizibil. Aceste instantanee vor îmbogăți dosarul tău personal... și vocea se îndepărtează rânjind.

Alfonsina-Sheila-Alexandra se ridică, se acoperă, cu un aer plictisit. Nu mă lasă în pace nici o clipă – bombăne –, a lucra în același timp pentru două servicii secrete care se luptă între ele prezintă acest inconvenient: amândouă încearcă mereu să te șantajeze.

Încerci să te ridici și tu și te trezești. Înfășurat în sulurile tipărite de mașină: începutul romanului se întinde pe jos, ca o pisică gata de joacă. Acum, povestea trăită se întrerupe la momentul culminant: poate că de acum încolo îți va fi permis să urmărești până la capăt romanele pe care le vei citi... Alexandra-Sheila-Corinna, gânditoare, a reînceput să apese butoane. Și-a reluat aerul de fată silitoare pe care-l are în orice face.

— Ceva nu funcționează, murmură, la ora asta ar fi trebuit să fie totul gata... Ce se-ntâmplă?

Îți dăduseși deja seama: e cam nervoasă astăzi Gertrude-Alfonsina; la un moment dat trebuie că a apăsat pe un buton greșit. Ordinea cuvintelor din textul lui Calixto Bandera, păstrat în memoria electronică pentru a fi readus la lumină în orice moment, a fost ștearsă prin demagnetizarea instantanee a circuitelor. Fire multicolore macină acum pulberea de cuvinte: un un un un, de de de de, la la la la, care care care care, încolonate după frecvențele respective. Cartea este fărâmițată, dizolvată, de nerecompus, ca o dună de nisip împrăștiată de vânt.

În jurul unei gropi goale

Când uliii încep să zboare e semn că noaptea e pe sfârșite, îmi spusese tatăl meu. Auzeam aripile grele fâlfâind în cerul întunecat și le vedeam umbra întunecând stelele verzi. Era un zbor chinuit, întârziind să se desprindă de pământ, din umbra tufișurilor, de parcă numai zburând penele se convingeau că sunt pene și nu frunze spinoase. Îndepărtându-se răpitoarele, reapăreau stelele cenușii și cerul verde. Se iveau zorile, iar eu călăream pe drumurile pustii în direcția satului Oquedal.

— Nacho, îmi spusese tatăl meu, după ce voi muri, ia calul meu, carabina mea, de-ale gurii pentru trei zile, și apuc-o pe albia secată a torentului, mai sus de San Ireneo, până ce vei vedea fumul ridicându-se deasupra teraselor din Oquedal.

— De ce la Oquedal? l-am întrebat. Cine se află la Oquedal? Pe cine trebuie să caut acolo?

Vocea tatălui meu devenea tot mai slabă și toropită, iar fața lui tot mai vineție:

— Trebuie să-ți dezvălui un secret pe care l-am păstrat atâția ani... E o poveste lungă...

Tatăl meu își irosea în acele cuvinte ultimul suflu al agoniei sale, iar eu, cunoscându-i tendința spre divagare, spre întreruperea oricărei discuții cu digresiuni, paranteze și reveniri, mă temeam că nu avea să ajungă niciodată să-mi comunice esențialul.

— Repede, tată, spune-mi numele persoanei pe care trebuie s-o caut, când voi ajunge la Oquedal...

— Mama ta... Mama ta, pe care n-o cunoști, locuiește la Oquedal... Mama ta care nu te-a văzut de când erai în fașă...

Știam că înainte de a muri avea să-mi vorbească despre mama. Mi-o datora, după ce mă făcuse să-mi trăiesc întreaga copilărie și adolescență fără să știu cum arată și nici ce nume purta femeia care mă născuse, nici de ce mă smulsese de la sânul ei, pe când încă îi mai sugeam laptele, ca să mă târască după el, în viața lui de vagabond și fugar.

— Cine e mama mea? Spune-mi numele ei! – Despre mama îmi istorisise multe povești, pe vremea când eu încă nu obosisem cerându-i-le, dar erau povești, invenții, care se contraziceau una pe alta: ba era o sărmană cerșetoare, ba o doamnă străină, călătorind într-un automobil roșu, ba o călugăriță dintr-o mănăstire, ba o călăreață de circ, ba murise dându-mi viață, ba dispăruse într-un cutremur. De aceea, într-o zi hotărâsem să nu mai pun întrebări și să aștept să-mi vorbească el. Împlinisem de puțină vreme șaisprezece ani, când tatăl meu se îmbolnăvise de febră galbenă.

— Lasă-mă să-ți povestesc de la început, gâfâia. Când ai să ajungi la Oquedal și ai să spui: „Sunt Nacho, fiul lui Don Anastasio Zamora“, vei auzi multe despre mine, povești neadevărate, bârfe, calomnii. Vreau ca tu să știi...

— Numele, numele mamei, repede!

— Acum. A venit momentul să afli...

Nu, momentul acela nu a venit. După ce s-a lungit în preambuluri zadarnice, vorbăria tatălui meu s-a pierdut într-un horcăit și s-a stins pentru totdeauna. Tânărul care călărea acum în întuneric pe drumurile abrupte, mai sus de San Ireneo, continua să ignore cu cine avea să se întâlnească.

O apucasem pe drumul aflat de-a lungul albiei uscate a torentului, dominând trecătoarea adâncă. Zorile, rămase suspendate pe contururile dantelate ale pădurii, păreau să-mi deschidă nu o nouă zi, ci o zi aflată înainte de toate celelalte zile, nouă ca pe vremea când zilele erau încă noi, ca prima zi în care oamenii înţeleseseră ce era o zi.

Când s-a luminat destul ca să văd malul celălalt al torentului, am observat că şi acolo urca un drum şi un bărbat călare înainta paralel cu mine, în aceeaşi direcţie, cu o puşcă de război cu ţeava lungă atârnată de un umăr.

— Ei! am strigat eu. Cât mai e până la Oquedal?

Nici măcar nu s-a întors; ba mai rău: vreme de o clipă vocea mea l-a făcut să-şi întoarcă faţa (altfel aş fi putut să-l cred surd), dar imediat şi-a îndreptat privirea înainte şi a continuat să călărească fără a găsi de cuviinţă să-mi răspundă sau să schiţeze un salut.

— Ei! Cu tine vorbesc! Eşti surd? Eşti mut? am strigat, în timp ce el continua să se legene în şa în pasul calului său negru.

Cine ştie de câtă vreme avansam aşa, ca o pereche, în noapte, separaţi de panta torentului. Ceea ce mi se păruse ecoul neregulat al potcoavelor iepei mele, repercutat de peretele calcaros şi accidentat al celuilalt mal, era de fapt zăngănitul acelor paşi care mă însoţeau.

Tânărul era numai spinare şi gât, cu o pălărie de pai destrămată. Jignit de felul în care se purta, am dat pinteni iepei ca să-l las în urmă şi să nu-l mai am sub ochi. Abia îl depăşisem, când nu ştiu ce inspiraţie m-a făcut să întorc capul spre el. Îşi luase puşca de pe umăr şi o ridicase, îndreptând-o parcă spre mine. Am dus imediat mâna la patul carabinei, în tocul de piele de la şa. El şi-a agăţat puşca la loc, de parcă nu s-ar fi întâmplat nimic. Din acea clipă, am mers în acelaşi pas, pe malurile opuse, fără a ne scăpa din ochi, atenți să nu ne întoarcem spatele. Iapa mea își potrivea pasul cu pasul calului său negru, de parcă ar fi înțeles.

Povestirea își potrivește pasul după ritmul lent al potcoavelor de fier pe cărări povârnite, către un loc ce păstrează secretul trecutului și al viitorului, dar și timpul întors în sine, ca un laț atârnat de oblâncul șeii. Știu deja că drumul lung ce mă duce la Oquedal va fi mai puțin lung decât drumul ce-mi va rămâne de făcut, odată ajuns la acel ultim sat, la granițele lumii locuite, la granițele timpului vieții mele.

— Sunt Nacho, fiul lui Don Anastasio Zamora, i-am spus bătrânului indian ghemuit lângă zidul bisericii. Unde este casa?

„Poate că el știe“, m-am gândit eu.

Bătrânul și-a ridicat pleoapele roșii și umflate ca de curcan. Un deget, un deget uscat ca așchiile folosite la aprins focul, a ieșit de sub poncho și s-a îndreptat către vila somptuoasă a familiei Alvarado, unica în grămada de noroi întărit care e satul Oquedal: o fațadă barocă, ajunsă acolo parcă din greșeală, ca un element de scenografie într-un teatru părăsit. Cineva, cu secole în urmă, și-a închipuit probabil că asta era țara aurului; când și-a dat seama de eroare, pentru palatul abia construit începea destinul lent al ruinelor.

Mergând în urma unui servitor, căruia i-am dat calul meu în grijă, parcurg o serie de locuri ce ar trebui să mă ducă înăuntru, dar mă aflu tot afară; dintr-o curte interioară trec într-alta, de parcă în palatul acesta ușile ar sluji drept ieșiri și nu drept intrări. Povestirea ar trebui să redea senzația de dezorientare produsă de locuri văzute pentru prima oară, dar și de locuri ce au lăsat în memorie nu o amintire, ci un gol. Acum, imaginile tind să reocupe golurile acestea, dar rezultatul este că se colorează și ele în culoarea visurilor uitate în clipa în care apar.

Se succed: o curte unde sunt întinse covoare la bătut (caut în memorie amintirea unui leagăn într-o locuință fastuoasă), o a doua curte plină de saci de lucernă (încerc să regăsesc amintirea unei gospodării agricole, din vremea primei mele copilării), o a treia curte unde se află grajdurile (oare m-am născut într-un staul?). Ar trebui să fie zi, dar umbra ce învăluie povestirea nu dă semne să se risipească, nu transmite mesaje pe care imaginația vizuală le poate completa în figuri bine conturate, nu aduce cu sine cuvinte spuse, ci doar voci confuze, cântece potolite.

Abia în a treia curte senzațiile încep să capete formă. Mai întâi mirosurile, aromele, apoi strălucirea unei flăcări luminând fețele fără vârstă ale indienilor adunați în bucătăria mare a Anacletei Higueras, pielea lor smeadă, ce ar putea fi foarte bătrână sau adolescentă; poate erau deja bătrâni pe când tatăl meu era aici, poate sunt fiii celor din generația lui, care acum îl privesc pe fiul său așa cum tații lor îl priveau pe el, străin sosit într-o dimineață, cu calul și carabina sa.

Pe fundalul vetrei negre, luminată de flacără, se detașează silueta înaltă a femeii înfășurate într-un șal în dungi ocru și trandafirii. Anacleta Higueras îmi pregătește niște chiftele picante.

— Mănâncă, fiule, că ai umblat șaisprezece ani ca să găsești drumul înapoi acasă, îmi spune, iar eu mă întreb dacă „fiu“ e apelativul folosit de o femeie de vârsta ei când se adresează unui tânăr, sau dacă înseamnă ceea ce cuvântul înseamnă. Buzele îmi ard de la mirodeniile picante cu care Anacleta a condimentat mâncarea, de parcă gustul acela ar trebui să conțină toate aromele duse la extrem, arome pe care eu nu le pot distinge, nici numi și care se combină în cerul gurii ca niște văpăi de foc. Mă gândesc la toate aromele gustate în viața mea, încercând să recunosc acea aromă complexă, și ajung la o senzație opusă, dar poate echivalentă: laptele dat unui nou-născut, prima aromă, conținând în ea orice aromă.

Privesc chipul Anacletei, obrazul frumos de indiană, pe care vârsta abia l-a atins, fără să-l marcheze nici măcar cu o singură zbârcitură, privesc trupul mare, înfășurat în șal și mă întreb dacă, copil fiind, m-am agățat de pieptul ei falnic, care acum s-a lăsat într-o ușoară pantă.

— Atunci, l-ai cunoscut pe tatăl meu, Anacleta?

— Mai bine nu l-aș fi cunoscut, Nacho. N-a fost o zi fericită când a pus piciorul în Oquedal...

— Dar de ce, Anacleta?

— A adus numai rău indienilor... și nici albilor nu le-a făcut vreun bine... Apoi a dispărut... Dar nici ziua în care a plecat din Oquedal n-a fost o zi fericită...

Toți ochii indienilor sunt fixați asupra mea, ca ochii de copil privind la un prezent etern lipsit de iertare.

Amaranta e fiica Anacletei Higueras. Are ochii migdalați, nasul ascuțit și nările lipite, buzele subțiri cu un contur ondulat. Eu am ochii asemănători, nasul la fel, buzele identice.

— E adevărat că semănăm, eu și Amaranta? o întreb pe Anacleta.

— Toți cei născuți la Oquedal seamănă între ei. Chipurile indienilor și ale albilor se confundă. Oquedal este un sat cu foarte puține familii, izolat pe munte. De secole ne-am căsătorit între noi.

— Tatăl meu era străin...

— Tocmai. Dacă nu-i iubim pe străini, avem motivele noastre.

Gurile indienilor se deschid într-un suspin lent, guri cu dinți rari, fără gingii, de bătrânețe decrepită, de schelete.

Există un portret pe care l-am văzut, pe când treceam prin a doua curte, fotografia unui tânăr măsliniu, cu coroane de flori în jur și luminată de o candelă cu ulei.

— Și mortul acela din portret are aerul familiei... îi spun Anacletei.

— Acela este Faustino Higueras, Dumnezeu să-l aibă în paza sfinților săi arhangheli! spune Anacleta, iar printre indieni se înalță un murmur de rugăciuni.

— Era soțul tău, Anacleta? întreb eu.

— Fratele meu, spada și scutul casei și al indienilor, până când dușmanul s-a ivit în calea lui...

— Avem aceiași ochi, îi spun Amarantei, ajungând-o din urmă printre sacii din a doua curte.

— Nu, ai mei sunt mai mari, spune ea.

— Atunci să-i măsurăm, și-mi apropii fața de fața ei, așa încât arcul sprâncenelor să se suprapună; apoi, apăsând sprânceana mea de a ei, întorc fața astfel încât tâmplele, obrajii și pomeții să se lipească. Vezi, unghiurile ochilor noștri se termină în același punct.

— Eu nu văd nimic, spune Amaranta, dar nu-și îndepărtează fața.

— Și nasurile, spun eu, punându-mi nasul lângă al ei, puțin pieziș, încercând să fac să ne coincidă profilurile – și buzele... un murmur cu gura închisă, pentru că și buzele noastre sunt acum lipite, sau, mai exact, jumătate din gura mea și jumătate din a ei.

— Mă doare! spune Amaranta, pe când o împing cu tot trupul pe saci și-i simt apăsarea sânilor și zvâcnetul pântecului.

— Canalie! Animal! De asta ai venit la Oquedal! Așa tată, așa fiu! tună vocea Anacletei în urechile mele, iar mâinile ei m-au apucat de păr și mă izbesc de stâlpi, în timp ce Amaranta, lovită cu dosul palmei, geme căzută peste saci. Tu de fata mea nu te atingi, nici n-ai să te atingi vreodată în viața ta!

— De ce niciodată? Ce ne-ar putea împiedica? protestez. Eu sunt bărbat și ea este femeie... dacă destinul vrea să ne plăcem, nu azi, cândva, cine știe, de ce n-aș putea s-o cer de nevastă?

— Nenorocire! urlă Anacleta. Nu se poate! E de negândit, înțelegi?

„Atunci e sora mea?“ mă întreb. „Ce mai așteaptă, ca să admită că e mama mea?“ și-i spun:

— De ce strigi atâta, Anacleta? Există, oare, o legătură de sânge între noi?

— De sânge? Anacleta își revine, ridică poalele șalului, își acoperă ochii. Tatăl tău venea de departe... Ce legătură de sânge poți avea cu noi?

— Dar eu m-am născut la Oquedal... dintr-o femeie de aici...

— Caută-ți altundeva legăturile tale de sânge, nu printre noi, sărmani indieni... Nu ți-a spus tatăl tău?

— Nu mi-a spus niciodată nimic, ți-o jur, Anacleta. Nu știu cine e mama mea...

Anacleta ridică o mână și arată spre prima curte.

— De ce n-a vrut stăpâna să te primească? De ce te-a trimis să stai aici cu slugile? La ea te-a trimis tatăl tău, nu la noi. Du-te și te prezintă la Dona Jazmina, spune-i: „Sunt Nacho Zamora y Alvarado, tatăl meu m-a trimis să îngenunchez la picioarele tale.“

Acum povestirea ar trebui să descrie sufletul meu zguduit ca de un uragan la revelația că jumătatea numelui meu ce-mi fusese ascunsă era a nobililor din Oquedal și că moșii imense cât mai multe provincii aparțineau familiei mele. Dar călătoria mea spre trecut nu face decât să mă înghită într-o vâltoare întunecată, în care curțile succesive ale palatului Alvarado sunt fixate una într-alta, familiare, dar și străine memoriei mele pustii. Primul gând ce-mi vine în minte i-l strig în fața Anacletei, apucând-o pe fiica ei de păr:

— Atunci eu sunt stăpânul vostru, stăpânul fiicei tale, și o voi lua când voi pofti!

— Nu! strigă Anacleta. Mai înainte de a o atinge pe Amaranta vă omor pe amândoi! Și Amaranta se retrage, cu o grimasă care-i descoperă dinții, nu știu dacă într-un geamăt sau un surâs.

Sufrageria familiei Alvarado e prost luminată de sfeșnice acoperite de ceara multor ani, poate ca să nu se vadă structura cojită și găurile perdelelor rupte. Am fost invitat la cină de stăpână. Dona Jazmina are fața acoperită de un strat de pudră ce pare gata să se desprindă și să cadă în farfurie. Și ea e indiană, cu părul vopsit arămiu și ondulat cu fierul. Brățările grele strălucesc de câte ori duce lingura la gură. Jacinta, fiica ei, a fost crescută la colegiu și poartă un tricou alb de tenis, dar privirile și gesturile ei sunt la fel ca ale fetelor de indieni.

— Pe atunci, în acest salon erau mese de joc, povestește Dona Jazmina. La ora asta începeau partidele și durau chiar și toată noaptea. Unii și-au pierdut moșii întregi. Don Anastasio Zamora se stabilise aici pentru jocul de cărți, nu pentru altceva. Câștiga întotdeauna, și printre noi s-a răspândit zvonul că trișa.

— Dar n-a câștigat niciodată nici o moșie, mă simt dator să precizez.

— Tatăl tău era un om care ce câștiga în timpul nopții pierduse deja în zori. Și apoi, cu toate încurcăturile lui cu femeile, nu era greu să toace puținul care-i rămânea.

— A avut încurcături cu femei în casa asta...? mă hazardez s-o întreb.

— Se ducea noaptea să le caute, dincolo, în cealaltă curte..., spune Dona Jazmina, arătând spre locuințele indienilor.

Jacinta izbucnește în râs, ascunzându-și gura cu mâinile; îmi dau seama în clipa aceea că e identică cu Amaranta, chiar dacă e îmbrăcată și pieptănată cu totul altfel.

— Toți seamănă între ei, la Oquedal, spun eu. E un portret în cea de-a doua curte care ar putea fi portretul tuturor...

Mă privesc, ușor tulburate. Mama spune:

— Era Faustino Higueras... După sânge era numai pe jumătate indian, cealaltă jumătate era albă. După suflet, însă, era complet indian. Locuia cu ei, le lua partea... și așa a murit.

— Era alb după tată, sau după mamă?

— Câte lucruri vrei să știi...

— Toate istoriile din Oquedal sunt așa? spun eu. Albii care se-ncurcă cu indienele... Indieni care se încurcă cu femei albe...

— La Oquedal, albii și indienii se aseamănă. Sângele e amestecat încă de pe timpul cuceririi spaniole. Dar stăpânii nu trebuie să se încurce cu slugile. Noi putem face tot ce vrem, cu oricare dintre noi, dar așa ceva nu, niciodată... Don Anastasio se născuse într-o familie de proprietari, chiar dacă era mai sărac decât un cerșetor...

— Ce legătură are tatăl meu cu toate astea?

— Du-te să ți se explice cântecul indienilor:... După ce pleacă Zamora... suntem chit... Un copil în leagăn... și un mort în groapă...

— Ai auzit ce a spus mama ta? îi spun Jacintei, de cum putem vorbi singuri. Eu și cu tine putem face tot ce vrem.

— Dacă vrem. Dar nu vrem.

— Eu aș putea dori ceva.

— Ce anume?

— Să te mușc.

— Pentru așa ceva, pot să-ți sfâșii carnea – și-și arătă dinții.

În cameră e un pat cu cearșafuri albe, dar nu e clar dacă e nefăcut sau e pregătit pentru noapte; patul e înfășurat într-o plasă de țânțari, atârnată de un baldachin. O împing pe Jacinta printre cutele plasei; nu-mi dau seama dacă îmi rezistă sau mă târăște; încerc să-i ridic fusta; ea se apără, rupându-mi catarame și nasturi.

— Oh, și tu ai o aluniță acolo! În același loc ca mine! Privește!

În acea clipă, o ploaie de pumni se abate peste capul și spinarea mea, iar Dona Jazmina a apărut ca o furie:

— Despărțiți-vă, pentru numele lui Dumnezeu! Nu, nu se poate! Despărțiți-vă! Nu știți ce faceți! Ești un netrebnic ca tatăl tău!

Îmi revin cât pot mai bine.

— De ce, Dona Jazmina? Ce vreți să spuneți? Cu cine s-a încurcat tatăl meu? Cu dumneavoastră?

— Nenorocitule! Du-te cu slugile! Piei din ochii noștri! Cu slujnicele, ca tatăl tău! Întoarce-te la maică-ta, du-te!

— Cine e mama mea?

— Anacleta Higueras, chiar dacă nu vrea să recunoască de când a murit Faustino.

Noaptea, casele din Oquedal se lipesc de pământ, simțind parcă apăsarea greutății lunii joase, învăluită în aburi nesănătoși.

— Ce e cântecul pe care-l cânta despre tatăl meu, Anacleta? o întreb pe femeie, nemișcată în fața ușii, ca o statuie într-o firidă, în biserică. E vorba de un mort, de o groapă...

Anacleta ia lanterna. Traversăm împreună câmpurile de porumb.

— Pe câmpul de-aici s-au certat tatăl tău și Faustino Higueras, explică Anacleta, și au decis că unul dintre ei era în plus pe fața pământului; au săpat o groapă împreună. Din momentul când au hotărât că trebuiau să se bată, ura dintre ei s-a stins: au muncit în deplină înțelegere la săpatul gropii. Apoi, s-au pus unul de o parte și altul de alta a ei, fiecare cu un cuțit în mâna dreaptă și brațul stâng înfășurat în poncho. Unul dintre ei, pe rând, sărea peste groapă și-l ataca pe celălalt cu lovituri de cuțit, iar celălalt se apăra cu ponchoul și încerca să-l facă pe dușman să cadă în groapă. S-au bătut așa până în zori, iar pe pământul din jurul gropii dispăruse praful, atât era de îmbibat de sânge. Toți indienii din Oquedal făceau cerc în jurul gropii goale și al celor doi tineri gâfâind și însângerați, și stăteau muți și nemișcați, ca să nu tulbure judecata Domnului, de care depindea soarta tuturor, nu numai a lui Faustino Higueras și Nacho Zamora.

— Dar... Nacho Zamora sunt eu...

— Și pe tatăl tău, pe vremea aceea, îl numeau Nacho.

— Și cine a învins, Anacleta?

— Cum poți să mă-ntrebi, copile? Zamora a învins: nimeni nu poate judeca intențiile Domnului. Faustino a fost îngropat chiar în pământul acesta. Dar pentru tatăl tău a fost o victorie amară; a plecat, de fapt, chiar în noaptea aceea și n-a mai apărut în Oquedal.

— Ce-mi tot spui, Anacleta? Asta e o groapă goală!

— În zilele următoare, indienii din satele din jur sau de departe au venit în procesiune la mormântul lui Faustino Higueras. Plecau la revoluție și-mi cereau relicve de luat la luptă, într-o cutie de aur, în fruntea regimentelor: o buclă din părul lui, o bucată din poncho, un cheag de sânge dintr-o rană. Atunci am hotărât să deschidem groapa și să deshumăm cadavrul. Dar Faustino nu era acolo, mormântul lui era gol. Din ziua aceea s-au născut multe legende: unii spun că l-au văzut noaptea, alergând prin munți, pe calul lui negru, veghind asupra somnului indienilor; alții spun că va reveni, călărind în fruntea coloanelor, numai în ziua când indienii vor coborî la câmpie...

„Atunci el era! Eu l-am văzut!“ aș vrea să spun, dar sunt prea tulburat ca să articulez un singur cuvânt.

Indienii cu torțe s-au apropiat tăcuți și acum fac cerc în jurul gropii deschise.

În mijlocul lor își taie drum un tânăr cu gâtul lung, pe cap cu o pălărie de paie ruptă, cu trăsături ca ale multor oameni de aici, din Oquedal, vreau să spun tăietura ochilor, linia nasului, desenul buzelor, care seamănă cu ale mele.

— Nacho Zamora, cu ce drept te-ai atins de sora mea? spune el, iar în mâna lui dreaptă strălucește o lamă de cuțit. Ponchoul e înfășurat pe brațul stâng, și un capăt atârnă până la pământ.

Din gurile indienilor iese un sunet care nu e un murmur, ci mai degrabă un suspin trunchiat.

— Cine ești?

— Sunt Faustino Higueras. Apără-te.

Mă opresc dincolo de groapă, îmi înfășor ponchoul pe brațul stâng, apuc cuțitul.

10

Bei ceaiul cu Arkadian Porfirici, una dintre persoanele cele mai fine din punct de vedere intelectual din Ircania, care deține pe merit funcția de Director General al Arhivelor Poliției Statului. El a fost prima persoană pe care ai primit ordin s-o contactezi, după sosirea în Ircania, în misiunea încredințată de înalta autoritate ataguitană. Te-a întâmpinat în primitoarele săli ale bibliotecii secției sale, „cea mai completă și adusă la zi din Ircania“, - cum ți-a spus imediat - „unde cărțile confiscate sunt clasificate, catalogate, microfilmate și păstrate, tipărite, xeroxate, dactilografiate sau în manuscris“.

Când autoritățile din Ataguitania care te țineau prizonier ți-au promis eliberarea cu condiția să accepți îndeplinirea unei misiuni într-o țară îndepărtată („misiune oficială cu aspecte secrete și misiune secretă cu aspecte oficiale“), prima ta reacție a fost să refuzi. Lipsa de interes pentru funcțiile de stat, lipsa de vocație profesională ca agent secret, modul obscur și ambiguu în care ți se prezentau sarcinile de îndeplinit, erau motive suficiente să te facă să preferi celula ta model nesiguranței unei călătorii în tundrele boreale ale Ircaniei. Dar gândul că rămânând în mâna lor te puteai aștepta la mai rău, curiozitatea față de această însărcinare, „care credem că vă poate interesa ca cititor“, ideea că ai putea să te prefaci implicat, pentru a le arunca planul în aer, te-au convins să accepți.

Directorul General Arkadian Porfirici pare perfect la curent cu situația ta, chiar psihologică; îți vorbește pe ton încurajator și didactic:

— Primul lucru pe care nu trebuie să-l pierdem niciodată din vedere este următorul: poliția este marea forță unificatoare într-o lume altminteri sortită dezagregării. E natural ca polițiile unor regimuri diferite, chiar opuse, să descopere interese comune în vederea cărora pot colabora în domeniul circulației cărților...

— Se va ajunge la uniformizarea metodelor de cenzură ale diferitelor regimuri?

— Nu la uniformizarea lor, ci la crearea unui sistem în care să se echilibreze și să se susțină unul pe altul...

Directorul General te invită să privești planisfera atârnată pe perete. Culorile diferite indică: țările în care toate cărțile sunt sistematic confiscate; țările în care pot circula numai cărțile publicate sau aprobate de stat; țările în care există o cenzură rudimentară, aproximativă și imprevizibilă; țările în care cenzura este subtilă, doctă, atentă la toate implicațiile și aluziile, născocită de intelectuali meticuloși și răutăcioși; țările în care există două rețele de difuzare: una legală și una clandestină; țările în care nu există cenzură, pentru că nu există cărți, dar există mulți cititori potențiali; țările în care nu există cărți și nimeni nu deplânge lipsa lor; țările, în fine, în care se aruncă pe piață zilnic cărți pentru toate gusturile și ideile, într-o indiferență generală.

— Nimeni nu apreciază astăzi valoarea cuvântului scris mai mult ca regimurile polițienești, spune Arkadian Porfirici. Ce element ne permite să distingem națiunile în care literatura se bucură de o adevărată considerație, mai bine decât sumele alocate pentru a o controla și reprima? Acolo unde e obiectul unei astfel de atenții, literatura dobândește o autoritate extraordinară, inimaginabilă în țările unde e lăsată să vegeteze ca o distracție nevinovată și fără riscuri. Firește, și represiunea trebuie să îngăduie momente de răgaz, să închidă un ochi din când în când, să alterneze abuzurile cu indulgența, cu o anume imprevizibilitate în judecățile sale; altfel, dacă nu mai există nimic de reprimat, tot sistemul ruginește și se uzează. S-o spunem cinstit: orice regim, chiar și cel mai autoritar, supraviețuiește într-o situație de echilibru instabil; de aceea, are nevoie să-și justifice continuu existența propriului aparat represiv, în consecință a ceva ce trebuie reprimat. Voința de a scrie lucruri care supără autoritatea constituită este unul dintre elementele necesare menținerii acestui echilibru. De aceea, pe baza unui tratat secret cu țări cu regimuri sociale opuse regimului nostru, am creat o organizație comună, cu care dumneavoastră ați acceptat în mod inteligent să colaborați, pentru a exporta cărțile interzise aici și a importa cărțile interzise acolo.

— Aceasta ar însemna ca volumele interzise aici să fie tolerate dincolo, și viceversa...

— În nici un caz. Cărțile interzise aici, dincolo sunt extrem de interzise, iar cărțile interzise dincolo sunt ultrainterzise aici. Dar prin exportul în țara cu regim opus a propriilor cărți interzise și importul cărților acesteia, orice regim are cel puțin două avantaje importante: îi încurajează pe oponenții regimului dușman și stabilește schimburi utile de experiență între serviciile de poliție.

— Sarcina ce mi-a fost încredințată, te grăbești să precizezi, se limitează la contacte cu funcționarii poliției ircanice, căci numai prin canalele voastre scrierile oponenților pot ajunge în mâinile noastre. (Mă feresc să-i spun că între obiectivele misiunii mele intră și relațiile directe cu rețeaua clandestină a oponenților și, după caz, pot acționa în favoarea unora împotriva altora sau viceversa).

— Arhiva noastră este la dispoziția dumneavoastră, spune Directorul General. Aș putea să vă arăt manuscrise foarte rare, versiunea originală a unor opere care au ajuns la public numai după ce au trecut prin filtrul a patru sau cinci comisii de cenzură și au fost de fiecare dată ciopârțite, modificate, atenuate, în fine publicate într-o versiune mutilată, edulcorată, de nerecunoscut. Pentru a citi cu adevărat, dragă domnule, trebuie venit aici.

— Dumneavoastră citiți?

— Dacă citesc nu numai din datorie profesională, vreți să spuneți? Da, aș spune că eu citesc orice carte, orice document, orice corp delict din această arhivă de două ori, două lecturi complet diferite. Prima, în grabă, pentru părțile cele mai importante, pentru a vedea în ce dulap trebuie să păstrez microfilmul, sub ce rubrică să-l cataloghez. Apoi, seara (îmi petrec serile aici, după orele de serviciu: locul e liniștit, mă destinde, știți), mă întind pe divanul acesta, inserez în aparatul de citit microfilmul unei scrieri rare sau al unei fascicule secrete, și-mi permit luxul să-l savurez pentru plăcerea mea exclusivă.

Arkadian Porfirici își încrucișează picioarele încălțate cu cizme, își trece un deget între gât și gulerul uniformei încărcate cu decorații. Adaugă:

— Nu știu dacă dumneavoastră credeți în Spirit, domnul meu. Eu cred. Cred în dialogul neîntrerupt al Spiritului cu sine însuși. Simt că acest dialog se înfăptuiește prin privirea mea, care scrutează paginile interzise. Și Poliția e spirit, și Statul pe care-l slujesc, și Cenzura, ca și textele asupra cărora se exercită autoritatea noastră. Suflul Spiritului nu are nevoie de un public larg pentru a se manifesta, prosperă în umbră, în relația obscură perpetuată între secretul conspiratorilor și secretul Poliției. Pentru a-l face să existe, e suficientă lectura mea dezinteresată, dar atentă la toate implicațiile permise și nepermise, la lumina acestei lămpi, în marea clădire a birourilor pustii, de cum îmi pot descheia nasturii uniformei de funcționar, lăsându-mă pradă fantasmelor interzise, pe care, în timpul orelor diurne, trebuie să le țin inflexibil la distanță...

Trebuie să recunoști că vorbele Directorului General îți comunică o senzație de îmbărbătare. Dacă omul acesta continuă să simtă dorință și curiozitate pentru lectură, înseamnă că pe hârtia scrisă, aflată în circulație, mai există încă ceva necontrafăcut sau nemanipulat de birocrațiile omnipotente, că în afara acestor birouri mai există încă o lume exterioară...

— Și cu conjurația aprocrifelor, întrebi, cu o voce care încearcă să fie rece și profesională, sunteți la curent?

— Sigur. Am primit câteva rapoarte în privința aceasta. O bucată de vreme ne-am făcut iluzia că putem ține totul sub control. Serviciile secrete ale marilor puteri se străduiau să pună stăpânire pe această organizație, care părea să aibă ramificații pretutindeni... dar creierul conjurației, Cagliostro al falsificărilor, ne scăpa mereu... nu ne era necunoscut: aveam toate datele sale în fișierele noastre, fusese complet identificat de o bucată de vreme în persoana unui traducător intrigant și încurcă-lume; dar adevăratele motive ale activității sale rămâneau obscure. Părea să nu mai aibă relații cu diferitele secte în care se împărțise conspirația creată de el, dar mai exercita totuși o influență indirectă asupra intrigilor lor... Când am reușit să punem mâna pe el, ne-am dat seama că nu era ușor să-l folosim în scopurile noastre... Motivul lui nu erau banii, nici puterea, nici ambiția. Se pare că făcea totul pentru o femeie. Pentru a o recâștiga, sau poate numai pentru a-și lua revanșa, pentru a câștiga un pariu cu ea. Trebuia s-o înțelegem pe femeia aceea, dacă voiam să putem urmări mișcările acestui Cagliostro. Dar cine era ea, n-am reușit să aflăm. Numai prin deducție am ajuns să știu multe lucruri despre ea, lucruri pe care nu le voi putea expune în nici un raport oficial; organele noastre directoare nu sunt în stare să înțeleagă anumite subtilități...

— Pentru femeia aceasta – continuă Arkadian Porfirici, văzând cu câtă atenție îi sorbi tu cuvintele – a citi înseamnă a te dezbăra de orice intenție deliberată, gata să surprinzi o voce, auzită când te aștepți mai puțin, o voce venind nu se știe de unde, de undeva de dincolo de carte, de dincolo de autor, de dincolo de convențiile scrierii: din nespus, din ceea ce lumea nu a spus încă despre sine și nu are încă vorbele cu care să le spună. El, în schimb, voia să-i demonstreze că în spatele paginii scrise e neantul; lumea există numai ca artificiu, ficțiune, neînțelegere, minciună. Dacă asta ar fi fost tot, noi am fi putut să-i punem la dispoziție mijloacele pentru a demonstra ceea ce dorea; spun noi, colegi din diferite țări și regimuri, dat fiind că eram numeroși cei care-i ofeream colaborarea. Iar el n-a refuzat-o, dimpotrivă... dar nu reușeam să înțelegem dacă el accepta jocul nostru, sau noi făceam jocul lui... Dar dacă era pur și simplu vorba de un nebun? Numai eu puteam da de capătul secretului său: am ordonat să fie răpit de agenții noștri, adus aici, ținut o săptămână în celulele noastre la izolare, apoi l-am interogat eu însumi. Nu era vorba de nebunie; poate numai de disperare; pariul cu femeia era pierdut de o bucată de vreme; ea era învingătoarea; lectura ei tot mai curioasă și nestăpânită reușea să descopere adevăruri ascunse în falsul cel mai nerușinat, și falsuri neatenuate în cuvintele care se pretindeau cele mai adevărate. Ce-i mai rămânea iluzionistului nostru? Ca să nu rupă ultimul fir care-l mai lega de ea, continua să semene confuzie în titluri, nume de autori, pseudonime, limbi, traduceri, ediții, coperte, pagini de titlu, începuturi, sfârșituri, pentru ca ea să fie obligată să recunoască acele semne ale prezenței lui, acel salut fără speranță de răspuns. „Mi-am descoperit limitele, mi-a spus. În lectură se-ntâmplă un fenomen asupra căruia nu am nici o putere.“ Aș fi putut să-i spun că nici poliția cea mai puternică nu poate depăși acea limită. Putem împiedica lumea să citească: dar în decretul care interzice lectura se va citi totuși ceva din adevărul pe care nu-l vrem citit vreodată...

— Și ce s-a întâmplat cu el? întrebi cu o solicitudine care poate nu mai e dictată de rivalitate, ci de o înțelegere solidară.

— Era un om terminat; puteam face orice cu el: îl puteam trimite la muncă silnică, sau îi puteam da o însărcinare de rutină în serviciile noastre speciale. În schimb...

— În schimb...

— L-am lăsat să evadeze. O falsă evadare, o falsă expatriere clandestină, și și-a pierdut din nou urmele. Cred că recunosc mâna lui, din când în când, în materialele ce-mi cad sub ochi... Calitatea lor s-a îmbunătățit... Acum practică mistificarea de dragul mistificării... Nu mai avem nici o putere asupra lui. Din fericire...

— Din fericire?

— Trebuie să mai fie și ceva care să ne scape... așa încât puterea să aibă un obiectiv asupra căruia să se exercite, un spațiu în care să-și întindă brațele... Câtă vreme știu că pe lume există cineva care face scamatorii numai de dragul scamatoriilor, câtă vreme știu că există o femeie care iubește lectura pentru lectură, mă pot convinge că lumea continuă... Și în fiecare seară mă las și eu în voia lecturii, ca îndepărtata cititoare necunoscută...

Îți smulgi imediat din minte nepermisa suprapunere de imagini între Directorul General și Ludmila, pentru a te bucura de apoteoza Cititoarei, viziune luminoasă, înălțându-se din cuvintele abile ale lui Arkadian Porfirici, pentru a gusta certitudinea, confirmată de atotștiutorul Director, că între ea și tine nu mai există obstacole, nici mistere, în vreme ce Cagliostro, rivalul tău, nu rămâne decât o umbră jalnică mereu mai îndepărtată.

Dar satisfacția ta nu poate fi deplină atâta vreme cât nu se va rupe vraja lecturilor întrerupte. Și despre acest subiect încerci să discuți cu Arkadian Porfirici:

— Ca o contribuție la colecția dumneavoastră, am vrut să vă oferim una dintre cărțile interzise cele mai cerute în Ataguitania; *În jurul unei gropi goale* de Calixto Bandera, dar dintr-un exces de zel poliția noastră a trimis la topit întregul tiraj. Am aflat, însă, că o traducere a acestui roman în limba ircanică circulă din mână în mână în țara dumneavoastră, într-o ediție clandestină xeroxată. Știți ceva despre asta?

Arkadian Porfirici se ridică să consulte un fișier:

— De Calixto Bandera, ați spus? Iată: astăzi nu mi se pare ca e disponibil. Dar dacă puteți aștepta o săptămână, maximum două, am pregătit pentru dumneavoastră o surpriză extraordinară. Unul dintre cei mai importanți autori interziși la noi, Anatoli Anatolin, conform celor semnalate de informatorii noștri, lucrează de o bucată de vreme la o transpunere a romanului lui Bandera într-un mediu ircanic. Din alte surse, știm că Anatolin e pe punctul de a termina un nou roman intitulat *Ce poveste își așteaptă finalul?*, a cărui confiscare am ordonat-o deja, într-o acțiune-surpriză a poliției, ca să împiedicăm intrarea în circulație și difuzarea clandestină a cărții. De cum o vom avea în posesia noastră, mă voi grăbi să vă fac o copie, iar dumneavoastră vă veți putea da seama dacă e vorba de cartea pe care o căutați.

Într-o clipă îți faci planul. Ai o posibilitate să intri în contact direct cu Anatoli Anatolin; trebuie să câștigi timp asupra agenților lui Arkadian Porfirici, să intri în posesia manuscrisului înaintea lor, să-l salvezi de la confiscare, să-l pui la adăpost și să te pui la adăpost pe tine însuți, atât de poliția ircanică, cât și de cea ataguitană...

În noaptea aceea ai un vis. Ești în tren, un tren lung ce traversează Ircania. Toți călătorii citesc volume groase, legate, ceea ce în țările în care ziarele și revistele sunt prea puțin atrăgătoare se-ntâmplă mai lesne decât altundeva. Îți închipui că fiecare dintre călători, sau toți, citesc unul dintre romanele pe care tu a trebuit să le întrerupi, ba chiar că toate acele romane se află acolo în compartiment, traduse într-o limbă ce-ți este necunoscută. Te chinui să citești ce e scris pe spatele volumelor legate, deși știi că este inutil, căci scrierea este indescifrabilă pentru tine.

Un călător iese pe coridor și-și lasă volumul ca semn că locul este ocupat, cu un semn de carte între pagini. Abia a ieșit, întinzi mâinile spre carte, o răsfoiești, te convingi că e ceea ce cauți, în clipa aceea îți dai seama că toți ceilalți călători s-au întors către tine cu priviri de dezaprobare amenințătoare față de purtarea ta indiscretă.

Ca să-ți ascunzi rușinea, te ridici, te apleci pe fereastră, tot cu volumul în mână. Trenul s-a oprit între linii și stâlpi de semnalizare, poate la un macaz în afara unei gări pierdute. E ceață și zăpadă, nu se vede nimic. Pe șina alăturată s-a oprit un alt tren care merge în direcție opusă, cu ferestrele complet aburite. La fereastra de vizavi de tine, mișcarea circulară a unei mâini înmănușate restituie geamului puțină transparență: apare o figură de femeie într-un nor de blănuri.

— Ludmila... o strigi. Ludmila, cartea – încerci să-i spui, mai mult cu gesturi decât cu glas – cartea pe care o cauți, am găsit-o, e aici... și te chinui să lași geamul în jos, ca să i-o strecori printre țurțurii de gheață ce acoperă trenul cu o crustă groasă.

— Cartea pe care o caut, spune figura estompată care întinde și ea un volum similar cu al tău, e cea care dă sens lumii, după sfârșitul lumii, senzația că lumea e sfârșitul a tot ce e pe lume, că singurul lucru care există pe lume e sfârșitul lumii.

— Nu e așa, strigi, și cauți în cartea incomprehensibilă o frază care să poată dezminți cuvintele Ludmilei. Dar cele două trenuri pleacă, se îndepărtează în direcții opuse.

În parcul din capitala Ircaniei suflă un vânt înghețat. Ești așezat pe o bancă în așteptarea lui Anatoli Anatolin, care trebuie să-ți încredințeze manuscrisul noului său roman *Ce poveste își așteaptă finalul?*. Un tânăr cu barbă lungă și blondă, palton lung, negru și beretă de mușama se așază lângă tine.

— Fă pe prostul. Parcul e întotdeauna supravegheat.

Un gard viu vă apără de ochi străini. Un mic fascicul de hârtie trece din buzunarul interior al paltonului lung al lui Anatoli în buzunarul interior al pardesiului tău scurt. Anatoli Anatolin scoate alte foi dintr-un buzunar interior al jachetei.

— A trebuit să împart paginile între diferitele buzunare, ca să nu atragă atenția, spune scoțând un sul de pagini dintr-un buzunar interior al vestei. Vântul îi ia o foaie dintre degete; se repede s-o culeagă. Încearcă să scoată alt teanc de pagini din buzunarul din spate de la pantaloni, dar de după gardul viu sar doi agenți îmbrăcați civil care-l arestează.

Ce poveste își așteaptă finalul?

Plimbându-mă pe marele bulevard al orașului nostru, elimin în gând elementele pe care am decis să nu le iau în considerație. Trec pe lângă clădirea unui minister, cu fațada încărcată cu cariatide, coloane, balustrade, socluri, console, metope, și simt nevoia s-o reduc la o suprafață verticală netedă, la o placă de sticlă opacă, la o diafragmă care să delimiteze spațiul, fără a se impune vederii. Dar chiar simplificată, clădirea continuă să mă apese într-o manieră oprimantă: decid s-o suprim complet; în locul ei, un cer lăptos se înalță deasupra pământului gol. În același fel elimin alte cinci ministere, trei bănci și câțiva zgârie-nori ai unor mari societăți. Lumea e așa de complicată, încurcată și supraîncărcată, încât, pentru a vedea puțin mai clar, e nevoie să curățăm terenul.

În mișcarea neîntreruptă de pe Bulevard întâlnesc mereu persoane a căror vedere îmi este, din diferite motive, dezagreabilă: superiorii mei ierarhici, căci îmi amintesc de condiția mea de subaltern. Subalternii mei, căci detest să fiu investit cu o autoritate ce mi pare meschină, cum meschine sunt invidia, servilismul și ranchiuna suscitate de ele. Îi elimin pe unii și pe ceilalți, fără ezitare; cu coada ochiului îi văd micșorându-se și dispărând într-o ceață subțire.

Acționând astfel, trebuie să fiu atent să-i cruț pe trecători, pe străini, pe necunoscuții care nu m-au inoportunat niciodată: dimpotrivă, chipurile unora dintre ei, dacă le observ fără nici un fel de idei preconcepute, mi se par demne de un interes sincer. Dar dacă din lumea care mă înconjoară rămâne doar o mulțime de străini, mă simt cuprins de o senzație de singurătate și dezorientare: mai bine, deci, să-i suprim și pe ei, așa, în bloc, și să nu mă mai gândesc.

Într-o lume simplificată există o mai mare probabilitate să întâlnesc puținele persoane pe care mi-ar face plăcere să le întâlnesc, de exemplu pe Franziska. Franziska e o prietenă: când mi se-ntâmplă s-o întâlnesc, simt o mare bucurie. Ne spunem lucruri spirituale, râdem, ne povestim fapte oarecare, pe care nu le vom povesti altora, dar care, vorbind despre ele, se dovedesc a fi interesante pentru amândoi, iar înainte de a ne lua rămas-bun ne spunem că trebuie neapărat să ne revedem cât mai curând. Apoi lunile trec, până când ne întâlnim din nou pe stradă, din întâmplare; exclamații vesele, râsete, promisiuni să ne revedem, dar nici eu, nici ea nu facem niciodată nimic ca să provocăm o întâlnire; poate pentru că știm că nu ar fi același lucru. Într-o lume simplificată și redusă însă, unde terenul a fost curățat de orice situație prestabilită, prin care faptul că eu și Franziska ne-am vedea mai des ar implica o relație între noi, definită cumva, eventual în vederea unei căsătorii, sau măcar în a ne considera ca o pereche, presupunând o legătură ce s-ar extinde la respectivele familii, rude în linie ascendentă și descendentă, la frați, veri; o legătură între ambianțele în care trăim, cu implicații în sfera veniturilor și a bunurilor patrimoniale; odată dispărute, prin urmare, toate aceste condiționări, care amenință pe tăcute dialogurile noastre, făcându-le să nu dureze decât câteva clipe, întâlnirea cu Franziska ar trebui să fie și mai frumoasă și mai plăcută. E natural, deci, să încerc să creez condițiile cele mai favorabile pentru ca drumurile noastre să coincidă, și să le elimin pe toate tinerele femei purtând o blană de culoare deschisă, ca cea pe care o purta ea ultima dată, încât, văzând-o de departe, să pot fi sigur că este ea, fără a mă expune la echivocuri și dezamăgiri; și să-i suprim pe toți tinerii care au aerul că ar putea fi prietenii Franziskăi, poate chiar pe punctul de a o întâlni intenționat, reținând-o cu o conversație plăcută, în clipa în care eu ar trebui să fiu cel ce o întâlnește, din întâmplare. M-am lungit în detalii de ordin personal, dar asta nu înseamnă că, operând aceste eliminări, mobilul meu este în primul rând interesul meu individual imediat, când de fapt încerc să acționez în interesul întregului ansamblu (prin urmare, și al meu, dar indirect). Dacă, pentru început, am făcut să dispară toate serviciile publice care se nimereau în drumul meu, nu numai clădirile, cu scările și intrările lor cu coloane, coridoare, anticamere, fișiere, circulare, dosare, dar și șefii de serviciu, directorii generali, viceinspectorii, substituții, funcționarii titulari și temporari, am făcut-o deoarece cred că existența lor e nocivă sau superfluă în armonia ansamblului.

E ora când mulțimea personalului funcționăresc părăsește birourile supraîncălzite, își încheie nasturii paltoanelor cu guler de blană sintetică și se înghesuie în autobuz. Închid ochii și au dispărut: numai rari trecători se mai disting în depărtare, pe străzile pustii, de unde am avut grijă să elimin mașinile, camioanele și autobuzele. Îmi place să văd caldarâmul gol și neted ca pista de popice.

Suprim apoi cazărmile, corpurile de gardă, comisariatele; toate persoanele în uniforme dispar, de parcă n-ar fi existat niciodată. Poate am mers prea departe; îmi dau seama că aceeași soartă o suferă și pompierii, poștașii, măturătorii primăriei și alte categorii, care ar fi meritat să aspire la un tratament diferit; dar ce s-a făcut e bun făcut: e imposibil să fiu atât de chițibușar. Ca să nu creez neajunsuri, mă grăbesc să elimin incendiile, măturatul, chiar poșta, care, la urma urmelor, nu aduce altceva decât plictiseli.

Controlez să nu fi rămas în picioare spitale, clinici, aziluri: suprimarea medicilor, a infirmierilor, a bolnavilor mi se pare singura scăpare posibilă. Apoi tribunalele, cu toți magistrații, avocații, acuzații și reclamanții; închisorile, cu pușcăriașii și paznicii de acolo. Suprim apoi universitatea cu tot corpul universitar, academia de științe literare și arte, muzeul, biblioteca, monumentele cu administrațiile lor, teatrul, cinematograful, televiziunea, ziarele. Dacă-și închipuie că mă pot opri, invocând respectul față de cultură, se înșală.

E rândul structurilor economice care de prea multă vreme continuă să-și impună pretenția demodată de a ne determina viețile. Ce-și închipuie? Dizolv unul câte unul magazinele, începând cu cele de bunuri de primă necesitate, și sfârșind cu produsele de lux și superflue: mai întâi golesc vitrinele de mărfuri, apoi fac să dispară tejghelele, rafturile, vânzătorii, casierițele, șefii de raioane. Mulțimea de clienți rămâne o clipă dezorientată, întinzând mâinile în gol, văzând cum se volatilizează cărucioarele pe rotile; apoi e și ea înghițită de neant. De la consum, trec la producție: suprim industria, ușoară și grea, fac să dispară materiile prime și sursele de energie. Și agricultura? Adio și cu ea! Și ca să nu se spună că mă-ntorc la o societate primitivă, elimin și vânătoarea și pescuitul.

Natura... Ah, ah, să nu credeți că n-am înțeles că povestea cu natura e altă impostură: să moară! E suficient să rămână un strat de crustă terestră destul de solidă sub picioare și golul de toate celelalte părți.

Îmi continui plimbarea pe bulevardul care, acum, nu se mai deosebește de câmpia nelimitată, pustie și înghețată.

Nu mai există ziduri, cât vezi cu ochiul, nici munți sau dealuri; nici un fluviu, nici un lac, nici o mare: numai o întindere plată și cenușie de gheață, compactă ca bazaltul. A renunța la lucruri e mai puțin dificil decât se crede: totul e să începi. Odată ce ai reușit să lași la o parte ceva ce considerai esențial, îți dai seama că poți să te lipsești și de altceva, apoi de multe alte lucruri. Iată-mă, deci, parcurgând această suprafață goală care este lumea. Un vânt la nivelul solului târăște în rafale de lapoviță ultimele resturi ale lumii dispărute: un ciorchine de struguri, cules parcă acum de pe coarda de viță, un ciorăpel de lână de nou-născut, o articulație cardanică bine unsă, o pagină smulsă parcă dintr-un roman în limba spaniolă, cu un nume de femeie: Amaranta. Când a încetat lumea să existe, acum câteva secunde sau acum multe secole? Am pierdut deja noțiunea timpului.

Acolo, la capătul acelei dungi de neant pe care continui s-o numesc Bulevardul, văd avansând o figură subțire, într-o haină de blană de culoare deschisă: e Franziska! Recunosc pasul zvelt, cizmele înalte, modul în care ține mâinile adunate în manșon, fularul lung, în dungi, care flutură. Aerul înghețat și terenul pustiu asigură o bună vizibilitate, dar degeaba îmi agit brațele, făcând gesturi de chemare: nu mă poate recunoaște, suntem încă prea departe unul de altul. Avansez cu pași mari, cel puțin cred că avansez, dar îmi lipsesc punctele de referință. Iată că pe linia dintre mine și Franziska se profilează niște umbre: sunt niște bărbați îmbrăcați în paltoane și cu pălării pe cap. Mă așteaptă. Oare cine sunt?

Când m-am apropiat suficient de ei, îi recunosc: sunt de la Secția D. Cum de au rămas aici? Ce fac? Credeam că-i suprimasem și pe ei când am suprimat personalul tuturor serviciilor. De ce se pun între mine și Franziska? „Am să-i suprim!“ mă gândesc, concentrându-mă. Da' de unde: sunt tot acolo, în mijlocul drumului.

— Aici erai, mă salută. Și tu ești de-ai noștri? Bravo! Ne-ai dat o mână de ajutor și acum totul e în ordine.

— Cum? - exclam eu. Și voi vă ocupați cu suprimatul?

Acum îmi explic senzația avută că mersesem mai departe ca alte dați, făcând să dispară lumea ce mă-nconjura.

— Dar, spuneți-mi, nu voi susțineați că totul trebuie sporit, intensificat, multiplicat?

— Ei și? Nu e nici o contradicție... totul intră în logica previziunilor... Linia de evoluție pleacă din nou de la zero... Chiar și tu îți dăduseși seama că situația ajunsese la un punct mort, se deteriora... Nu rămânea decât să secundăm acest proces... În mod potențial, ceea ce poate figura ca pasiv pe termen scurt, poate pe termen lung să se transforme într-un stimulent...

— Dar eu văd lucrurile altfel decât voi... Intenția mea era cu totul alta... Eu elimin lumea într-alt fel... - protestez eu și mă gândesc: „Dacă-și închipuie că mă pot folosi pentru scopurile lor, se înșală!“.

Abia aștept să inversez procesul, aducând înapoi lucrurile din lume, unul câte unul, sau toate împreună, contrapunând substanța lor pestriță și tangibilă, ca un zid compact, intențiilor lor de dispariție generală. Închid ochii și-i redeschid, sigur că mă voi afla în mijlocul forfotei Bulevardului, cu felinarele care la ora asta ar trebui să fie aprinse, iar ultima ediție a ziarelor să apară pe tejghelele chioșcurilor. Dar: nimic; în jur, golul e tot mai gol, silueta Franziskăi la orizont avansează încet, de parcă ar urca pe curbura globului terestru. Noi suntem, oare, singurii supraviețuitori? Cu o teroare crescândă, încep să-mi dau seama de adevăr: lumea pe care o consideram suprimată de o decizie a minții mele, pe care o puteam revoca în orice clipă, se sfârșise cu adevărat.

— Trebuie să fim realişti, spun funcţionarii Secţiei D. Ajunge să privim în jur. Universul întreg... să spunem că e în faza de transformare... – şi arată cerul, unde constelaţiile nu se mai pot distinge, aici închegate, dincolo rarefiate, harta cerească răvăşită, cu stele explodând una după alta, aruncând ultimele licăriri şi stingându-se. Important e ca acum, când sosesc cei noi, să găsească Secţia D. perfect eficientă, cu organigrama cadrelor sale completă, structurile funcţionale operante...

— Şi cine sunt aceşti „noi“? Ce fac? Ce vor? întreb eu şi pe suprafaţa îngheţată care mă desparte de Franziska văd o încreţitură subţire care se întinde ca o primejdie misterioasă.

— E prea devreme ca să ştim. Ca s-o spunem noi, cu cuvintele noastre. Deocamdată nu reuşim nici să-i vedem. Că există, e sigur, şi de altfel încă dinainte eram informaţi că erau pe punctul de a sosi... Dar mai suntem şi noi; e cu neputinţă ca ei să nu ştie asta, noi care reprezentăm singura continuitate posibilă cu ceea ce era înainte... Au nevoie de noi, nu se pot lipsi de noi, folosindu-ne, încredinţându-ne conducerea practică a ceea ce a rămas... Lumea va reîncepe aşa cum vrem noi...

Nu, mă gândesc eu, lumea care aş vrea să-şi reînceapă existenţa în jurul meu şi al Franziskăi nu poate fi lumea voastră; aş vrea să mă concentrez, gândindu-mă la un loc în toate amănuntele, un loc unde mi-ar plăcea să mă aflu cu Franziska în momentul acesta, de exemplu o cafenea plină de oglinzi, în care se reflectă policandrele de cristal şi o orchestră cântă valsuri, iar acordurile viorilor unduiesc deasupra măsuţelor de marmură, a ceştilor aburinde şi a prăjiturilor cu frişcă. Iar afară, dincolo de geamurile întunecate, lumea plină de persoane şi de lucruri şi-ar face simţită prezenţa: prezenţa lumii prietene şi ostile, lucrurile de care să te bucuri sau cu care să te lupți... Mă gândesc la asta cu toată puterea mea, dar acum știu că forța mea nu mai e suficientă s-o facă să existe: neantul e mai puternic și a ocupat întreg pământul.

— Nu va fi ușor să intrăm în legătură cu ei – continuă cei de la Secția D – și trebuie să fim atenți să nu comitem erori și să nu ne lăsăm dați la o parte. Ne-am gândit la tine, ca să câștigi încrederea celor noi. Ai demonstrat că ești priceput, în faza de lichidare, și dintre toți ești cel mai puțin compromis cu vechea administrație. Va trebui să te prezinți tu, să explici ce e Secția, cum poate fi utilizată de ei, pentru sarcini indispensabile, urgente... Ei, ai să vezi tu cum poți prezenta lucrurile în modul cel mai potrivit...

— Atunci mă duc, mă duc să-i caut... mă grăbesc să spun, căci simt că dacă nu scap acum, dacă nu mă duc după Franziska imediat, ca s-o pun la adăpost, peste o clipă va fi prea târziu, capcana se va închide. Mă îndepărtez în fugă, înainte ca cei din Secția D să mă oprească cu întrebări și instrucțiuni; avansez pe crusta înghețată către ea. Lumea s-a redus la o foaie de hârtie unde nu pot fi scrise decât cuvinte abstracte, de parcă toate substantivele concrete s-ar fi terminat; ar fi de-ajuns să reușesc să scriu cuvântul „borcan“, ca să pot scrie și „cratiță“, „sos“, „horn“, dar organizarea stilistică a textului o interzice.

Pe bucata de pământ care mă desparte de Franziska văd deschizându-se fisuri, brazde, crăpături; dintr-o clipă într-alta picioarele mele sunt pe punctul de a fi înghițite într-o crăpătură: interstițiile se lărgesc, în curând, între mine și Franziska se va interpune o prăpastie, un abis! Sar de pe un mal pe altul, iar în jos nu se vede fundul, ci doar neantul care continuă la infinit; alerg pe bucăți de lume risipite în gol; lumea se fărâmițează... Cei din Secția D mă cheamă, fac gesturi disperate să mă întorc înapoi și să nu merg mai departe... Franziska! Iată, un ultim salt și sunt lângă tine!

E aici, e în fața mea, surâzătoare, cu sclipirea aurie a ochilor, chipul mic, ușor înroșit de frig.

— Oh, ești chiar tu! De câte ori trec pe Bulevard te întâlnesc! N-ai să-mi spui că-ți petreci zilele plimbându-te! Ascultă, știu o cafenea aici la colț, plină de oglinzi, cu o orchestră care cântă valsuri: mă inviți?

11

Cititorule, e momentul ca navigarea ta agitată să ajungă în port. Ce port te poate primi mai sigur decât o mare bibliotecă? Există cu siguranță una în orașul de unde ai plecat și unde te-ai întors după ocolul lumii de la o carte la alta. Îți mai rămâne o ultimă speranță, ca cele zece romane, volatilizate în mâinile tale de cum ai început lectura, să se afle în biblioteca asta.

În fine, ți se deschide în față o zi liberă și liniștită; mergi la bibliotecă, consulți catalogul; îți reții cu greu un strigăt de bucurie, ba chiar zece strigăte; toți autorii și toate titlurile pe care le cauți figurează în catalog, înregistrate sârguincios.

Completezi o fișă și o predai; ți se spune că în catalog trebuie să fi fost o eroare de numerotare; cartea nu e de găsit; oricum, se va cerceta. Ceri imediat alta: ți se spune că e la lectură, dar nu se poate stabili cine a cerut-o și când. A treia e la legătorie; va fi înapoi peste o lună. A patra este păstrată într-o aripă a bibliotecii închisă pentru renovare. Continui să completezi fișe; pentru un motiv sau altul, nici una dintre cărțile pe care le ceri nu este disponibilă.

În timp ce personalul își continuă cercetările, tu aștepți răbdător, așezat la o masă împreună cu alți cititori mai norocoși, cufundați în volumele lor. Întinzi gâtul la stânga și la dreapta ca să te uiți pe furiș în cărțile celorlalți: cine știe, poate unul dintre ei citește una din cărțile pe care le cauți...

Privirea cititorului din fața ta, în loc să se așeze pe cartea deschisă pe care o ține în mână, rătăcește în gol. Nu sunt ochi distrați: o fixitate intensă însoțește mișcările irisului albastru. Din când în când privirile voastre se întâlnesc. La un moment dat ți se adresează, sau, mai bine-zis, vorbește în gol, deși ți se adresează cu siguranță ție:

— Să nu vă mire că privirea mea rătăcește în gol. Într-adevăr, acesta este modul meu de a citi, și doar astfel lectura mea este rodnică. Dacă o carte mă interesează cu adevărat, reușesc s-o urmăresc numai preț de câteva rânduri, căci mintea mea, cucerită de un gând sugerat de text, de un sentiment, de o întrebare, sau de o imagine, o șterge englezește și sare de la un gând la altul, de la o imagine la alta, într-un itinerar de raționamente și închipuiri, pe care simt nevoia să le parcurg până la capăt, îndepărtându-mă de carte până o pierd din vedere. Stimulul lecturii îmi este indispensabil, ca și lectura substanțială, chiar dacă din orice carte reușesc să citesc doar câteva pagini. Dar chiar acele câteva pagini închid pentru mine universuri întregi, cărora nu reușesc să le dau de capăt.

— Vă înțeleg foarte bine, intervine un alt cititor, ridicându-și fața de ceară și ochii înroșiți de pe paginile volumului său, lectura e o operație discontinuă și fragmentară. Sau, mai bine zis, obiectul lecturii e o materie punctiformă și pulvisculară. În desfășurarea scrierii, atenția cititorului distinge segmente minime, alături de cuvinte, metafore, grupuri sintactice, pasaje logice, particularități lexicale dovedind o încărcătură de semnificații extrem de concentrată. Sunt ca particulele elementare ce compun nucleul operei în jurul căruia se învârte tot restul. Sau ca golul în fundul unui vârtej, care aspiră și înghite curenții. Prin aceste deschideri, prin sclipiri abia perceptibile, se manifestă adevărul adus de carte, substanța sa ultimă. Mituri și mistere constau din grăunțe impalpabile, ca polenul rămas pe picioarele fluturilor; numai cine a înțeles asta se poate aștepta la revelații și iluminări. De aceea, atenția mea, spre deosebire de ceea ce spuneați dumneavoastră, domnule, nu se poate desprinde de rândurile scrise nici măcar pentru o clipă. Nu mă pot desprinde, dacă vreau să nu omit vreun indiciu prețios. De fiecare dată când dau de o aglomerare de semnificații, trebuie să continui să sap de jur-împrejur, să văd dacă nu cumva pepita devine un filon. De aceea, lectura mea nu are niciodată sfârșit: citesc și recitesc, căutând de fiecare dată verificarea unei noi descoperiri în faldurile frazelor.

— Și eu simt nevoia să recitesc cărțile pe care le-am citit deja, spune un al treilea cititor, dar la orice nouă lectură mi se pare că citesc pentru prima oară o carte nouă. Eu mă schimb, oare, și văd lucruri noi, de care înainte nu-mi dădusem seama? Sau lectura e o construcție ce capătă formă punând împreună un mare număr de variabile și nu se poate repeta de două ori în același fel? De fiecare dată, când încerc să retrăiesc emoția unei lecturi anterioare, dobândesc impresii diferite și neașteptate și nu regăsesc impresiile dinainte. În anumite momente, mi se pare că între o lectură și alta există un progres: de exemplu, în sensul că pătrund mai mult în spiritul textului, sau am o mai mare detașare critică. În alte momente, însă, mi se pare că păstrez amintirea lecturilor aceleiași cărți una lângă alta, entuziaste, reci sau ostile, risipite în timp, fără nici o perspectivă, fără un fir care să le lege. Am ajuns la concluzia că lectura este o operație fără obiect; sau că adevăratul ei obiect este ea însăși. Cartea este un suport accesoriu sau de-a dreptul un pretext.

Intervine un al patrulea:

— Dacă doriți să insistați asupra subiectivității lecturii, pot fi de acord cu dumneavoastră, dar nu în sensul centrifug pe care i-l atribuiți. Orice carte nouă pe care o citesc se inserează în acea carte globală și unitară care e suma lecturilor mele. Asta nu se-ntâmplă fără efort: pentru a compune acea carte generală, orice carte particulară trebuie să se transforme, să intre într-o relație cu cărțile pe care le-am citit înainte, să devină corolarul, evoluția, respingerea, glosa sau textul lor de referință. De ani de zile frecventez biblioteca asta și o explorez volum cu volum, dulap cu dulap, dar aș putea să vă demonstrez că n-am făcut altceva decât să duc mai departe lectura unei singure cărți.

— Și pentru mine toate cărțile pe care le citesc duc la o carte unică – spune un al cincilea cititor, apărând de după un vraf de volume legate –, dar e o carte înapoi în timp, abia ghicită din amintirile mele. Există o povestire care pentru mine se află înaintea tuturor celorlalte, al cărei ecou – imediat pierdut – apare în toate povestirile pe care le citesc. În lecturile mele nu fac decât să caut acea carte citită în copilărie, dar ceea ce-mi amintesc e prea puțin ca s-o regăsesc.

Un al șaselea cititor, în picioare, trecând distrat în revistă rafturile, se apropie de masă.

— Momentul care contează cel mai mult pentru mine este cel ce precede lectura. Uneori, titlul este suficient să aprindă în mine dorința unei cărți, care poate nu există. Alteori e începutul cărții, primele fraze... În fine: dacă vouă nu vă trebuie mai nimic ca să vă puneți în mișcare imaginația, mie îmi trebuie și mai puțin: promisiunea lecturii.

— Pentru mine, în schimb, finalul contează, spune un al șaptelea, dar finalul adevărat, ultim, ascuns în întuneric, punctul de sosire unde vrea să ne ducă romanul. Și eu, citind, caut niște deschideri, spune el, făcând aluzie la bărbatul cu ochii înroșiți, dar privirea mea caută printre cuvinte, pentru a încerca să vadă ce se profilează în depărtare, în spațiile care se întind dincolo de cuvântul „sfârșit".

A venit momentul să spui și tu ceva.

— Domnilor, trebuie să spun de la început că mie îmi place să citesc numai ceea ce se află scris în cărți; să leg amănuntele cu întregul; să consider anumite lecturi drept definitive; îmi place să separ o carte de alta, fiecare pentru ceea ce are diferit și nou; și-mi place mai ales să citesc o carte de la început până la sfârșit. De la un timp încoace, însă, totul îmi merge anapoda: mi se pare că, acum, pe lume, nu mai există decât povestiri ce rămân în suspensie și se pierd pe drum.

Îți răspunde al cincilea cititor:

— Îmi aduc bine aminte începutul povestirii despre care vă vorbeam, dar am uitat tot restul. Ar trebui să fie o poveste din *O mie și una de nopți*. Compar diferitele ediții, traducerile în toate limbile. Povești asemănătoare sunt numeroase și au multe variante, dar nici una nu este aceea. Oare am visat-o? Știu, însă, că nu voi avea liniște până ce n-o voi găsi și voi afla cum se încheie.

— Califul Harun al-Rașid - așa începe povestea pe care, dată fiind curiozitatea ta, el e de acord să v-o povestească - într-o noapte, pradă insomniei, se deghizează în negustor și iese pe străzile din Bagdad. O barcă îl duce pe valurile fluviului Tigru până la poarta unei grădini. Pe marginea unei fântâni, o femeie frumoasă foc cântă acompaniindu-se la lăută. O sclavă îl ajută pe Harun să pătrundă în palat și-l îmbracă într-o haină galbenă ca șofranul. Femeia care cântă în grădină e așezată pe o canapea de argint. Pe perne, în jurul ei, stau șapte bărbați înfășurați în haine galbene ca șofranul. „Numai tu lipseai, spune femeia, ai întârziat" - și-l invită să se așeze pe o pernă lângă ea. „Nobili domni, ați jurat să mă ascultați orbește; acum a sosit momentul să vă pun la încercare"; și femeia își scoate de la gât un șirag de perle. „Colierul acesta are șapte perle albe și una neagră. Acum, voi rupe firul și voi lăsa perlele să cadă într-o cupă de onix. Cine va trage la sorți perla neagră va trebui să-l ucidă pe Califul Harun al-Rașid și să-mi aducă drept dovadă capul lui. Recompensa voi fi eu. Dar, dacă va refuza să-l ucidă pe Calif, va fi ucis de ceilalți șapte, care vor repeta tragerea la sorți." Cu un fior, Harun al-Rașid desface palma, vede perla neagră și, adresându-se femeii: „Voi asculta ordinul sorții și al tău, cu condiția ca tu să-mi povestești ce ofensă a Califului a dezlănțuit ura ta", spune el, nerăbdător să asculte povestirea.

Chiar și fragmentul acesta dintr-o carte de copii ar trebui să figureze pe lista cărților întrerupte. Dar ce titlu are?

— Dacă avea un titlu, l-am uitat și pe acela. Dați-i dumneavoastră unul.

Cuvintele cu care se întrerupe narațiunea par să exprime foarte bine spiritul celor *O mie și una de nopți*. Notezi, deci, *Întreabă, nerăbdător să asculte povestirea* pe lista de titluri pe care le-ai cerut inutil de la bibliotecă.

— Pot să mă uit? întreabă al șaselea cititor; ia lista de titluri, își scoate ochelarii de miop, îi pune în toc, deschide alt toc, își pune pe nas ochelarii de prezbit și citește cu glas tare:

„Dacă într-o noapte de iarnă un călător, în afara localității Malbork, ițindu-se de pe coasta abruptă fără a se teme de vânt și amețeală, privește în jos unde umbrele se-ndesesc într-o rețea de linii ce se leagă, într-o rețea de linii ce se intersectează pe covorul de frunze luminate de lună în jurul unei gropi goale, – Ce poveste își așteaptă finalul? – întreabă, nerăbdător să asculte povestirea."

Își ridică ochelarii pe frunte.

— Da, spune, pot să jur că am citit un roman care începe așa... Dumneavoastră aveți numai acest început și ați dori să găsiți urmarea, nu-i așa? Necazul e că pe vremuri toate romanele începeau așa. Cineva trecea pe o stradă singuratică și vedea ceva ce-i atrăgea atenția, ceva ce părea să ascundă un mister, sau o premoniție; atunci cerea explicații și i se istorisea o poveste lungă...

— Dar, vedeți, e vorba de un echivoc – încerci tu să-l avertizezi –, acesta nu este un text... sunt numai titluri... *Călătorul...*

— Oh, călătorul apărea numai în primele pagini și apoi nu se mai vorbea despre el, funcția lui era sfârșită... Romanul nu era povestea lui...

— Dar nu asta este povestea al cărei sfârșit aș vrea să-l aflu...

Te întrerupe un al șaptelea cititor:

— Dumneavoastră credeți că orice poveste trebuie să aibă un început și un sfârșit? În Antichitate, o povestire se putea încheia doar în două moduri: trecând prin toate probele, eroul și eroina se căsătoreau sau mureau. Sensul ultim la care trimit toate povestirile are două fețe: continuitatea vieții, inevitabilitatea morții.

Te oprești o clipă să reflectezi asupra acestor cuvinte. Apoi, fulgerător, hotărăști că vrei să te însori cu Ludmila.

12

CITITOR ȘI CITITOARE, acum sunteți soț și soție. Un pat dublu, mare, e locul lecturilor voastre paralele.

Ludmila își închide cartea, stinge lumina, își lasă capul pe pernă, spune:

— Stinge și tu lumina. Nu ești obosit de atâta citit?

Iar tu:

— Încă o clipă. Aproape am terminat *Dacă într-o noapte de iarnă un călător* de Italo Calvino.

CUPRINS

EDITURA
ART

La Editura ART, în colecția *Cărți cult* au apărut:

Ray Bradbury, *Fahrenheit 451*
Daniel Keyes, *Flori pentru Algernon*
S. E. Hinton, *Proscrișii*
William Styron, *Alegerea Sofiei*
Kurt Vonnegut, *Abatorul cinci*
Alice Walker, *Culoarea purpurie*
Margaret Atwood, *Povestea Slujitoarei*
Truman Capote, *Cu sânge rece*

Margaret Atwood
Povestea Slujitoarei

Traducere din limba engleză
și note de Diana Marin-Caea

hardcover
408 de pagini
140 x 205 mm

Într-o Americă dintr-un viitor deloc îndepărtat, instaurarea violentă a unui regim teocratic creștin și escaladarea abruptă a abuzurilor acestuia ajung să priveze femeile de toate drepturile și libertățile. Ele sunt împărțite în diverse categorii, având roluri precise și sarcini stricte de îndeplinit. Din cauza natalității scăzute, există o castă a Slujitoarelor cărora le revine rolul de „utere umblătoare“, iar Offred face parte din prima lor generație. Chinuită de o singurătate dureroasă, Offred se străduiește să-și reprime fluxul amintirilor care provin de pe vremea când avea o familie și o viață normală și încearcă să se resemneze pentru a supraviețui în îngrozitoarea lume nouă. Curând însă, descoperă că regulile sunt făcute să fie încălcate, și chiar de către cei care le-au instaurat.

Povestea Slujitoarei este o distopie sumbră și un roman răscolitor, considerat de mulți capodopera scriitoarei canadiene.

„Acest roman vizionar, în care Dumnezeu și Guvernul și-au unit forțele, poate fi luat drept un volum care-i ține companie romanului lui Orwell *1984* – drept reversul lui, de fapt. Îți dă la fel de mulți fiori descriind variatele experiențe ale unei vieți trăite sub o tiranie; evocă aceeași oroare în timp ce inteligența lui caustică te face să zâmbești.“

E.L. Doctorow

Truman Capote
Cu sânge rece

Traducere din limba engleză
de Constantin Popescu

hardcover
432 de pagini
140 x 205 mm

La sfârșitul anului 1959 America era zguduită de o misterioasă crimă multiplă: într-un mic orășel din Kansas patru membri ai unei familii îndrăgite de comunitate au fost uciși într-o noapte, aparent fără motiv. Truman Capote s-a documentat timp de 6 ani pentru scrierea cronicii acestei crime, fiind ajutat în demersul său și de scriitoarea Harper Lee. Cei doi au mers pe firul investigației care a dus la prinderea ucigașilor, prezentând în paralel eforturile poliției și acțiunile celor doi făptași. Analiza psihologică fină, stilul concis, dar elegant, aflat la granița dintre literatură și reportaj fac din *Cu sânge rece* primul mare „roman de nonficțiune" al literaturii americane. Un roman cult emoționant, intens, incitant.

„Nimeni nu va ști vreodată cum m-a afectat *Cu sânge rece*. M-a ros până în măduva oaselor. Aproape m-a ucis. De fapt, într-un fel, chiar m-a ucis."

Truman Capote

„Cartea lui Truman Capote îți îngheață sângele în vine și-ți pune mintea la contribuție. Un roman zguduitor."

The New York Review of Books

Ray Bradbury
Fahrenheit 451

Traducere din limba engleză
şi note de Petre Solomon

hardcover
184 de pagini
140 x 205 mm

O poveste tulburătoare şi poetică, *Fahrenheit 451* este o parabolă a unei societăţi în care valorile pe care le cunoaştem au fost răsturnate, în care statul interzice cititul şi legiferează arderea cărţilor. Cetăţenii acestei lumi distopice trăiesc într-o indiferenţă indusă de droguri şi de mass-media.

Unul dintre ei este Guy Montag. El are o sarcină simplă: trebuie să dea foc tuturor cărţilor şi caselor în care acestea sunt ascunse. Îi place meseria pe care-o practică de zece ani, simte că-şi face pe deplin datoria şi nu are niciodată îndoieli... până în momentul în care o adolescentă îi povesteşte despre un trecut în care oamenilor nu le era teamă.

La fel de proaspăt şi parcă mai relevant acum, la peste o jumătate de secol de la apariţie, acest roman-cult reuşeşte performanţa de a fi deopotrivă o capodoperă a literaturii universale, un clasic al genului şi un bestseller.

Alice Walker
Culoarea purpurie

Traducere din limba engleză
de Iulia Gorzo

hardcover
296 de pagini
140 x 205 mm

Celie îi scrie scrisori lui Dumnezeu. Începe la paisprezece ani, când e o adolescentă afro-americană care trăiește în Sudul ostil al începutului de secol XX, până când – trei decenii mai târziu – își găsește în sfârșit locul pe Pământ, după o viață plină de abuzuri și de suferință. *Culoarea purpurie* este un Bildungsroman memorabil, dar și cronica unei familii legate de relații complicate, de femei puternice, de ură și dragoste.

Mai mult decât unul dintre cele mai importante romane americane, mai mult decât un clasic al literaturii feministe și o lectură esențială a literaturii LGBT, cartea lui Alice Walker este, în primul rând, o poveste despre „sarea pământului": despre oameni cu bune și rele, despre raportul dintre ei și tot ce-i înconjoară și despre orbecăiala lor prin această lume.

„Acest roman o situează pe Walker alături de Faulkner."

The Nation

Kurt Vonnegut
Abatorul cinci

Traducere din limba engleză
de Rodica Mihăilă

hardcover
200 de pagini
140 x 205 mm

Vonnegut scrie cu ironie și umor, de cele mai multe ori negru, o cronică atipică a unuia dintre cele mai îngrozitoare momente din timpul celui de-Al Doilea Război Mondial: bombardarea Dresdei de către britanici și americani, în urma căreia au murit o sută treizeci și cinci de mii de oameni, aproape de două ori mai mult ca numărul celor uciși de bomba atomică de la Hiroshima.

Romanul lui Vonnegut, devenit un clasic american, îmbină realismul cu SF-ul și atrage cititorul într-o lume incredibilă, în care se amestecă bombardamente, călătorii în timp, prizonieri de război, extratereștri de pe planeta inventată Tralfamadore, peste toate plutind mirosul aducător de moarte al iperitei.

„Debordând de imaginație, aproape psihedelic, *Abatorul cinci* este un roman trist și încântător deopotrivă, scris în cel mai autentic stil Vonnegut.“

The New York Times

William Styron
Alegerea Sofiei

Traducere din limba engleză, prefaţă şi note de Virgil Stanciu

hardcover
712 pagini
140 x 205 mm

Începutul romanului *Alegerea Sofiei* ne introduce în culisele vieţii literare din New York-ul anului 1947, când Stingo încearcă să-şi câştige traiul salahorind pentru Editura McGraw-Hill. După ce este concediat, Stingo se refugiază în Brooklyn, unde face cunoştinţă cu Sofia Zawistowska, o poloneză catolică supravieţuitoare a lagărului de la Auschwitz, şi cu iubitul ei, Nathan, un tânăr intelectual evreu cu care trăieşte o pasiune devoratoare. Stingo devine confidentul Sofiei (de care se îndrăgosteşte) şi partenerul de discuţii al lui Nathan.

La începutul carierei sale internaţionale, romanul s-a bucurat de elogiile colegilor de breaslă şi ale criticilor literari. Carlos Fuentes numea *Alegerea Sofiei* „unul dintre cele mai mari romane ale tuturor timpurilor“, iar John Gardner îl considera un „thriller de prim ordin, cu atât mai pasionant, cu cât secretele pe care le dezgropăm unul după altul sunt secretele Istoriei şi ale naturii umane înseşi“.

Grupul Editorial ART
Comenzi – Cartea prin poștă
C.P. 4, O.P. 83, cod 062650, sector 6, București
tel.: (021) 224.01.30, 0744.300.870, 0721.213.576;
fax: (021) 369.31.99
Comenzi – online
www.editura-art.ro